Gerd Fuchs, geboren 1932 in Nonnweiler (Saar), arbeitete als freiberuflicher Publizist, als Feuilleton-Redakteur bei der *Welt*, als Kultur-Redakteur beim *Spiegel*, und ist seit 1968 freiberuflicher Schriftsteller. Er wurde ausgezeichnet mit dem Förderpreis des Lessing-Preises der Stadt Hamburg, dem Förderpreis für Literatur der Stadt Hamburg, dem Kunstpreis der Stadt Saarbrücken und ist Preisträger des Italo-Svevo-Preises 2007. Er ist Mitglied des PEN und lebt in Hamburg. Bei Edition Nautilus sind lieferbar die Romane *Die Auswanderer* (2003), *Schinderhannes* (2003) und *Stunde Null* (2005), der Erzählungsband *Zikaden – Sommergeschichten* (2004) sowie *Eckermanns Traum – Fünfzehn Szenen aus dem klassischen Weimar* (2006).

Gerd Fuchs

Heimwege

Edition Nautilus

Edition Nautilus
Verlag Lutz Schulenburg
Schützenstraße 49 a
D-22761 Hamburg
www.edition-nautilus.de

Originalveröffentlichung
Autorenfoto Seite 2:
© Detlef Grumbach
Umschlaggestaltung:
Maja Bechert, Hamburg
www.majabechert.de
Druck und Bindung:
Fuldaer Verlagsanstalt
1. Auflage
ISBN 978-3-89401-721-7

Waagrecht in die Augen

Waagrecht in die Augen treibender, staubfeiner Schnee gestern Nacht, Schnee der Erinnerung. Schnee von vor vierzig Jahren, Schnee, der den Morast, die Trümmer, die Misthaufen, die Gräber bedeckte, Schnee des Hungerwinters sechsundvierzig auf siebenundvierzig, Schnee meiner Jugend. Noch nicht lange war es her, da war der Skalenknopf am Volksempfänger tabu, die Radios waren konfisziert, doch jetzt durfte er bewegt werden, und in dem Heulen des Sturms über den Dächern, aus dem unendlichen, von Schneefahnen durchzogenen, tödlich kalten Raum kamen Stimmen: englische, französische, holländische, deutsche, kamen Serenaden, Sonaten und Sinfonien, wegtreibend wie die Stimmen, dann wieder herantreibend, sich nähernd, sich überlagernd. Musik und Stimmen. Und der Vierzehnjährige mit dem Ohr an dem braunen Leinen vor der Schallöffnung des Apparats in die Nacht hinaus horchend, in seine Zukunft.

Schnee über dem Morast, den Trümmern, den Misthaufen, den Gräbern. Schnee über Auschwitz, Schnee über Stalingrad, Schnee über der Dünung des Skagerrak, Schnee über dem Douaumont. Schnee zischelnd im fahlen Schein der Straßenlaterne, spiralig an Hauswänden emporjagend, Schnee lautlos anwachsend.

Geh aus mein Herz und suche Freud, in dieser schönen Sommerzeit in deines Vaters Garten. So hatten wir gesungen unter den Kastanien des Pfarrgartens und den Kondensstreifen der Bomber, die kleinen, dünnen Hälse in die blaue Frühlingsluft gereckt, freudig ansingend gegen das himmelweite Dröhnen über uns. Unseres Vaters Garten aber war ganz, ja mehr denn ganz verheeret.

Und so sitze ich denn eines schönen Oktobertags auf meinem Koffer und sehe mich um. Gerade bin ich in Köln angekommen. Ich trage einen, denkwürdig noch heute, ganz wunderbaren Wintermantel. Graubraunes Fischgrätenmuster, sensationell breite Aufschläge, ein unaussprechlich elegantes und gleichzeitig viriles Stück. Besonders ausdrucksvoll waren die Aufschläge. Wenn man sie hochklappte, waren über ihnen nur noch das Haar, die Stirn und die Augen sichtbar, die misstrauisch zusammengekniffen waren, wie es Jean Gabin tat, wenn er in einer Regennacht eine menschenleere, im Schein der Straßenlaternen nass glänzende Straße entlang auf eine Bar zuging.

Um mich herum nach der Enge des Zugabteils wohltuende Weite, Trümmergrundstücke weithin. Staubfahnen treiben über die rötlichen Schuttflächen. Das Unkraut tanzt im Wind.

Man konnte den Kragen des Mantels aber auch nur hinten hochklappen und vorne offen tragen, so dass die Krawatte sichtbar war und man elegant und beschwingt um die Ecke bog wie Cary Grant. Aber auch offen konnte man ihn tragen, weit und stürmisch ausschwingend wie Orson Welles, wenn er das Foyer eines Hotels durchquert und auf den Fahrstuhl hinsteuert.

Dies war einmal eine Straße gewesen. Hier und da waren Häuserreste stehen geblieben, pathetisch ins Leere ragend, einen Zusammenhang suggerierend, den es nicht mehr gab. Rechts und links an ihren Trümmerflanken sind noch Reste von Stockwerken erkennbar, freihängende Treppenfragmente, gekachelte Vierecke an den Wänden über Waschbecken.

Auf den Mauerkronen wachsen Birkenschösslinge, in den Regentraufen weht Unkraut.

Natürlich konnte man den Mantel auch zugeknöpft tragen mit Gürtel, der die schmale Taille betonte, doch war der Gürtel nicht mit der vorgesehenen Schnalle zuzuziehen, wozu dann graue Wildlederhandschuhe notwendig gewesen wären, sondern zuknoten, und das möglichst nachlässig.

Die Trümmer sind nur bis zum Straßenniveau geräumt. Unter den von Backsteinbrocken höckrigen Flächen die Keller. Eingestürzt oder unversehrt, voll von Briketts und Eingemachtem, alten Möbeln und Büchern, durchmischt von bräunlichen, mürben Knochenresten warten sie auf die Bagger. Über die Blindgänger ist noch nicht entschieden. Die Zünder rosten. Dies war einmal die Innenstadt von Köln gewesen. Das Leben begann.

Mein Tal

Wieder einmal zurückdenkend, kam mir ein Gedanke, der mich völlig verblüffte: dass ich einmal glücklich gewesen war. Zwar habe ich keine Erinnerung mehr an dieses Glück, doch kann ich darauf schließen, und zwar an der Art und Weise, wie mir das Dorf N. erscheint und immer schon erschienen war: überglänzt von Schönheit und Glück. Die Menschen freundlich und ohne Arg; Tal, Bach, Mühle und Weiher der Inbegriff von Heimat, ein Ort, zu dem zurückzukehren man sich lebenslang sehnt, und das obwohl ich dort niemanden kannte und später auch kaum dort gewesen bin. Und doch hat mich dann wie ein seliger Blitz der Gedanke getroffen, dass dies alles ein Widerschein war.

Zu den ganz wenigen Erinnerungen an das Dorf gehört das Bild eines schwarzen Pferdes. Meine Eltern, die mit meiner Schwester und mir ins Nachbardorf gezogen waren, hatten offenbar einen Sonntagsausflug mit mir gemacht. Jedenfalls erinnere ich mich, dass ich in einem niedrigen, heißen Stall auf den Rücken eines riesigen tiefschwarzen Ackergauls gehoben wurde und auf diesem wunderbar duftenden Muskelberg ehrfürchtig und ein wenig besorgt eine Zeit lang saß und dann wieder herabgehoben wurde.

Da wendete das Pferd den Kopf. Mit seinen großen blauschwarz spiegelnden Augen unter den langen schwarzen Wimpern sah es mich an. Ein langer Blick. Plötzlich warf es den Kopf. Ein tiefer Laut kam aus seiner breiten, muskulösen Brust, der Ansatz eines Wieherns.

Doch nicht nur von Schönheit ist das Dorf überglänzt, sondern auch mit einem feuchten Schimmer von Lust. Er scheint von dem Weiher auszugehen, der unter dem Dorf im Tal liegt und dem offenbar der Ausflug meiner Eltern gegolten hatte, denn kurz nachdem ich von dem Pferd herabgehoben worden war, trugen meine Eltern Badeanzüge, hing ich im Wasser in einem Gurt, der seinerseits an einer Art Angel hing, deren unteres Ende ein Mann hielt, der dafür zu sorgen hatte, dass mein Kopf nicht unter die Wasseroberfläche geriet. Ich sollte wohl auf diese Weise das Schwimmen erlernen.

In diesem Bild ist mein Vater nicht enthalten, wohl aber meine Mutter mit ihrer weißen Badekappe aus Gummi. Lachend winkt sie mir über die flaschengrüne, von schwarzen Spiegelungen überlaufene Wasseroberfläche zu. Nur ihr winkender Arm und ihre Badekappe. Ich hatte aber ihre Schenkel gesehen. Ihre weißen, weißen Schenkel.

Und dann durfte ich endlich an Land. Die kleine Leiter ersteigend, die zu der hölzernen Plattform hinaufführte, die zusammen mit dem Umkleidehäuschen und dem Sprungbrett das Schwimmbad darstellte, hielt ich inne. In dem klaren, stillen Wasser wimmelten Wolken von winzigen Fischen um die Pfähle, die die Plattform trugen. Es roch nach Teer und Wasser, und meine Haut hatte ebenfalls nach Teer und Wasser gerochen und außerdem nach Sonne.

Ich habe dann lange nicht mehr an das Dorf N. gedacht bis zu jenem Tag im Sommer des letzten Kriegsjahres, als mich meine Mutter dorthin schickte. Ein Onkel, der Imker war, hatte ausrichten lassen, er schleudere morgen, und wir könnten unseren Anteil an der Sommertracht abholen. Bis zum Dorf N. brauchte der Zug zwanzig Minuten. Es war meine erste Reise allein, und ich war sehr aufgeregt. Meine Mutter gab mir allerdings meine Schwester Gretel bei. Aber da sie drei Jahre jünger war als ich, und ich zwölf, war ich trotzdem allein, denn ich trug die Verantwortung.

Natürlich waren wir viel zu früh am Bahnhof. In ihrer kleinen heißen Hand hielt Gretel das von unserer Mutter abgezählte Fahrgeld umklammert und öffnete ihre Faust erst, als der Bahnbeamte hinter dem kleinen Schalterfenster zwei Fahrkarten in den drehbaren Teller gelegt hatte, braune Pappestückchen, die ein anderer Beamter später an der Sperre lochte.

Das Herannahen des Zuges, sein sich ins Riesenhafte, zu einem Stahlgebirge Vergrößern, sein kreischendes Abbremsen, sein endliches Stillestehen waren ein Ereignis. Außer der turmhohen, zischenden und auf ihren mannshohen rot gestrichenen Rädern auf der Stelle stampfenden Lokomotive bestand er aus drei Personenwagen, an die ein Güterwagen angehängt war. Es stieg niemand aus, und außer uns stieg auch niemand ein. Trotzdem war uns, als wäre das Abteil voll besetzt und hundert Augen würden uns mustern. Brav setzten wir uns nebeneinander auf eine der Holzbänke und sahen zum Fenster hinaus. Ganz unbegreiflich war es, wie sich das Land mit seinen Feldern und Häusern und Bäumen zu drehen begann, als stünde alles auf einer langsam rotierenden Scheibe. Allmählich aber merkten wir, dass wir allein im Abteil waren.

Jemand hatte beim Aussteigen die Tür des Wagens offen gelassen. Vorsichtig traten wir näher. Draußen war eine Plattform, auf der man während der Fahrt stehen konnte, vorausgesetzt, man ließ die beiden Eisenstäbe herab, die einen vor dem Abstürzen bewahren sollten. Die Strecke war kurvenreich und folgte einem engen, tiefen Tal. Die Lokomotive pfiff und keuchte, die Wagen schlingerten und kreischten in den Kurven, die Zweige der Büsche längs der Strecke streiften uns, manchmal schlug der schwarze, saure Qualm der Lokomotive in unsere Gesichter, die wir gierig in den Fahrtwind hielten, manchmal blendete uns Sonnenschein, der durch die Zweige brach wie Scheinwerferlicht. Kreischend vor Lust ließen wir uns von einer Seite zur anderen werfen und waren ganz außer Atem, als der Zug endlich zum Stillstand kam.

Das Haus des Onkels stand in Sichtweite unterhalb des Bahnhofs. Die Tante führte uns gleich in den Garten, doch nicht zu ihrem Mann. In respektvoller Entfernung von einem kleinen Schuppen blieb sie stehen und rief seinen Namen. Umschwärmt von Bienen trat eine grotesk vermummte Figur ans Licht. Ein breitkrempiger Hut, von dem herab ein Schleier über sein Gesicht fiel, saß auf seinem Kopf. Mit der behandschuhten Rechten winkte er uns zu. Dann verschwand er wieder in seinem Bienenhaus. Bis euer Zug geht, könnt ihr euch ja ein wenig umsehen, meinte die Tante.

Wir standen zwischen Johannisbeerbüschen, Tomatenstauden, Sonnenblumen, Rittersporn und Feuerbohnen. Wir pflückten Himbeeren und Schattenmorellen, und immer höher ragte über uns das Haus des Onkels auf, denn der Weg war abschüssig. Der Garten lag an einem Berghang, und in kurzen Abständen waren Stützwände aufgemauert, die die hinter ihnen aufgefüllte Erde festhielten. Wir waren in einem Terrassengarten, und jeder Schritt, den wir in dieser Blumen- und Gemüsewildnis taten, jeder Griff nach einem Apfel am Spalier, jedes Herausziehen einer Möhre brachte uns dem Talgrund näher, und ehe wir es uns versahen, standen wir am Rand der Wiese, durch die ein Bach lief.

Er war breit und flach und floss sehr schnell. Braun und

grün bemooste Steine stellten sich rundgeschliffen seinem Dahinstürzen in den Weg. In kleinen Buchten hatte sich Sand angesammelt, und da zogen wir Schuhe und Strümpfe aus, das heißt, ich zog meine dicken, juckenden wollenen Kniestrümpfe aus, Gretel ihre Söckchen. Nie waren sie mir niedlicher erschienen als jetzt, wo sie sie auszog, und ihre nackten, kleinen Füße wollten mir als der Inbegriff der Anmut erscheinen. Vorsichtig prüften wir die Temperatur des Wassers. Leicht sanken unsere Füße in die Kühle des nassen Sandes ein, Wasser umspielte sie kitzelnd. Auf den grün bemoosten Steinen war kein Halt zu gewinnen. Aber überall lagen dünne, flache rundgeschliffene Steine, die man über die Fläche des Kolks hüpfen lassen konnte, der sich an der Biegung des Bachs gebildet hatte.

Dichtes Erlenbuschwerk säumte die Bachränder, aber auch Taglichtnelken wuchsen da, und feiste Gewächse mit breiten Blättern, die an die von Rhabarberstauden erinnerten, bildeten undurchdringliche Dickichte. In eines schlüpften wir und setzten uns auf einen angeschwemmten Baumstamm, der wohl bis zum nächsten Gewitterregen auf seinen Weitertransport warten musste.

Kühl und grün war es da drinnen. Manchmal ließ sich eine Forelle rückwärts vorbeitreiben, um dann aber mit einem Schlag der Schwanzflosse gedankenschnell wieder bachaufwärts zu schießen. Manche rasteten auch unter einem Stein. Die Geräusche des Bachs hatten sich längst ineinander und zu einem Ganzen verwoben und hüllten uns ein wie eine Decke. Weit jenseits der Zweige und Blätter lag im Sonnenschein hoch über uns die Welt.

Vielleicht saßen wir lange so, vielleicht auch nur kurz. Jedes Zeitgefühl, ja jedes Bewusstsein von Zeit war uns abhanden gekommen. Aber irgendwann drang doch ein dünnes Geräusch in unsere Ohren. Es war klein und klang verloren und wie klagend, bis wir plötzlich verstanden. Da rief jemand unsere Namen. Es war die Tante, die uns schon eine Weile gesucht hatte.

Sie schimpfte. In einer halben Stunde geht euer Zug! Oben, auf dem Rand einer Stützmauer, stand ein Eimerchen aus Blech mit einem halbrunden Henkel aus Draht, an dem man es tragen konnte, unser Anteil an der Sommertracht. Auf den Deckel aber hatte der Onkel etwas gelegt, was sehr verdächtig aussah und das uns die Tante erst erklären musste. Es waren zwei Stücke aus einer Wabe, und sie waren noch gefüllt. Ihr müsst sie kauen, sagte sie.

Eine beinahe schmerzende Süße tobte auf meiner Zunge. Und jetzt lauft, sagte die Tante.

Der Zug zurück war länger. Er bestand sogar aus vier Personenwagen, außerdem war ihm ein flacher, nach allen Seiten hin offener Wagen angehängt, wie er gewöhnlich zum Transport von Baumstämmen verwendet wird. Dieser aber trug eine andere Last, ein Gerät, das mit vier Rohren in den Himmel drohte, eine Vierlingsflak. Eine Bedienung war allerdings nicht zu erblicken.

Wieder waren wir die einzigen, die einstiegen. Wollte denn niemand mehr Zug fahren? Sehr hoch über uns flog schwach summend ein Flugzeug hinweg. Wir saßen kaum, da fuhr der Zug mit einem unvermittelten, brutalen Ruck an. Und er nahm sofort Geschwindigkeit auf. Der Geräuschpegel stieg schnell. Die Wagen begannen zu taumeln. Die Türen schlugen, und ohrenbetäubender Lärm erfüllte das Abteil. Die Telegrafenmasten huschten immer schneller vorbei. Der Zug raste der Brücke zu, die den Bach überspannte, an dem wir gesessen hatten. Plötzlich ohrenbetäubende Explosionen in rasender Folge. Das war unsere Vierlingsflak. Immer noch nahm die Geschwindigkeit unseres Zuges zu. Der Bahnhof Bierfeld tauchte auf. Aber der Zug machte keine Anstalten zu halten, wie er gemusst hätte. Der kleine Bahnhof flog vorbei, und da waren wieder diese Ketten von Explosionen, dieses Hämmern, jetzt aber von weiter weg. Das war nicht unsere Flak. Der Zug ratterte um eine Kurve und tauchte dann in hohen Buchenwald ein. Die Strecke senkte sich ins Tal hinein ab, und jetzt verringerte der Zug auch sein Tempo, er begann zu bremsen und kam langsam zum Stehen. Ein Schatten wischte über uns hinweg zusammen mit einem Brüllen, das sich schnell entfernte. Und dann war Stille. Ich ließ ein Fenster herab. Leise fächelte der Wind in den Zweigen. Vom Talgrund herauf das Rauschen eines Bachs.

Und da begann Gretel zu weinen. Ich setzte mich neben sie und nahm sie in den Arm. Ein amerikanischer Bomber hatte Jagd auf uns gemacht, und wir waren ihm entkommen. Das begriff ich, als ich den Arm um Gretels Schulter legte und wohl so das Eimerchen umstieß. Es fiel zu Boden, sein Deckel sprang auf, und Honig ergoss sich in einem trägen braungoldenen Schwall auf den Boden.

Ein Duft stieg auf, der unvergleichlich war. Ein Duft von Wald und Tannenharz in der Mittagshitze, ein Duft süß wie von blühendem Raps. Kalt schoss mir das Entsetzen durch den Leib, und ich wusste nicht, ob es die Angst vor dem Flugzeug und seinen Kanonen war oder vor der Strafe für den verschütteten Honig.

Ich sprang auf und riss das Eimerchen hoch. Immerhin konnte ich einen Rest noch retten. Zögernd setzte sich der Zug wieder in Bewegung. Es war klar, der Lokomotivführer wollte Zeit gewinnen, denn bald würde es dunkel werden, und in der Dunkelheit waren wir sicher. Im Schritttempo fuhr er weiter. Auf dem Abteilboden eine schwarze Lache. Wir verdrückten uns in den Nachbarwagen. Es wurde dunkel draußen, und auch im Abteil blieb es dunkel. Gretel war in ein leises Wimmern verfallen. Es war unheimlich in dem Abteil. Schwarze Schattenmänner drohten herein, der Mond kreischte. Keine Tür wollte halten und geschlossen bleiben. Gretel hatte sich in den Winkel zwischen Sitzbank und Abteilwand gedrückt, als wollte sie sich unsichtbar machen. Doch endlich kam unser Bahnhof in Sicht. Und man hatte dort auch Mut genug, die Lampen auf dem Bahnsteig wenigstens zeitweise anzuschalten. Der Zug hielt, und da stand auch schon unser Vater. Er küsste uns, und dann sagte er: Da, seht mal. In dem Wagen, in dem wir gesessen hatten, klafften in einer sauberen Reihe vier Einschüsse.

Dass wir so knapp davongekommen waren, war für niemanden erwähnenswert. So viele kamen damals nicht knapp davon. Aber manchmal erschien mir der Onkel im Traum, der Bienenmann. Er hob den Schleier, und eine schwarze Maske mit zwei Augenlöchern und einem Mundschlitz starrte mich an. Mehrmals bin ich in dieser Zeit schreiend aus dem Schlaf gefahren.

Erst am zweiten Weihnachtstag wurde ich wieder an das Dorf N. erinnert. Gegen Mittag hatten mehrere Rotten amerikanischer Jagdbomber wieder einmal damit begonnen, sich meines, also des Dorfes H. anzunehmen, derart, dass wir es doch für besser gehalten hatten, uns in den Keller der Metzgerei nebenan zu begeben, der gegen Luftangriffe ausgebaut war. Sei es, dass es mir dort langweilig wurde, sei es, dass mich Sensationsgier angesichts der aufregenden Sturzflüge dieser feuerspeienden Apparate an die Oberfläche trieb, jedenfalls befand ich mich plötzlich auf der Straße, wo ich erfuhr, dass einer der Jagdbomber abgestürzt sei und zwar in den Park des allseits hoch geschätzten Leiters des örtlichen Krankenhauses und für das nahe gelegene Konzentrationslager Hinzert zwecks Ausstellung von Totenscheinen zuständigen Arztes und Mitglieds der SS, Doktor H.

Eine Katastrophe dieser Art war für mich damals gänzlich unwiderstehlich, erst recht, wenn sie eine dieser todgefährlichen und rachsüchtigen Maschinen traf. Zu meiner nicht geringen Befriedigung, in die sich zu gleichen Teilen auch Grauen mischte, hatte sich der abgestürzte Apparat in einen Haufen von wirr verbogenem Aluminiumschrott verwandelt, dessen Kern der allerdings widerstandsfähigere Motorblock war. Wie nebenbei und gleichsam aus den Augenwinkeln heraus nahm ich, bevor ich mich abwendete und zu der Straße hinauflief, auf der ich gekommen war, noch zwei aus dem Aluminium- und Kabelschrott herausragende Beine wahr, an deren Enden, also den Füßen, wadenhohe, geschnürte braun glänzende Stiefel steckten.

Es war ein wolkenloser, frostklirrender Tag mit einer erbarmungslos blendenden Sonne. Es war still. Sie saßen alle in den Kellern. Ich war allein, und mir war, als wäre ich allein auf der Welt. Allein auf dieser ungeheuerlich großen Welt.

Ein entferntes Dröhnen ließ mich den Kopf wenden. Im Westen im hellen Himmelsblau kreiste ein Pulk von silbrig blitzenden Bombern. Er kreiste, denn er hatte sein Ziel bereits anvisiert, und da begann es unter den Maschinen zu glitzern. Ein Schauer winziger Tröpfchen löste sich und stand für einen Augenblick blitzend in der Bläue. Dann fuhr ein Grollen von dort heran, ein Dröhnen, wie ich es noch nie gehört hatte. Ich begann zu laufen. Ich hatte plötzlich Angst. Aber mehr als dieses Grollen machte mir die Leere der Straße Angst und dass alle Haustüren klapperten. Später sagte ich mir, dass es der Luftdruck des Bombenteppichs war, der über fünf, sechs Kilometer hin diese Wirkung erzeugte. Damals aber war mir, als ob in den Häusern Eingesperrte tobten, die hinaus und hinter mir her wollten und an den Türen rüttelten. Ich lief wie um mein Leben.

Doch war mir da noch kaum klar, was dieser Tröpfchenschauer bedeutete. Vor Augen wurde es mir am nächsten Tag geführt, als meine Mutter mit meiner Schwester und mir mit dem Zug zum Dorf N. fuhr und zwar über jene hohe, schön geschwungene Brücke hinweg, der der Angriff tags zuvor gegolten hatte. Sie hatte ihn unversehrt überstanden, nicht jedoch das Tal. Gerade von der Brücke aus konnte man es besonders gut überblicken.

Den breiten, einst von Erlen und Weiden überhangenen Bach, an dem ich mit meiner Schwester gesessen hatte, gab es nicht mehr, seine rundgeschliffenen grün und braun bemoosten Steine, die gedankenschnell durch sein Wasser schießenden Forellen, die Strauchwildnis an seinen Rändern, der teichartige Kolk, den er, wo er an eine Bergflanke stieß, gebildet hatte und aus dessen geheimnisvoller, baumüberhangener Tiefe manchmal langsam wie im Traum Fische aufgestiegen waren, diesen Bach gab es nicht mehr, ja das ganze Tal, das insbesondere im Juni, wenn das Gras hüfthoch und bunt von Blumen stand, und das für mich immer und auch heute noch die gültige und nicht mehr zu überbietende Anschauung des Paradieses war und ist, gab es nicht mehr. Statt dessen starrten wir auf eine Wüste von Bombentrichtern, die derart war, dass das ursprüngliche Bachbett nicht mehr aufgefunden werden konnte, so dass es später mit Baggern neu gegraben und mit haltbarem Beton ausgekleidet werden musste.

Die ganze Zeit von Januar bis Mitte März 1945, als die Amerikaner schließlich das Dorf nahmen, erscheint mir jetzt in der Erinnerung von blendender, ja gerade schmerzhafter Helligkeit erfüllt, so als hätte in all den Wochen kein Wölkchen den Himmel getrübt. Ein geradezu erbarmungsloses

Sonnenlicht lag auf dem von Bombentrichtern um und um gewühlten Tal unterhalb des Dorfes N. und dem Berghang, den ich mit meiner Mutter und meiner Schwester hinauf zu dem Café stieg, das eine Schwester meiner Mutter, also eine Tante, in einem abseits an einer Landstraße gelegenen Haus führte.

Diese Helligkeit nahm noch zu, als ich die Gaststube betrat und vor einer Reihe zusammengeschobener Tische stand. Es hatte in der Nacht offenbar ein Fest gegeben. Leere Weinflaschen standen auf der langen Tafel, überall von Zigarettenkippen überquellende Aschenbecher, umgefallene Gläser. Ein paar Stühle waren umgestürzt, als hätte da jemand Halt gesucht beim Aufbruch und nicht gefunden oder sei geflohen. Was aber außer Flaschenkorken und zusammengeknüllten Zigarettenschachteln auf den Tischen lag, das waren Weihnachtskekse. Sterne, Halbmonde, Lebkuchenwürfel.

Denn in der einen Ecke des Raumes war hingeschüttet ein Berg von Päckchen. Sie waren ungefähr handlang und sorgfältig umwickelt und verschnürt. Und sie waren sehr penibel beschriftet. Ein ganzer Berg Feldpostpäckchen. Und einige waren aufgerissen. Ihr Inhalt war hervorgequollen. Kekse zertreten auf dem Boden, kostbar damals, weil Mehl nur auf Lebensmittelkarten zu bekommen war, Zucker fast unmöglich aufzutreiben, durch Süßstoff ersetzt. Ein Berg Liebe und Erinnern und Sorge. Jetzt verstreut mitsamt den Grüßen und Küssen.

Auch auf den Tischen lagen aufgerissene Päckchen, die Kekse zerstreut und zerkrümelt, die Briefe voller Weinflecke. Man hatte sie sich offenbar gegenseitig unter brüllendem Gelächter vorgelesen. Es war wohl ein Zustand erreicht, wo niemand mehr fragte, wie dieser Berg Feldpostpäckchen in dieses Haus gekommen war, und man auch niemanden mehr fürchten musste, wenn man sie lachend aufriss und die Briefe las, die ihnen beigegeben waren.

Es hingen keine Vorhänge an den vier großen quadratischen Fenstern, die mir übergroß erschienen. Das Licht war grell und bleichte alle Farben aus, und es war mir angesichts der leeren Weinflaschen und der umgestürzten Stühle, als stünde das Gelächter immer noch im Raum, dieses in der weißen Helligkeit gellende Gelächter, diese johlende Heiterkeit angesichts dieses Haufens von unzustellbaren Grüßen und Küssen. Und da verspürte ich plötzlich eine geradezu rasende Lust, einen dieser Lebkuchen zu nehmen und zu essen. Diese kleinen braunen Würfel dufteten so paradiesisch, dass ich schlucken musste vor Gier. Gleichzeitig aber war mir klar, dass es strengstens untersagt war, einen von ihnen auch nur zu berühren. Niemand hatte es mir verboten, und niemand war im Raum, der meine Übertretung bemerkt und geahndet hätte, und an den vielen aufgerissenen Päckchen konnte ich sehen, dass man es durchaus ungestraft tun konnte, und doch stand ich vor diesem Berg mit Weihnachtsgebäck wie gelähmt. Und jetzt plötzlich rochen diese kleinen braunen Würfel auch nicht mehr verführerisch, jetzt machten sie mir Angst. Sie waren mir unheimlich, als hätten Leichenhände sie berührt. Sie waren Totenbrot.

Zu allem Überfluss hatten die beiden Flakhelferinnen in der Küche zu singen begonnen. Kein schöner Land in dieser Zeit, sang die eine, als hier das unsre weit und breit, und als die andere mit der zweiten Stimme einfiel, wo wir uns finden wohl unter Linden zur Abendzeit, da bin ich zur Tür gestürzt und brüllte mit einem Gesicht, das wohl verzerrt war von einer Grimasse, die schwankte zwischen Schreien und Weinen, Heil Hitler. Und knallte die Tür wieder zu. Da war es still.

Kurz darauf und ohne Anlass sah ich dann zwei Pferderücken vor mir. Zuerst waren es nur diese beiden Rücken. Die Pferde gingen im Geschirr vor einem Wagen. Es waren zwei schwere, braune Bauernpferde. Sie gingen ruhig und gleichmäßig, und ab und zu trafen ihre Hufeisen einen Stein. Ich wurde leicht hin und her gerüttelt oder eigentlich gewiegt, denn hinzu kam ja auch noch die Vorwärtsbewegung des Wagens, den die Pferde gleichmäßig arbeitend zogen.

Ein starker Geruch ging von ihnen aus, zusammen mit dem des Leders der Zügel und der Kummete, und er mischte sich mit dem Tabak- und Schweißgeruch, der den Bauern Trösch einhüllte, der vorne auf dem Bock saß und die Zügel in der Hand hielt. Wir hatten Küchenmöbel und ein Doppelbett und einen Kleiderschrank geladen und natürlich auch Stühle und Koffer und Kisten, denn wir wollten meinen Großeltern eine Wohnung abseits in einem Dorf einrichten, wo sie vor den Tieffliegern sicher wären. Immer wieder traf ein Hufeisen einen Stein, der Wagen knarrte, die Pferde arbeiteten, und so fuhren wir dahin.

Es war eine eisig kalte Winternacht. Wir fuhren in einem geringen Licht. Es ging von den Schneeresten am Rand der Straße aus, deren Schlamm steinhart gefroren war und den Wagen schaukeln und knarren ließ. Rechts und links des Wegs war völlige Schwärze. Der Wald stand bis dicht an seinen Rand, und in dieser völlig undurchdringlichen Finsternis war alles möglich. Fratzen und fauchende Rachen und im Stehen erfrorene Männer und bösartig zischende Eber. Ich aber lag sicher in einem Berg Decken und wurde geschaukelt und hatte es warm.

Und dann geschah etwas, das ich in nur schwach vergleichbarer Form erst Jahre später erlebt habe, wenn in der Oper der Vorhang sich öffnete. Der Weg machte eine Biegung und begann gleichzeitig abzufallen, so dass Bauer

Trösch abspringen und die Schraube der Bremse am Wagenende anziehen musste. Doch durch die leichte Richtungsänderung fuhren wir aus dem Schatten der Tannen heraus, und jetzt war plötzlich Himmel über dem Weg. Zwischen den scharf wie aus schwarzem Papier ausgeschnitten wirkenden Wipfeln ein geschwungenes Band. Ein gewundener Sturzbach grell flammender Sterne, wie aus Körben geschüttet, verstreute Sonnen, ein Katarakt aus loderndem Eis. Ich lag in meiner Höhle, und ich blickte aus dieser Welt heraus. Durch diesen Riss im Himmel blickte ich in eine andere.

Schließlich hatten wir den Wald durchquert, die Tannen blieben zurück, und hervor schob sich der Mond, weiß und rund und bösartig vor Kälte starrend, der alte Feind, wenn er nachts durch das eisblumenverkrustete Fenster wandert, Streifen von kalkigem toten Licht durchs Zimmer legend, der die Wasserleitung platzen und die Vögel aus den Bäumen fallen lässt. Ich aber lag sicher und schaute, und von hoch oben aus dem unendlichen, nur schwach vom Sternenlicht erhellten Raum kam ein Summen.

Ein Flugzeug, ein einzelnes Flugzeug war noch unterwegs. Hoch oben im eisigen Winterhimmel zog es über uns hinweg. Wohin waren da Menschen unterwegs? In welche unerhörten Räume starrten sie dort oben hinter den zerbrechlichen Scheiben? Wussten sie überhaupt, wo sie waren? Hatten sie nicht längst die Orientierung verloren? Unter ihnen nur die finstere Erde, über ihnen die Unendlichkeit des Nichts. Sie hingen im Nirgendwo. Lange stand das Summen über uns.

Schließlich hielten wir an. Männer hoben die Möbel vom Wagen. Ich lief fröstelnd durch die beiden Zimmer, die man für meine Großeltern geräumt hatte. Meine Schritte hallten darin. Ich fror, und endlich ging es wieder zurück. Ich wühlte mich wieder in den Deckenhaufen. Er stank wunderbar nach Pferdeschweiß, und ich zog mir eine Decke über den Kopf. Doch dann riss ich sie mir wieder herunter. Ein Grollen hatte eingesetzt. Wochen vorher waren nachts Kolonnen von Lastern durch unser Dorf gefahren. In der Mitte des Konvois immer Tankwagen. Obwohl es im November noch längst nicht fror, waren das Gestänge und die Abfüllstutzen an ihrem Ende weiß wie mit Eis überkrustet. Irgendetwas sollten sie zu tun haben mit diesem Grollen, das manchmal fern hinter einem Hügelzug sich erhob.

Jetzt aber war dieses Grollen ganz nah, es klang gefährlich und unerbittlich wie Donner, und es dauerte. Es ließ sich Zeit, während hinter einem Berg Helligkeit sich ausbreitete. Sie verfärbte sich aus Hellgelb ins Rote, das sich langsam vertiefte, während das Grollen zunahm. Das helle Gelbe, jetzt Rote und immer tiefer rot Glühende begann zu brüllen, und langsam entfaltete sich hinter den schwarz aus dem Nachthimmel ausgeschnittenen Tannen ein Feuerball. Er verharrte donnernd. Doch dann begann er sich zu erheben. Das war ein langsamer Vorgang und mühsam. Mit dem Brüllen schien er sich zu ermutigen. Er begann zu steigen. Er löste sich und stieg und stand rot glühend über den schwarzen Wipfeln der Tannen, stieg aber weiter, stieg langsam schneller werdend, veränderte seine Farbe ins weiß Glühende, stieg jetzt mit triumphierender Sicherheit und wurde auch kleiner, denn er musste schon sehr hoch sein, und jetzt begann er sich auch seitlich zu neigen, er nahm Kurs nach Nordwesten, also auf Holland hin und die Nordsee. Das Brüllen hatte sich schon länger gemäßigt und zu einem Murmeln verkleinert. Auch war das Feuer nur mehr stecknadelkopfgroß, ein Pünktchen in der Himmelsschwärze, das abrupt erlosch, so wie auch das Gemurmel sich abschwächte und wie Wasser versickerte. Jetzt war es still.

Bauer Trösch ging nach vorn zu den Pferden. Ich wühlte mich tiefer in meinen Deckenhaufen. Sofort danach musste ich wohl eingeschlafen sein, denn als ich erwachte, stand der Wagen, war Bauer Trösch schon dabei, die Pferde auszuschirren und in den Stall zu führen.

Die Geige

Vor mir schwebte sie plötzlich in meinem Traum, und ein unirdisches Strahlen ging von ihr aus, pulsierende Freude- und Glückswellen verströmte sie wie eine Monstranz. Begleiterin meiner Kindheit und Jugend. Instrument meiner misstönenden Begeisterungen. Folterwerkzeug.

Mir geht's gut.
Wie geht's dir?
Geht's dir auch so gut
Wie mir?
Dadada daaam dada.

Das war die neue, die wirkliche Nationalhymne der Deutschen während der Fresswelle Anfang der fünfziger Jahre, und viel hätte ich dafür gegeben, wenn ich sie so hätte spielen können wie Helmut Zacharias, also jazzig (sein Unterrichtswerk *Die Jazz-Violine* hatte ich mir natürlich gekauft), wobei es darauf ankam, *rubato* zu spielen und vor allem zu »schmieren«, das heißt, den Ton nicht genau zu treffen, sondern ihn um eine Winzigkeit zu tief anzusetzen, also gewollt unsauber zu spielen, erst das erzeugte jene unerhörte Schmissigkeit, mit der Helmut Zacharias alle bezauberte.

Es müssen tausende Stunden gewesen sein, in denen ich sie in der Hand und unterm Kinn hielt, und vollkommen deutlich sehe ich noch die Maserung ihres Halses (hell- und dunkelbraune Ringe) vor mir. Ich muss eine Plage für die

Nachbarschaft gewesen sein, denn in den Genuss eines regelrechten Unterrichts war ich nie gekommen, ausgenommen ein halbes Jahr kurz vor dem Abitur bei einem über achtzigjährigen Mann, einem gut gelaunten Reptil, der ständig mit seinen großen gelben Zähnen lächelte, allein in einer von Büchern und Noten und Plunder zugewachsenen, dämmrigen, unergründlich weitläufigen Wohnung hauste und der mir klar machte, dass bei der Handhaltung, die ich mir angewöhnt hatte (ich stützte mich mit der Handwurzel am Hals der Geige ab, die Todsünde des Geigenschülers schlechthin), nie etwas aus mir werden könnte, der mich ansonsten aber beeindruckte damit, dass er eines Tages ein Blatt auf den Notenständer legte und mir befahl, vorne anzufangen, er würde derweil hinten beginnen. Ich tat, wie mir geheißen, und wir brachten, ich von vorne nach hinten, er von hinten nach vorne spielend, ein allerliebstes Duo zustande.

Doch war ich nicht der einzige im Dorf, der musizierte, ohne Unterricht gehabt zu haben. So beispielsweise der Lehrer Thomé drei Häuser die Hauptstraße hinauf oder Rudi Buhr gegenüber oder ein Jungbauer, der ins Blasorchester aufgenommen werden wollte und wie besessen übte, wobei er seiner Trompete kilometerweit hörbare Schreie entlockte. Sie alle waren Autodidakten wie ich, liebten es, ihr Können unter Beweis zu stellen, vor allem an den Sonntagmorgen.

Damals war der Sonntag noch hörbar. Verstummt die Geräusche der Arbeit: Wagenknarren, das Tuckern von Traktoren, das Jaulen einer Kreissäge. Still lag das Dorf im Morgenlicht. Und das Erwachen war süß. Weithin und endlos erstreckte sich damals noch der Tag. Und das Licht war wie das Wasser, das man sich morgens mit den Händen ins Gesicht warf, wobei man schrie.

Und an einem bestimmten Tag wie diesem, wie an Fronleichnam, war das Dorf nicht nur still, weil es ausruhte. Die

Stille, die über ihm lag, war eine ganz besondere, nur jetzt hörbare Stille, es war die Stille der Erwartung. Denn das Hochamt hatte schon begonnen.

Die Frühmesse hatten die Alten, die nicht mehr schlafen konnten, besucht. Nach ihnen kamen die Kinder. Dann aber, zur besten Zeit um halb zehn, begann das Hochamt, und man kontrollierte genau, wer es versäumte, denn nach seinem Ende stand man noch auf dem kleinen Platz vor der Kirche zusammen oder man postierte sich an der Kreuzung längs des Straßenrandes und bildete Spalier – das taten allerdings nur Männer. So behielt man die Übersicht. Denn wer die Kirche verließ, musste durch dieses Spalier.

An diesem Tag und zu dieser Stunde bewegte man sich auch anders. Man trug seine besten, man trug seine Sonntagskleider, und man trug sie buchstäblich. Man trug sie hinaus ins Licht, man zeigte sie vor. Oder war es umgekehrt, und sie waren es, die einen trugen, einem Halt und Haltung gaben, einem das Kreuz durchdrücken und einen größer erscheinen und den Kopf höher tragen ließen? Denn nur an diesem Tag kam man aus den Arbeitskleidern heraus, den abgetragenen, oft geflickten, den von Schweiß getränkten.

Schon vor zehn waren die Glocken erwacht, hatten sich erhoben und zu gehen begonnen. Schwer und mahnend wandelten sie in den Morgen hinein, gingen über die Dächer, über die Felder, über die Gärten. Sie wandelten im Kreis und in Gedanken versunken. Stark und sicher und fast triumphierend tönten sie, tönten lange. Doch als sei es jetzt genug oder als würde ihnen plötzlich bewusst, wo sie waren, kam ein kleiner Stolperschritt in dieses Gehen, begannen sie, leiser zu werden. Ihre Kraft nahm ab, nahm stetig ab, ihr Gehen wurde langsamer, und jetzt, wo sie leiser und langsamer wurden, hörte man, dass sie mehrere waren, und von ihnen verstummte eine nach der andern, bis eine letzte kleine übrig blieb, die müde vom Gehen war, eigentlich keinen Fuß mehr vor den andern setzen konnte und endlich stehen blieb. Es war still.

Das war eine mächtige Stille jetzt. Dick lag sie über dem Dorf. Denn etwas tat sich dort drüben hinter den Kirchenmauern. Zaghafter Gesang erhob sich.

Deinem Heiland, deinem Lehrer,
Deinem Hirten und Ernährer,
Sion stimm ein Loblied an.

Flectamus genua.
Levate.

Es schien die Sonne, und Bienen waren unterwegs sowie Schwalben und Kohlweißlinge, und alle Fenster standen offen. Gegenüber, ein wenig die Bahnhofstraße abwärts, befand sich wohl irgendwo ein Klavier, denn da griff jemand zaghaft in die Tasten, und ein Akkord stand plötzlich schüchtern, aber strahlend rein in der kühlen, sonnigen Morgenluft. Und dann, ein paar Häuser weiter nach oben, begann Lehrer Thomé sein Cello zu stimmen. Er war noch unentschlossen, probte nur ein paar Läufe, doch dann schon zwei Takte aus einer Sonate. Ein kleiner Wind war aufgekommen. Er schmeckte süß wie Quellwasser in der hellbraunen Morgensonne. Inzwischen hatte das Klavier Mut gefasst und zog nachdenklich Akkorde auf eine Schnur. Und Lehrer Thomé ging jetzt entschlossen das Allegro der Haydn-Sonate an, an der er schon seit Wochen probte. Ich hätte durchaus einstimmen können, auch mit der Tonleiter, an der ich übte. Fröhliche Dissonanzen trieben kreiselnd vorbei. Gleichwohl war es still. Es war still, als würde etwas erwartet. Und es würde von der Kirche aus kommen, konnte nur von dorther kommen. Denn hinter den grauen, dicken Mauern bereitete es sich vor.

Glöckchen klingelten endlich. Der mystische Augenblick. Der Pfarrer hob die Monstranz. Flectamus genua. Wieder knieten sie nieder.

Dies ist mein Leib. Dies ist mein Blut. Glöckchen klingelten. Der mystische Augenblick. Die Wandlung. Brot zu Fleisch. Wein zu Blut. Ein kleiner, magerer Glockenschlag. Levate. Die Orgel setzte ein, Gesang stieg auf.

Preise, Zunge, das Geheimnis
Dieses Leibs voll Herrlichkeit
Und des unschätzbaren Blutes,
Das zum Heil der Welt geweiht.

Noch einmal begannen die Glocken. Es war vollbracht. Wieder einmal. Dies ist mein Leib. Dies ist mein Blut.

Das Dorf aber wartete. Es hatte sich geschmückt. Mit Birkenbäumchen, mit frischem Laub und mit Blumen. Die Straße war nicht mehr die öde Geschäftsstraße. Sie war ein Weg durch einen lichten, festlichen, sonnendurchfluteten Birkenhain, in einem neuen Jerusalem. Dies war der Weg eines erlauchten Triumphators, für den auf dem profanen Asphalt Blumen gestreut waren, und der jetzt herannahte mit treuherzigen Paukenschlägen und mit schrillen unkontrollierten Trompetenschreien. Kinder kamen die Straße herauf gelaufen. Erwachsene traten aus den Türen.

Mitten auf der Kreuzung war ein Altar aufgebaut, eher ein Gebirge, eine Anhäufung von Blumen, Heiligenstatuen und Votivtafeln: Maria hat geholfen. Maria wird helfen. Und darüber natürlich das Kreuz mit dem Erlöser. Doch besser sichtbar das Bild der Jungfrau. Hier würde die Prozession Halt machen, hier würde uns der Leib Christi gezeigt. Dies war die vierte und letzte Station.

Und die Prozession nahte. Die Blaskapelle hatte sich endlich auf eine gemeinsame Melodie geeinigt. Mit dumpfen

Paukenschlägen kam sie näher. Noch war nichts zu sehen, aber schon reckte man die Köpfe. Am Straßenrand standen sie jetzt dicht an dicht. Alle Fenster offen. Der Juniwind strich frisch in die Zimmer hinein, und in jedem Fenster war ein kleiner Altar oder doch zumindest eine Heiligenstatue und ein Blumenstrauß aufgebaut. Und aus jedem schaute jemand. Den Alten hatte man Sessel ans Fenster gerückt.

Lauter und schriller stampfte die Musik heran, unterlegt von Gesang. Von überall her kamen jetzt Neugierige gelaufen, die sich verspätet hatten und einen Platz am Straßenrand suchten. Zwei Abteilungen des Kirchenchores sangen. Die eine am Anfang, die andere am Ende der Prozession. Sie sangen dasselbe Lied, doch so versetzt klang es, als kämpfe es gegen sich selbst an. Ein fröhlich-frommes Durcheinander. Noch aber war nichts zu sehen, doch hinter der Straßenkehre war es schon nah, und jetzt wurde auch schon der kleine Franz Josef Hartkopf sichtbar, der im weißen Chorhemd mit dem Kreuz an einer langen Stange voranging, der Messdiener. Und dann bog schmetternd die Kapelle um die Ecke, und hinter ihr schwankte der Altar heran. Vier sehr ehrenwerte Handwerksmeister trugen ihn. Auch er war mit Blumen überhäuft. Dem Altar voran aber ging der Pfarrer. Hoch trug er die Monstranz, eine Sonne aus Gold mit dem Leib des Herrn in ihrem Zentrum.

Dieses Brot sollst du erheben
welches lebt und gibt das Leben
das man heut den Christen zeigt.

Er verharrte mit dem Heiligtum.

Deinem Heiland, deinem Lehrer,
deinem Hirten und Ernährer,
Sion stimm ein Loblied an.

Die Sonne leuchtete in dem Birkengrün, funkelte auf den Trompeten, der Kirchenchor schmetterte, die Trommeln wummerten, Kinder kreischten, der Pfarrer wandte sich um, die Prozession formierte sich neu. Der Leib des Herrn kehrte in sein Haus zurück.

Überall leerten sich die Fenster, die Zuschauer verliefen sich. Jetzt konnte Lehrer Thomé endlich fortfahren.

So wie ich nie genug Bücher, so hatte ich auch nie genug Noten gehabt, ich hatte mir angewöhnt, oft halbe Stunden lang frei vor mich hin zu fantasieren, wobei ich mir vorstellte, ich realisierte dabei das musikalische Äquivalent von etwas Gegenständlichem, einem Baum beispielsweise, ich spielte ihn oder malte ihn in Tönen. So erinnere ich mich, dass ich einmal einen Schmetterling zu spielen versuchte, einen Trauermantel, *Nymphalis (Vanessa) antiopa*, der in meiner Erinnerung die Größe von tropischen Exemplaren und auch deren juwelenhafte Leuchtkraft gehabt hatte, in Wirklichkeit aber unmöglich so groß gewesen sein konnte. Ich sah ihn in einem Steinbruch, der voll war mit betongrauen Mauertrümmern, die Bruchstücke der Giebelmauer des über ihm liegenden Klosters, das von einer Bombe getroffen worden war. Der Schmetterling aber saß auf einem dieser Mauerblöcke und klappte die Flügel langsam auf und zu. Und zwar mit einer Langsamkeit, die etwas Lüstern-Aufreizendes hatte. Es war still. Es war Mittag, es war still, wie es damals nur sonntags still gewesen ist. Und es war heiß.

Ich war allein. Mutter und Schwester waren den Vater besuchen, und es war gut möglich, dass sie Hin- und Rückfahrt nicht an einem Tag bewältigten. Das hieß, dass ich auch in der Nacht allein sein würde. Vorsichtig, damit ich den Schmetterling nicht aufscheuchte, setzte ich mich auf einen Steinbrocken. Ich glaubte, nie etwas Schöneres als diesen Falter gesehen zu haben. Schläfrigkeit befiel mich. Die Flügel des Falters hatten wohl, so schien es mir, eine Handbreit Spannweite und waren von einem tiefen, samtig braunen Schwarz, das seine ganze Tiefe erst gewann durch den Kontrast mit dem Band, das sie säumte und das in einem giftigen, einem hellen Trompetenstoß ähnlichen Gelb leuchtete. An vier Stellen liefen die Flügel in delikat geschwungene Spitzen aus. An dem pelzigen schwarzen Kopf waren die Fühler anmutig aufgerollt.

Zu Hause traf ich niemanden an. Mutter und Schwester waren wohl immer noch unterwegs, per Anhalter und mit Lastwagen, und so griff ich nach einer Weile zur Geige, denn für einen Waldgang war es zu spät, und was blieb, wenn da nirgendwo Mädchen und immer zu wenig Bücher waren, als sie, die mir die Langeweile zu vertreiben half, aber auch die Angst, was da die Treppe herabkam.

Das Haus war verwinkelt und labyrinthisch und alt, und es arbeitete und knackte und ächzte, der Vater lag stumm und gelähmt ganz weit irgendwo hinter dem Horizont in seinem Bett im Krankenhaus, und Mutter und Schwester irrten in der Nacht umher, und während ich den Trauermantel in seiner Pracht und Eleganz zu spielen und ihm auf meine Art einen Namen zu geben versuchte, vor allem aber um ein Äquivalent für das schwarz gepunktete Grau der Unterseite seiner Flügel zu finden, ein Grau, wie man es einzig noch an den Kostümen von Damen aus den Reiseromanen des 18. Jahrhunderts finden konnte. Gleichzeitig hörte ich, wie etwas die Treppe vom Boden herunterschlich. Es gab sich Mühe, leise zu sein, so dass ich immer lauter und schneller spielte, bis es dicht hinter mir stand. Und ich mich umdrehte.

Natürlich hatte ich da im Steinbruch der Verlockung nicht widerstehen können und war vorsichtig aufgestanden und hatte einen Schritt auf den Schmetterling zu gemacht, wobei ich nicht hätte sagen können, ob ich ihn fangen oder nur genauer betrachten oder töten wollte. Doch wie immer auch, das Insekt spürte selbst diese geringe Erschütterung der Luft, flog auf und taumelte in dem hitzeweißen Himmel davon.

Wie es einem manchmal mit Menschen ergeht, so erging es mir auch mit meiner Geige. Irgendwann war sie verschwunden und vergessen, bis ich von ihr träumte. Es gab keinen Anlass für diesen Traum. Weder war die Rede von ihr gewesen, noch hatte mich irgendwer oder irgendetwas an sie erinnert. Wenig später besuchte ich meine Schwester, und da ereignete sich etwas ganz Geisterhaftes. Ihr Sohn ging ins Nebenzimmer und kam mit einem schwarzen, mir nur allzu gut bekannten Kasten zurück. Er öffnete den Deckel, und auf blauem Samt lag, braungolden leuchtend – sie. Er hatte sie vor seinem jüngeren Bruder gerettet und restaurieren lassen. Davon hatte ich nichts gewusst und hatte es dennoch geträumt. Ich saß sprachlos.

Lange schaute ich sie an, dann klappte ich den Deckel des Kastens zu. Kurz danach verabschiedete ich mich. Ich hatte sie nicht angerührt. Doch dann ereignete sich ein zweites Mirakel. Ein Jahr später schenkte sie mir mein Neffe zum Geburtstag.

Als spät am Abend alle Geburtstagsgäste gegangen waren, schlug ich das Papier um den Kasten auseinander. Wie betäubt stand ich. Und da holte ich eine Trittleiter und stellte den Kasten auf eins der Bücherregale. Und dort oben steht er immer noch – seit zwei Jahren.

Dass Gedichte, dass Musik einem das Leben retten können, ist natürlich eine pathetische Übertreibung, aber nachträglich kommt es mir vor, als hätte sie tatsächlich einmal auf mich zugetroffen. Denn anders kann ich es mir nicht erklären, wie ich die Wochen kurz nach dem Abitur überstanden habe, als ich jeden Morgen um halb sechs am Dorfausgang auf den Bus nach der kleinen Stadt Baumholder wartete, wo am Rande des Truppenübungsplatzes Wohnblöcke für amerikanische Soldatenfamilien gebaut wurden und ich bei einer Straßenbaufirma arbeitete.

Mein Überlebensmittel war ein Buch gewesen, das ich in der Seitentasche meiner blauleinenen Arbeitsjacke immer bei mir trug. Es war klein wie ein Gebetbuch, hatte einen dunkelblauen, festen, geprägten Einband, war ein Bändchen aus der berühmten Manesse-Bibliothek und enthielt auf leicht gelblichem, kostbarem Dünndruckpapier Rilkes Sonette an Orpheus und die Duineser Elegien.

Die Fahrzeit bis Baumholder betrug für dreißig Kilometer eineinhalb Stunden, danach begann die Schicht. Zeitweilig arbeitete ich hinter einer Teermaschine. Der Qualm, den sie verbreitete, war durchsetzt mit feinsten Teertröpfchen, die, wenn sie auf die Haut meines von der Sonne rot gezeichneten Gesichts trafen, einen beißenden Schmerz verursachten. Hinzu kam, dass ich angesichts eines Kirchturms arbeitete, also im Anblick der Kirchturmuhr. Die Qual war doppelt. Mein Gesicht brannte, und die Zeit stand still. Wie oft ich auch auf den großen Zeiger blickte, er hatte sich nicht bewegt. Ich zwang mich, nicht hinzusehen in der Hoffnung, dass er sich inzwischen gerührt hätte, doch nichts. Auch wenn ich mich zwang, vor mich hin auf meine Arbeit zu sehen, wusste ich doch genau, wie der Kirchturm aussah, ja ich sah ihn schärfer und genauer, als hätte ich ihn angeblickt. Es war der Turm einer Dorfkirche, treuherzig und bescheiden und ein wenig plump. Das quadratische Zifferblatt war zu groß, und die Zeiger waren schwarz auf weißem Grund und sehr spitz, und sie waren unmissverständlich.

Wenn ich dann abends in den Bus nach Hause stieg, war das Berühren des kleinen Buchs in meiner Jackentasche das einzige, wozu ich noch fähig war. Ans Lesen war gar nicht zu denken. Aber ich brauchte ja eigentlich gar nicht mehr zu lesen. Bestimmte Zeilen waren für immer eingebrannt in mein Gedächtnis.

Es war aber eines Sonntagnachmittags, als ich meinen Vater in seinem Garten besuchte, dass ich eine Rose sah. Sie war von einem tiefen, samtigen Gelb. Sie war halb aufgeblüht, und ihr Kelch war, als glühte er von innen und in einem eigenen Licht, ein Licht, das aus einer anderen Quelle zu kommen schien als das Tageslicht, ein jenseitiges Licht, und da fiel mir die bekannte Zeile aus einem Gedicht Rilkes ein. Oder war es, dass mir die Gedichtzeile zuerst in den Sinn gekommen war, und ich danach die Rose wahrnahm? So dass ich erst durch die Gedichtzeile die Rose sah?

Eine wunderbare, lange nicht mehr gekannte Ruhe breitete sich in mir aus und um so mehr, je länger ich die Rose betrachtete. Es war ein warmer Tag im Juni. Laub und Gras im ersten Saft, ein leichter Wind strich dahin, und ich betrachtete die Rose, und die Welt weitete sich und war unendlich. Gar nicht einmal lange betrachtete ich sie. Denn sehr viel länger hätte ich es nicht ausgehalten. So stark war dieses Betrachten geworden, so schmerzhaft schließlich.

Manchmal greife ich mir das blaue Bändchen mit den Sonetten und Elegien aus dem Regal. Doch genügt es mir schon zu spüren, wie es in der Hand liegt, es einfach zu halten, wobei es mir oft vorkommt, als sei es aus einem anderen, dauerhafteren und schwereren Material als Papier gemacht, vielleicht aus Bronze. Einmal fand ich ein Fetzchen Papier darin, den Rest eines Textes, den ich wohl einmal geschrieben und den ich als Lesezeichen benutzt hatte.

... nicht mehr erinnert zu werden;
schwiegen abermals nach
... nden waren.
... te Schuld der Deutschen. Die
derjenigen, die sich mit dem stießen
den Jugendlichen
Rechtfertigungszwang.

Und manchmal lege ich es aufgeschlagen auf den Schreibtisch. Schon das Schriftbild der beiden Sonette, die jeweils auf der linken oder der rechten Seite stehen, spüre ich als Wohltat.

Damals betrachtete ich nach Wochen Arbeit mit Schaufel und Hacke manchmal meine Hände, und da wusste ich: Mit dem Geigespielen war es aus.

Der schwarze Geigenkasten aber steht immer noch auf meinem Bücherregal, steht nun seit Jahren dort, und immer noch nicht habe ich ihn geöffnet. Ich weiß genau, wie sie aussieht dort oben in ihrem schwarzen Kasten, weiß es mit geschlossenen Augen, weiß, wie sich das glatte, polierte Holz ihres Halses anfühlt und das ihrer schön gewölbten Rückseite. Schlafend liegt sie dort oben, ruht auf blauem Samt, meine Schöne, die Diva, das Biest und wartet auf mich, und ich wage nicht, zu ihr zu kommen. Denn was würde da auf dem blauen Samt liegen, öffnete ich den Deckel des schwarzen Kastens? Grauen streift mich bei dem Gedanken. Manchmal aber denke ich an sie, wenn ich ein Geigenkonzert höre, wenn sie hoch über den Klangmassen des Orchesters strahlend gleitet und segelt und steigt und fällt und nichts weiß von dem Absturz.

Das verschickte Kind

Schon mit der ersten Erwähnung des Wortes Stalingrad war die Erinnerung verbunden, dass ich meiner Mutter auf dem Schoß sitze. Im Ofen neben uns prasseln die Scheite, der Tisch ist festlich gedeckt, die Tür schmückt eine Girlande aus Tannenzweigen, und darüber hängt eine Tafel, darauf steht in bunten Buchstaben von meinem Vater schön gemalt: Herzlich willkommen, ein quälendes Fantasiebild, das mich heimsuchte in einem fremden Land.

Ich war lange fort gewesen, in der Kinderlandverschickung, wie es damals hieß, weit weg in einer kalten Wüste, in der nasser Schnee lag und eisig die Sonne glitzerte. In langen Kolonnen hatten wir marschieren müssen, wohin wussten wir nicht, jedenfalls immer der dicken Frau an der Spitze des Zuges hinterher zum Zweck der gesundheitlichen Stärkung unserer elfjährigen Körper, wie uns schreiend mitgeteilt worden war.

Von den mehr als hundert Kindern kannte ich nur zwei oder drei. Sie stammten zwar aus meinem Dorf, wohnten aber in jenem Ortsteil, der Berg genannt wurde, waren also verächtlich und Feinde. Und die Feindschaft erlosch auch unter diesen Bedingungen nicht. Insbesondere hatte ich mich vor einem Jungen zu hüten, an dem sich meine Wurfkunst und Treffsicherheit einmal geradezu triumphal erwiesen hatten. Es war an einem Nachmittag gewesen, und ich wollte zum Wald hinauf. Ich musste dazu durch feindliches

Gebiet und konnte nur hoffen, unbemerkt zu bleiben. Vergeblich. Das letzte Haus war schon beinahe passiert, als mich ein Ruf aufblicken ließ. Auf der Böschung entlang der Straße hockte eine Horde äußerst bedrohlicher Figuren. Ich hatte keine Chance, und da griff ich in meine Hosentasche. Ich hatte sie prall mit Notmunition gefüllt, nämlich mit kleinen, grünen, steinharten Äpfeln, die die kümmerlichen, windgekrümmten Straßenbäume abgeworfen hatten. Ich hörte den Anführer der Horde auf mich herab höhnen, ich sah den grünen Rotz, der ihm wie immer aus der Nase bis zum Rand der Oberlippe gelaufen war, ich wusste, dass sie mich diesmal kriegen und dass es mir übel ergehen würde, und da holte ich aus und warf. Ich warf mit solch wutbefeuerter und verachtungsverdoppelter Kraft, dass mein Wurfgeschoss über mehr als zwanzig Meter hinweg in gerader Linie auf ihn zuschoss und auf seiner Stirn zerplatzte.

Wir standen mit offenen Mäulern, ich eingeschlossen. Es hatte uns die Sprache verschlagen. Und das nutzte ich aus und machte mich still und heimlich davon, das heißt, ich ging einfach weiter, erwartend, dass sie nach einer Schrecksekunde brüllend hinterherkommen und sich auf mich stürzen würden. Aber nichts geschah. Sie saßen vor Verblüffung gelähmt. Das Ziel meines Apfelwurfs aber, ein vierschrötiger bärenstarker Kerl, war in denselben Kinderlandverschickungstransport wie ich gesteckt worden. Bei der nächsten Gelegenheit würde er mir den Wurf heimzahlen. Sorgfältig musste ich ihn beobachten, um ihm ausweichen zu können.

Die meisten Kinder kamen aus dem Ruhrgebiet oder aus dem Kölner Raum und sprachen fremde Sprachen. Ich war zum ersten Mal von meinen Eltern getrennt und zum ersten Mal allein. Manchmal blickte ich auf einen Punkt am Horizont, von dem aus ich schon mein Dorf hätte sehen können, wenn ich denn dort gestanden hätte, glaubte ich. Ich war aber ein Hitlerjunge und so gut wie ein Soldat und im Einsatz und hatte Haltung zu bewahren. Das war nicht immer einfach, zum Beispiel morgens, wenn die Namen derer aufgerufen wurden, die Post bekommen hatten, und meiner war nicht dabei. Ein Brief wurde geküsst und berochen und unter dem Pullover und dem Hemd auf der nackten Haut dicht am Herzen aufbewahrt.

Mein Selbstmitleid hielt sich also in Grenzen, wie es sich für einen Hitlerjungen gehört, zumal ich seit einiger Zeit unter den Augen eines mächtigen Zensors lebte. Ein Gott war nämlich eines Tages zu uns herabgestiegen, beziehungsweise einquartiert worden. Statt einer weiß wallenden Tunika trug er allerdings nur die mausgraue Uniform der Deutschen Wehrmacht, und die Rangabzeichen wiesen ihn als kleinen Feldwebel aus. Seine Göttlichkeit aber zeigte sich strahlend in seinem Gesang. Er gehörte der Liedertafel Memmingen an.

Es war selbstverständlich und gehörte sich, dass die Heimat den kämpfenden Helden einen möglichst angenehmen Lenz machte, und so herrschte der Feldwebel an unserem Abendbrottisch absolut und unumschränkt. Insbesondere wusste er die Gefahren der Front, die Härte des Kampfs und den Heroismus der Selbstaufopferung zu beschreiben, obwohl er, wie nach und nach durchsickerte, die bisherigen Kriegsjahre auf einer Schreibstube in Frankreich als Drückeberger verbracht hatte.

Warum nicht, sagte man. Um eine solche Stimme wäre es schade. Und sie hatten nicht Unrecht. Denn er hatte eine göttergleiche Stimme. Und mit ihr und Darbietungen seiner Gesangskunst versuchte er, sich für die Gastfreundschaft zu bedanken, die er bei uns und insbesondere vonseiten meiner Mutter erfuhr, die plötzlich eine Liebenswürdigkeit entwickelte, die neu war und die ich ihr nie zugetraut hätte. Immer wieder bat sie also nach dem Abendessen den Feldwebel, ein stattlicher Mann übrigens, um eine Probe seiner Gesangskunst. Der ließ sich nicht lange bitten, erhob und reckte sich, und nachdem er tief eingeatmet hatte, stand er stumm und öffnete den Mund. Gebannt starrten wir auf dieses sich langsam auftuende Loch in seinem Gesicht. Doch dann drang aus ihm ein dünner fistelhoher Gesangsfaden hervor. *Dein,* drang lang und weiß aus seinem Mund. *Dein,* drang fadendünn und immer länger und schneidender aus seinem Mundloch, um dann plötzlich umzukippen: *Ist mein ga-an-zes Herz.* Und jetzt hob sich tönend die Brust, auch seine Rechte erhob sich, und zwar, wie mir befremdet auffiel, gegen meine Mutter, *wo du nicht bist, kann ich nicht sein.*

Sein Oberkörper samt Kopf kam in Bewegung, begann, sich hin und her zu wiegen. *So wie die Blume welkt, wenn sie nicht küsst der Sonnenschein.* Unsere Wohnstube war, was die Deckenhöhe betrifft, recht bescheiden, der Ton wurde irgendwie gequetscht, aber auch wieder vergrößert, so dass er eine trompetende Qualität bekam, die in sonderbarem Gegensatz zu der Zartheit der Empfindung stand, die behauptet wurde.

Derweil betrachtete ich das Gesicht meiner Mutter. Was ging da vor? Nicht, dass sie an seinen Lippen gehangen hätte. Züchtig blickte sie vielmehr vor sich nieder, doch mit einem Lächeln, das mir allerdings wenig züchtig vorkam. Verlegen und gleichzeitig geschmeichelt lächelte sie verschämt auf den Tisch herab, und es sah aus, als verberge dieses Lächeln ein Geheimnis, das nur sie und der Feldwebel kannten.

Der Beifall war natürlich überwältigend und wollte kein Ende nehmen, bis der Feldwebel bescheiden abwehrend die

Hände hob. Eigentlich klingt das ja doch erst richtig mit Klavierbegleitung, rief er. Das ließ sich meine Mutter nicht zweimal sagen. Als ich am nächsten Tag aus der Schule kam, stand ein Klavier im Wohnzimmer. Meine Mutter hatte es in der Musikalienhandlung Buhr gegenüber gemietet. Und nun ging es erst richtig los. *Schau einer schönen Frau nicht zu tief in die Augen. Kauf dir einen bunten Luftballon. Ich weiß, es wird einmal ein Wunder geschehen. Mein einz'ger Lebenszweck ist Borstenvieh und Schweinespeck.*

Wild wogte der Oberkörper des Feldwebels über den Tasten hin und her, hingerissen warf er den Kopf in den Nacken, und schließlich wandte er sich um, rief: Und jetzt alle, und tatsächlich stimmten alle ein: Lebenszweck, Schweinespeck, Lebenszweck, Schweinespeck. Die Stube drohte zu platzen, so viele gebetene und ungebetene Besucher hatten sich nach und nach eingefunden, und plötzlich stand Wein auf dem Tisch, und die ersten begannen zu tanzen. Der Feldwebel tanzte mit allen Frauen, nur nicht mit meiner Mutter.

Natürlich wollte auch ich das Klavierspielen lernen, und wunderbarerweise ließ sich meine Mutter auch erweichen, wie sie überhaupt in einer nachgiebigen, fast träumerischen Stimmung war, und ließ mich bei Herrn Buhr, dem Küster und Inhaber der Musikalienhandlung gegenüber, Stunden nehmen. Ich soll unglaubliche Gelehrigkeit gezeigt haben, denn schon bald war ich imstande, die Anfangstakte des Liedes vom idealen Lebenszweck zusammenzustoppeln. Anfangs zum Vergnügen meiner Mutter, das allerdings abnahm, als ich auch den Text dazu zusammenzuklauben begann, wobei sich abenteuerliche Wortverkrüppelungen ergaben. Noch lachte meine Mutter darüber, doch zeigte sie Anzeichen von Nervosität, als ich mich *Dein ist mein ganzes Herz* zu nähern begann und zu chaotischen, aber gleichwohl mit Feuer vorgetragenen Akkordtrümmern vom Zustand meines Herzens krächzte.

Meine musikalischen Fortschritte interpretierte der gute alte Herr Buhr als Ausdruck einer außergewöhnlichen Begabung. Sie erregten bei meiner Mutter aber eher Misstrauen. Der Eifer, mit dem ich das Klavierspiel zu erlernen versuchte, war ihr verdächtig (ein gesundes Kind lernt nicht freiwillig), vollends widerwärtig waren ihr meine Versuche, mich des Texts ausgerechnet jener Lieder zu bemächtigen, die auch der Feldwebel gesungen hatte. Doch löste sich das Problem, wenn es denn eins gegeben hatte. Eines Tages kam ich aus der Schule und das Klavier war verschwunden. Die Einheit des Feldwebels war verlegt worden – an die Ostfront.

Ich beobachtete meine Mutter. Die Ränder ihrer Augen waren verdächtig rot. Drei Tage später stand ein schwarzes, sargähnliches Behältnis auf dem Wohnzimmertisch. Ich klappte den Deckel auf: Ich sollte Geige lernen, verkündete meine Mutter. Das käme billiger. Die Stunden bei Herrn Buhr habe sie schon einen Monat im Voraus bezahlt.

Das Problem war nur, dass der Herr Buhr, der mich das Geigespielen lehren sollte, selbst nicht Geige spielen konnte. Am Klavier sitzend gab er die Töne vor, die ich greifen sollte. Ich resignierte aber nicht. Jetzt wollte ich eben auf der Geige *Dein ist mein ganzes Herz* spielen. Und dazu auch noch den Text singen. Es muss schauerlich geklungen haben. Vielleicht, dass ich selbst die Kakophonie nicht hörte, die ich hartnäckig produzierte, sondern eine ideale Musik, wie sie der Feldwebel hervorgebracht hatte. Meine Mutter aber wertete meinen musikalischen Furor als Versuch, sie zu foltern, und meldete mich beim Jungvolk an.

Du musst sowieso mehr unter Menschen, rief sie, vor allem aber unter deinesgleichen. Dass ich nicht lache, rief ich.

Diese Bauernknoten sollen meinesgleichen sein? Es half aber nichts, ich musste zweimal in der Woche zum Antreten, wie die Zusammenrottung der etwa achtzig Zehn- bis Zwölfjährigen auf dem neuen Marktplatz genannt wurde. Hätte meine Mutter meinen sagenhaften Apfelschuss miterlebt, sie hätte meinen Widerstand gegen dieses abscheuliche Jungvolk besser verstanden. In dem Haufen, der sich zur geforderten Zeit vor dem Jugendheim versammelt hatte, musste sich auch der Knoten befinden, dem ich so bravourös eins mit einem allerliebsten Äpfelchen aufgebrannt hatte. Es galt also wachsam zu sein. Die Vorsicht war aber völlig umsonst, denn kurz nach dem zweiten Antreten verbot der Bürgermeister jede Ansammlung von mehr als drei Personen im Freien. Folgendes war nämlich geschehen:

Es war ein schöner Herbstnachmittag, und wir standen nach endlosen Versuchen schließlich auch leidlich ordentlich in Dreierreihen da, als die Motorengeräusche von Flugzeugen, die schon länger, wenn auch weit weg, zu hören gewesen waren, sich plötzlich zu einem krachenden Heranjaulen vergrößerten, das sich auf uns herabzustürzen schien, dann aber dicht über unseren Köpfen brüllend hinwegfegte. Ein englisches Jagdflugzeug, das vor einem deutschen floh, glaubten wir und johlten, als wir sahen, wie die Bordkanonen des deutschen Jägers unerbittlich dem Engländer zusetzten, und wir jubelten, als wir sahen, wie die englische Maschine sich vornüber neigte und, einen feinen Rauchstreifen hinter sich her ziehend, stürzte, während fern am Himmel sich ein kleiner weißer Punkt entfaltete, der Fallschirm des Piloten.

Am nächsten Tag stellte sich aber heraus, dass es sich umgekehrt verhielt. Nicht ein Deutscher hatte einen Engländer abgeschossen, sondern ein Engländer einen Deutschen. Danach erachtete man es wohl als zu gefährlich, dass sich Menschenmengen ungeschützt im Freien versammelten. Zum Antreten sind wir danach nie mehr befohlen worden.

Das aber, weshalb ich mich überhaupt erst herbeigelassen hatte, mich mit diesem Jungvolk gemein zu machen, darum hatte man mich betrogen, nämlich um das herrliche Fahrtenmesser mit dem schwarzen geriffelten Kunststoffgriff, in den eine rote Raute mit einem kleinen schwarzen Hakenkreuz in der Mitte eingelassen war und das in einer breiten Lederscheide steckte und am Koppel zu tragen war. Es gehörte zur Uniform, und wurde, weil nicht kriegswichtig, nicht mehr hergestellt. Nur seinetwegen hatte ich das Theater aber doch mitgemacht.

Das Geigespielen hingegen begann mir zu gefallen. Ich hatte aufgehört, die Schmachtfetzen des Feldwebels nachzuäffen. Unermüdlich übte ich Tonleitern oder die harmlosen Stückchen, die zur Unterhaltung in der Geigenschule eingestreut waren. Doch kratzte ich sie geradezu wütend herunter, und es hatte etwas Aufsässiges, wie ich die nett gemeinten Liedchen misshandelte. Meine Mutter schwieg dazu, und ich spürte, welche Anstrengung es sie kostete, sich ihre Gereiztheit nicht anmerken zu lassen, war es doch zu begrüßen, wenn ein Kind freiwillig ein Instrument lernt. Außerdem hatte sie ein schlechtes Gewissen, unter anderem, weil sie das Klavier wieder zurückgegeben hatte.

Jahre später stieß ich auf zwei Fotos aus dieser Zeit. Auf dem einen hat mich mein Vater mit seiner unvermeidlichen Voigtländer erwischt, wie ich mit heruntergelassener Hose im Gras hocke, und noch heute kann ich das brüllende Gelächter hören, das es immer wieder hervorrief, und meine Scham darüber spüren. Auf dem andern Foto sitze ich vertrotzt auf dem Ast eines Baums und will, wie ich mich noch heute erinnere, keinen Schritt weitergehen. Man hat damals viel über mich gelacht. Ständig war ich beleidigt. Alle kränkten mich und achteten mich gering. Der Höhepunkt der Erniedrigung aber war erreicht, als alle sich eines Tages vor der Badezimmertür versammelten, klopften und mir kichernd eine große Schere hereinreichten. Sie begriffen nicht, dass das Bad für mich der einzige Ort war, wo ich mich vor ihnen noch sicher fühlen konnte.

Meinem Bedürfnis nach Absonderung konnte bald abgeholfen werden. Nicht lange, und ich saß in einem Bus und war auf dem Weg in ein Heim der Kinderlandverschickung. Die Kinderlandverschickung hatte den Zweck, Kindern aus ausgebombten oder sonstwie kriegsgeschädigten oder einfach nur mangelernährten Familien Erholung zu bieten, und das hieß essen und noch einmal essen und noch einmal. Ob es angeschlagen hatte, wurde auf einer Waage kontrolliert, vor der wir in einer Reihe aufgestellt warten mussten. Das ständige Essen war eine Qual, und einmal übergab sich ein Mädchen in ihren Teller hinein, musste das Erbrochene aber wieder aufessen. Die Rote-Kreuz-Schwestern, die das Heim verwalteten, waren tonnenförmige Matronen mit den Stimmen von Ausbildern auf Kasernenhöfen, allerdings waren sie auch erschreckend gelenkig. Ohrfeigen verteilten sie mit virtuoser Routine und professioneller Unbeteiligtheit.

Auf das Mittagessen folgte die Mittagsruhe, wozu wir in Decken gewickelt, tatsächlich aber gefesselt wurden und auf flachen Liegen in einer langen Reihe auf einem zugigen Balkon in der eisigen Februarluft mehr als eine Stunde lang regungslos, ohne austreten zu dürfen und von der kalt gleißenden Sonne angeschienen, ausharren mussten. Quälender als die Fesselung und die Sonne aber war die immer gleiche Fantasie, die dann unweigerlich aufstieg: der Traum von der Heimkehr und dem Kuchen. In ihm hatte sich alles Glück materialisiert. Hoch und weiß bepudert stand er inmitten des zu meinem Willkommen festlich gedeckten Kaffeetischs. Den höchsten Grad der Verlockung erreichte er abends in der lautlosen Hölle des Schlafsaals oben unterm Dach in einem riesigen Saal, wo ich mit dreißig anderen Kindern auf den Schlaf wartete. Doch den Schlaf, in den wir uns sinken lassen wollten wie in ein großes, weiches Kissen, mussten wir fürchten. Vor wenigen Minuten noch waren wir auf der Toilette. Es war aber das letzte Mal an diesem Abend gewesen. Denn nach halb acht war die Benutzung der Toiletten verboten. Wir hatten mehr essen müssen, als wir wollten, und wir hatten mehr Tee getrunken, als wir brauchten. Und jetzt lagen wir in dem grünlichen Dämmerlicht der nackt von der Decke hängenden Glühbirnen und kämpften gegen den Schlaf, denn wir wussten: Erst würden die Albträume kommen, und sie würden immer schrecklicher werden, bis etwas geschah, das sich anfühlte, als würde lautlos ein Damm in sich zusammensinken und die Flut könnte sich frei verströmen. Das war ganz paradiesisch.

Irgendwann in der Nacht aber würden wir erwachen und merken, dass wieder einmal der Schlafanzug nass war und natürlich auch die Matratze und dass wir stanken. Es war kein Trost zu wissen, dass es vielen so ging, und meinem verletzten Stolz half es auch nicht auf.

Eines Abends, als schon alle schliefen, erhob sich Lärm. Schwestern stürzten in den Schlafsaal. Aufstehen, schrien sie, aufstehen. Es gibt etwas zu feiern. Schlafwirr drängten wir in Schlafanzügen und Nachthemden die Treppe hinunter in den Speisesaal, Tee bekamen wir ausgeschenkt, und Gebäck wurde aufgetischt. Denn ein großer Sieg der deutschen Truppen musste gefeiert werden. Stalingrad war gefallen, die Stadt endlich erobert.

In meinem stinkenden Bett in diesem Heim in der Eifel liegend und in die grünliche Todesdämmerung des Schlafsaals starrend, wurde die Zwangsvorstellung von dem Kuchen auf dem Kaffeetisch durch eine andere verdrängt. Ich konnte nicht aufhören, an das Fahrtenmesser zu denken, das mir zugestanden hätte, an seinen herrlichen Griff zu denken, seine Klinge, denn jetzt hätte ich es gut brauchen können. An der Eingangstür saß als Aufpasserin eine der dicken Rote-Kreuz-Schwestern, und an ihr kam niemand vorbei, gleich ob er in den Saal hinein oder aus ihm heraus wollte. Mit einem solchen Messer, so stellte ich es mir vor, wäre ich sehr wohl hinausgekommen. Die Dame hätte danach wohl etwas unordentlich ausgesehen. Ein Fahrtenmesser hatte nämlich eine Blutrinne.

So wenig, wie ich weiß, wie ich in dieses Heim hineingekommen bin, so wenig weiß ich, wie ich ihm entrann. Erst mit der Girlande aus Tannenzweigen über der Tür und dem gedeckten Tisch und dem Kuchen in seiner Mitte setzt Erinnerung wieder ein, doch wie im Traum. Ich muss wohl sehr fremd geblickt haben, denn meine Mutter zog mich schließlich an sich.

Nun erzähl mal, sagte sie, hob mich auf ihren Schoß und legte den Arm um mich. Es war, als hätte man eine Schleuse geöffnet. Nie mehr habe ich so inbrünstig und untröstlich geweint wie in diesem Augenblick an ihrer Schulter. Denn erst in diesem Augenblick wurde mir klar, dass ich die ganze Zeit über nicht gewusst hatte, warum sie mich dorthin geschickt hatte. Ich war normal ernährt, hatte die für mein Alter erforderliche Größe und keine Beschwerden. Heute glaube ich, dass sie mich dorthin schickte, weil sie nicht mehr mit mir fertig wurde und mir einmal zeigen wollte, wo der Hammer hängt. So dass, als ich an ihrer Schulter schluchzte, ein kleines, zufriedenes Lächeln in ihren Mundwinkeln gestanden haben könnte.

Meine beiden Väter

Eines Abends, als ich auf dem Nachhauseweg an einem am Straßenrand abgestellten Stapel Backsteine vorbeikam, sah ich plötzlich wie in einem Schock die winzigen Spielzeugbacksteine aus dem Baukasten vor mir, den mir mein Vater vor nun sechzig Jahren geschenkt hatte, ja ich roch das graue Pulver sogar, das ihnen in einer kleinen Tüte beigegeben war und das mit Wasser verrührt den Mörtel ergeben hätte, mit dem man die Steinchen wohl hätte aufmauern können, und für immer wusste ich: So riecht die Langeweile. Sogar die kleine Kelle sah ich vor mir, womit man den Mörtel hätte anrühren können, was ich übrigens nie tat, denn ich war viel zu klein für diesen Baukasten – daher der Geruch der Langeweile –, zu klein auch für einen anderen, den mir mein Vater geschenkt hatte. Der hatte Rollen von Metallband enthalten und eine Schere und eine Lochzange, mit der man Stücke davon hätte abschneiden, lochen und zusammenschrauben können zu völlig unverständlichen und sinnlosen Gebilden von übrigens starrender Hässlichkeit. Des Weiteren hatte er mir einen Filmvorführapparat geschenkt, dem allerdings nur eine einzige Filmrolle beigegeben war, auf der eine kleine schwärzliche Figur die Skisprungschanze von Garmisch-Partenkirchen hinunterrutscht, einen kleinen Sprung tut und verschwunden ist. Vom pädagogischen Standpunkt aus – schließlich war mein Vater Lehrer gewesen – zeugten diese Geschenke von einem unglaublichen Mangel an

Einfühlungsvermögen. Andererseits scheint er dem Knirps von Sohn übernatürliche Geisteskräfte zugetraut zu haben, jedenfalls muss er eine sehr hohe Meinung von ihm gehabt haben, wenn er dem Fünfjährigen Dinge schenkte, die gerade einmal für einen Zwölfjährigen getaugt hätten.

Nahezu gleichzeitig mit dem Geruch dieser Spielzeugbacksteine stand mir plötzlich auch ein Bild vor Augen. In einem Fenster eine weite, leicht ansteigende schneebedeckte Fläche, auf die bleigraue Dämmerung herabsinkt. Wo der Schnee die schweren Winterwolken zu berühren scheint, wird er von einer schwarzen Linie begrenzt, dem Wald. Von dort oben zieht sich auch die Straße herunter, auf der der Vater in seinem Auto nach Hause kommen wird. Zwei Lichter würden dort oben am Wald erscheinen, und auf diese Lichter warte ich zusammen mit der Mutter. Sie hat mich auf den Arm genommen und singt. Leicht wiegt sie mich hin und her, während wir hinaus in die Dämmerung blicken und auf den Vater warten. Ich erinnere mich, dass ich zusammen mit der Mutter geweint habe. Eine furchtbare Traurigkeit hatte uns ergriffen, und ich habe geweint wie später nie mehr.

An jenem Abend warteten wir noch auf den schönen Vater, denn ich hatte zwei Väter. Der schöne legte sich ein halbes Jahr später, nämlich Ostern des Jahres 1938, mit Fieber ins Bett und stand sieben Wochen später auf und hatte die Sprache bis auf wenige Reste verloren. Auch konnte er nicht mehr rechnen und lesen und fast gar nicht mehr schreiben. Außerdem war er gelähmt und musste am Stock gehen – was er aber bald nicht mehr brauchte. Um nun angesichts dieses völlig veränderten, jetzt fremden Mannes an den früheren schönen, klugen und heldenmäßigen Vater nicht ständig erinnert zu werden und den Schmerz des Vergleichs, also auch das Bewusstsein von dem Ausmaß des Verlusts aushalten zu müssen, sind im Hirn des damals

Fünfjährigen, so erkläre ich mir die geradezu unglaubliche Tatsache, dass ich mich an den schönen Vater nicht mehr erinnern kann, offenbar alle Bilder, die ihn zeigten, in einer weißen Stichflamme gelöscht worden.

Nur Reste und Bruchstücke hatten sich noch erhalten. Beteiligt an diesem Auslöschungsakt könnte später (und auf diesen Gedanken komme ich jetzt erst) auch die Mutter gewesen sein. Denn erst jetzt, also nach Jahrzehnten, fiel mir plötzlich auf, dass in den Fotoalben, die ich doch immer wieder durchblätterte und in denen jedes Detail der Geschichte meiner Familie festgehalten war, rätselhafterweise nicht ein einziges Foto zu finden war, das den Vater vor seiner Krankheit zeigte, also eins, auf dem er auch in seiner Parteiuniform zu sehen war. Und es muss viele davon gegeben haben, denn er war ein begeisterter Nazi und mit seiner Voigtländer Spiegelreflexkamera ein unermüdlicher Fotograf, der darauf bestand, immer auch selbst mit auf dem Foto zu sein, was, war der Apparat aufgebaut und eingestellt, mit Hilfe der Technik des Selbstauslösers durchaus möglich war, vorausgesetzt, er hetzte schnell genug hinter der aufgebauten Kamera hervor und drängte sich in die Reihe der Aufzunehmenden, die schon angestrengt ihre Fotografiergesichter aufgesetzt hatten.

Sein Verschwinden aus den Fotoalben ist indessen relativ leicht zu erklären. Im Frühjahr 1945, als amerikanische Truppen sich dem Dorf näherten, beschloss die Mutter, nicht nur die Kleiderschränke von seinen Naziuniformen und den Bücherschrank von kompromittierender Literatur, sondern wohl auch die Fotoalben von peinlichen Beweisstücken zu säubern. Sie muss in einer panischen, besinnungslosen Angst und Aufregung gewesen sein, und so könnte es durchaus möglich sein, dass sich ihre Angst mir mitteilte, derart, dass, so wie sie die Fotos in den Alben ich die Bilder von ihm in meinem Gedächtnis auslöschte. Bei einem Zwölfjährigen allerdings wenig wahrscheinlich. Die Auslöschung der Erinnerung an ihn muss früher stattgefunden haben, als ich nämlich fünf war, als sich da ein völlig fremder Mann aus dem Bett erhob und behauptete, mein Vater zu sein.

Erinnerungsbruchstücke haben sich aber trotzdem erhalten. Zu diesen Erinnerungsbruchstücken an ihn gehört vor allem meine erste und seitdem unvergessliche Erfahrung von Wollust. Es war wahrscheinlich an einem Sonntagmorgen, und ich lag bei dem Vater im Bett. Der trug ein Nachthemd, doch war es ein wenig hochgerutscht, jedenfalls so weit, dass mein Fuß sein nacktes Bein berührte. Als hätte mich das auf eine Idee gebracht, begann mein Fuß, an seinem Bein hochzuwandern, wobei es sich gleichzeitig daran rieb, genauer, mit der Innenseite daran rieb. An das Gefühl, das ich dabei hatte, erinnere ich mich bis heute. Es ist eigentlich nicht in meinem Fuß zu lokalisieren gewesen. Vielleicht ist es mit dem Wort Verschmelzungsempfindung ungefähr beschrieben, denn weder hatte ich meinen Fuß noch den Schenkel meines Vaters getrennt gespürt, sondern meinen Fuß auf seinem warmen Fleisch und das warme Fleisch an meinem Fuß gleichzeitig und in eins, und darin bestand eigentlich die Wollust.

Mein Vater hatte diesen kleinen Fuß wahrscheinlich kaum oder nur nebenbei bemerkt, jedenfalls hielt er still. Dies ausnutzend, ließ ich meinen Fuß immer höher wandern, dorthin, wo es immer wärmer und weicher und auf eine unbestimmte Weise immer aufregender wurde. Und dann plötzlich durchfloss mich ein Entzücken. Mein Fuß hatte den Oberschenkel des Vaters erreicht, und zwar die Innenseite. Das Entzücken floss durch meine Fußsohle, die wie elektrisiert war, in mich hinauf. Durch zartes Auf-und-ab-Streichen konnte ich es immer wieder erneuern. Immer wieder wollte ich diese Weichheit und warme Glätte, diese Fülle an meinem Fuß spüren, damals wie später, wenn ich es an der nackten Haut von Frauen wiederzufinden versuchte.

Damit war es aber plötzlich zu Ende. Der Vater stand auf, und da lernte ich eine zweite Empfindung kennen. Plötzlich stand das Fenster sperrangelweit offen, eiskalte Luft strömte ins Zimmer, und mir bot sich ein Anblick, der mich mit einem ganz neuen Gefühl erfüllte, dem durchdringenden Gefühl von Peinlichkeit. Meine Eltern betrieben Frühsport.

Nun war die Region, in der ich groß wurde, von Menschen bewohnt, die in ihrer überwiegenden Zahl körperlich hart arbeiten mussten, für die also Sport eine zusätzliche und völlig überflüssige Anstrengung bedeutet hätte. Was meine Eltern da betrieben, erschien schon dem Knirps, der ich damals war, ganz exotisch und überdies lächerlich. Bei offenem Fenster und mit angewinkelten Armen übten sie nämlich Dauerlauf, und zwar im Schlafzimmer.

Mehr als drei oder vier Meter Bewegungsfreiheit hatten sie nicht, praktisch traten sie auf der Stelle. Das war etwas, das sie vorher nie getan hatten, und offensichtlich hatte der Vater es mitgebracht von seiner Schulung als Propagandaredner der NSDAP auf der sogenannten Ordensburg Sonthofen. Der Deutsche habe morgens bei offenem Fenster Knie- und Rumpfbeugen zu machen und sich durch Laufen zu stählen für die kommenden Aufgaben, war ihm wohl eingebläut worden, und er hatte es geradezu jubelnd beherzigt, und so trabte er fünf Schritte vor und fünf Schritte zurück im Schlafzimmer hin und her und um die Betten herum. Meine Mutter im Büstenhalter und im Wollschlüpfer immer brav hinter ihm.

Meine Eltern taten mir in diesem Augenblick leid, und zwar deshalb, weil sie nicht wussten, wie lächerlich sie waren, wobei das Gefühl von Peinlichkeit auch dadurch entsteht, dass man an der Lächerlichkeit selber beteiligt ist. Sie waren ja meine Eltern und ich war sozusagen Teil von ihnen. Immerhin scheine ich schon damals gewusst zu haben, was lächerlich ist und was nicht. Im Übrigen findet man nicht selten, dass sich Kinder für ihre Eltern schämen.

Wenig später stehe ich auf dem Kopfkissen des Vaters und rede in Zungen. Ich spreche zu einer riesigen Menschenmenge, aber was ich sage, verstehe ich nicht. Ich rede in einer Sprache, die mir selber fremd ist, und die ich im Akt des Redens erfinde. Bis vor Kurzem hatte ich diese Erinnerungsszene belächelt als Zeugnis einer frühen Aufgewecktheit und meines sprachlichen Erfindergeistes. Dann aber kam mir der ernüchternde Gedanke, dass der Kleine nichts anderes tat, als seinen Vater zu imitieren. Das heißt, dass ich ihn wohl einmal als Agitator und Parteiredner erlebt hatte, vielleicht in einem Wirtshaus oder bei einer Kundgebung auf dem Marktplatz, woran ich allerdings keine Erinnerung mehr habe.

Mein Vater muss ein feuriger Redner gewesen sein, dem Kleinen nach zu schließen, so wie er da auf dem Kissen stand und gestikulierte und die ungewöhnlichsten Lautkombinationen atemlos hervorstieß, dramatische Pausen machte, dann wieder mit voller Lautstärke hervorbrach, die Stimme senkte, und dann plötzlich schrie, schließlich mit einem lang anhaltenden drohenden Tremolo endete. Oder imitierte der Kleine gar nicht seinen Vater, sondern einen andern, einen, dessen Reden die Erwachsenen am Radio atemlos lauschten, der ganze Stunden lang von einem Leutnant sprach, schrie, bellte, von einem heiligen Leutnant, einem großen Leutnant, von einem ewigen Leutnant. Schließlich verstand ich aber, dass mit dem Leutnant Deutschland gemeint war.

Später hasste ich diesen rhetorischen Furor an meinem Vater, der sich ja nicht verloren hatte, auch wenn ihm durch die Krankheit die Sprache dafür abhanden gekommen war. Dieses Temperament, diese hohle Begeisterung, diese stammelnde Beredsamkeit, dieser Schwung – ich habe mich gekrümmt dabei und ihm jedes Mal so schnell wie möglich das Wort abgeschnitten. Jetzt aber ertappe ich mich immer öfter dabei, wie ich selbst in diese Hitze gerate, laut werde, in Schwung komme, und manchmal scheint es mir, als ob ich immer noch auf diesem Kissen stünde, immer noch in einer unbekannten Sprache rede und schreie, in dem Versuch, etwas zu sagen, was sich offenbar nicht sagen lässt.

Nun hatte die Krankheit den Vater nicht nur der Fähigkeit zu sprechen, zu schreiben und zu lesen beraubt, sie hatte auch seine Persönlichkeit verändert. Sie hatte ihn zu einem anderen gemacht, und ich bin gar nicht so sicher, ob ich den anderen, den schönen Vater sehr sympathisch gefunden hätte, ob ich nicht sogar Grund gehabt hätte, ihn zu fürchten. Welche Rolle hätte er gespielt, als man die Juden des Orts deportierte und ihre Synagoge anzündete, was hätte er im Krieg getan? Hätte er ihn überhaupt überlebt?

Je mehr ich nachdenke, desto klarer wird mir aber, dass nicht nur der schöne Vater, sondern auch der andere, der bemitleidenswerte, lästige, ja fast verachtete, gewöhnliche, mir Geschenke gemacht hatte, Geschenke, die geblieben sind, Lebensgeschenke gleichsam. So beispielsweise die Erinnerung an seine großen, muskulösen, trockenen und stets warmen Hände, an seine Reinlichkeit. An seinen immer guten Geruch. An seine Freude, gut und mit einer gewissen Eleganz angezogen zu sein. An die riesigen Kürbisse, die er zog und mit denen meine Mutter, die das Kind einer Tagelöhnerfamilie war, nichts anzufangen wusste und die er damit zur Verzweiflung trieb, die er ihr aber nichtsdestoweniger strahlend unter jedem Arm einen immer wieder anschleppte. Denn kurz nachdem er die Sprache verloren hatte und in Pension geschickt werden musste, hatte seine Frau ihm ein Stück Land gekauft, das er nach jahrelanger Fronarbeit schließlich in einen Garten verwandelt hatte, in dem er dann den Rest seines Lebens verbrachte. Von seinen großen Geschenken aber sind hauptsächlich drei zu nennen.

Das erste Geschenk

Es könnte an einem Winterabend gewesen sein, als er ein geheimnisvolles Paket von der Post abholte. Es enthielt drei große, nicht besonders dicke quadratische Bücher. Auf dem blauen stand das Wort Gotik, auf dem roten Renaissance und auf dem gelben das Wort Barock. Schlug man sie auf, so waren die Seiten enttäuschenderweise grau von Buchstabengekrümel. Sonderbarerweise klafften aber in dem Augenpulver unterschiedlich große weiße Rechtecke oder Quadrate. In sie hinein klebte er aber dann aus den beigegebenen Packen Bilder diejenigen, die in diese Leerstellen gehörten, und ein Wunder geschah. Fenster in das Innere von Palästen öffneten sich. Auf üppigsten Pfühlen lagerten nackte Frauen. Braune Krieger beugten sich von ihren Rossen herab, um weiße, zum Himmel klagende Frauen zu sich emporzuheben. Seide schimmerte auf Haut, Samt schmiegte sich an Frauenleiber. Fenster gingen auf Landschaften voller Geheimnisse, und über Marmorterrassen wölbten sich heroische Wolkengebirge wie Archipele der Seligen. In unseren grauen Winterabend brach plötzlich Licht ein, brachen Fluten von Licht ein.

Er hat mir einen Schatz zum Geschenk gemacht. Er hat mir ein Lebensgeschenk gemacht: die Malerei Europas. Doch unter all den Renis, Carraccis, Caravaggios, Gentilescis, Veroneses, Tintorettos, unter all diesen prangenden, offenbar nur für Palastsäle gemalten mächtigen Triumphbildern mit ihren lüstern in ihrer Nacktheit sich darbietenden Frauenleibern hat mich ein sehr unscheinbares Bild immer wieder angezogen. Auch auf ihm ist eine nackte Frau dargestellt, eigentlich ein Mädchen, eine Nymphe. Doch bietet sie ihre Nacktheit dem Betrachter nicht dar. Im Gegenteil. Offenbar von Satyrn überrascht, verlässt sie fluchtartig den Weiher, in dem sie gebadet hat und an dessen jenseitigem Rand sich unter schon verschatteten Bäumen undeutliche Figuren drohend abzeichnen. Während sie aus dem Wasser steigt, hat sie einen Fuß aufs Ufer gesetzt und beugt sich mit den Händen abstützend vor, um sich aufzurichten, und in dieser gebückten Haltung wendet sie den Kopf und blickt den Betrachter misstrauisch, ja fast feindselig an. Über dem schon schwarz verschatteten Wasser und über den dunklen Baummassen erhebt sich kahl und noch schwach angestrahlt vom Abendlicht ein Berg in einen Himmel, an dem hell im Westen das letzte Licht verglüht.

Es ist Abend auf diesem Bild von Adam Elsheimer, und es ist still. Nach all dem italienischen und niederländischen Prunken und Tönen bin ich immer wieder zu ihm zurückgekehrt und eingetaucht in seine Stille. Für mich war dieses Bild ein Traum, dunkel, rätselhaft und sanft vibrierend wie ein tiefer, anhaltender brauner Ton. Kaum habe ich glauben wollen, was ich später erfuhr, dass dieses Bild Elsheimers, das um 1607 in Rom entstanden ist, nicht größer als der Deckel eines Buches ist, nämlich 14 mal 20 Zentimeter, ja dass alle Bilder Elsheimers so klein sind.

Stunden habe ich über diesen Alben, über diesen Bildern von Bildern verbracht, und alles, was ich über die Menschen und mich selbst weiß, habe ich dabei erfahren.

Das zweite Geschenk

Es bestand in einem Lächeln. Es muss 1946 gewesen sein, denn es war noch verboten, die Besatzungszone, in der man wohnte, zu verlassen, in unserem Fall die französische. Wir, mein Vater und ich, taten es trotzdem und fuhren in eine kleine Stadt in Schwaben, wohin meine Eltern die wertvolleren Teile des Hausrats – Anzugstoffe, Wäsche, Silberbestecke – aus Angst vor Tieffliegern und der unaufhaltsam näher rückenden Front und den dann angeblich unvermeidlichen Plünderungen ausgelagert hatten. Wir brauchten die Sachen aber dringend, um auf dem Schwarzmarkt das Lebensnotwendige eintauschen zu können und wollten sie so schnell wie möglich zurückholen. Heute frage ich mich, was sich meine Mutter dabei gedacht hatte, ihrem Mann ihren dreizehnjährigen Sohn mit auf diese keineswegs ungefährliche Reise zu geben. Wobei hätte ihm der Junge helfen können? Vielleicht meinte sie ja auch, ihr Mann brauche einen Dolmetscher, so wie türkische, des Deutschen nicht mächtige Mütter heute manchmal von ihren kleinen Söhnen zum Arzt begleitet werden.

Meine Erinnerungen an diese Fahrt sind chaotisch, gleich Fotos, die man achtlos in eine Schachtel geworfen hat in der Absicht, sie später zu ordnen und übersichtlich in ein Album zu kleben, woraus erfahrungsgemäß dann natürlich nie etwas wird.

Am Ende des ersten Tags unserer Reise verbringe ich die Nacht auf der Fensterbank eines Wartesaals. Genauer, ich balanciere zwischen Fensterbrett und dem Heizkörper, der dicht darunter angebracht ist, und kämpfe verzweifelt mit der Müdigkeit. Der Wartesaal ist so voller Menschen, dass auf dem Boden kein Platz mehr ist, wo man liegen könnte.

Dann sitzen wir auf einem Güterzug auf Holzkisten, in denen sich amerikanische Artilleriemunition befindet. Der Zug steht, es ist warm, und die Sonne scheint. Auf dem Nebengleis hält ein Transport mit amerikanischen Soldaten. Von unserem Zug springen immer wieder Frauen oder Mädchen, laufen zu den amerikanischen Soldaten hinüber und kommen lachend und mit einer Tafel Schokolade winkend nach einer Viertelstunde zurück. Anzügliches Gelächter ringsum.

Irgendwann ruckt der Zug an und rollt weiter. Wir sitzen auf den Artilleriegranaten, und uns geht es gut. Ausgebrannte Lastwagen längs der Bahngleise, Trümmer von Flugzeugen, von Kugeln durchsiebte Personenwagen, Bahnsteige, auf denen Menschenmassen dicht gedrängt warten. Und irgendwann stehe ich auf dem Trittbrett eines Zuges, halte mich mit der Hand an einer Griffstange neben der Tür fest, und vierzig oder fünfzig Meter unter mir fließt das Wasser eines großen Flusses, wahrscheinlich war es der Rhein. Wir überquerten ihn auf einer Behelfsbrücke, denn die eigentliche Brücke lag in Trümmern unten im Fluss. Und da machte mein Vater mir den ersten Teil des zweiten Geschenks. Er lächelte mir zu. Wir standen mit einem Bein auf dem Trittbrett eines Eisenbahnwaggons, hielten uns mit einer Hand an der Stange neben der Tür des Waggons fest und lächelten.

Heute weiß ich, dass er mir mit seinem Lächeln das Leben gerettet hat. Denn er lächelte mich an, damit ich nicht unter mich blickte hinab in den Fluss, wo tief unten das Wasser um die Brückentrümmer schäumte. Er lächelte, damit ich nicht loslasse und falle. So bin ich ahnungslos lächelnd über einen Abgrund geschwebt. Ich rollte weiter dahin, und solange mein Vater bei mir war, konnte mir nichts geschehen, wusste ich. Und das war eines der wenigen Male, wo ich mich beschützt fühlte, so wie es Kindern eigentlich zusteht.

Später sind wir am Rand einer Stadt (Heidelberg?) und auf einem Bahnhof. Ein Güterzug fährt langsam ein. Wir laufen nebenher, schwingen uns auf ein Trittbrett und klettern auf den Wagen hinauf. Er hat Kohle geladen. Es dämmert, und langsam beginnen wir zu frösteln. Als es dunkelt, suchen wir Schutz vor dem immer kälter werdenden Fahrtwind und kauern uns hinter den kleinen Hügel Kohle, der sich auf jedem Waggon erhebt.

Als die Sonne aufging und wir uns ansahen, brachen wir in Gelächter aus. Zwei Schornsteinfeger blickten sich an, schwarz im Gesicht wie Kohlekumpel. Und dieses sein Gelächter war der zweite Teil seines Geschenks. An einem Brunnen wuschen wir uns zur Kenntlichkeit. Ein dreirädriger Milchwagen nahm uns mit zu dem Dorf, das zu erreichen uns vier Tage gekostet hatte, und da traf mich etwas wie ein Schock.

Es war der Anblick von vier Häusern. Sie standen am Rand eines Marktplatzes. Es waren stattliche, behäbige Bürgerhäuser. Sie zeugten von Reichtum und Sicherheit und Überfluss. Aber das war es nicht, was mich schockierte. Sie waren unversehrt.

Unser Dorf war verwüstet von ständigen Tieffliegerangriffen. Immer wieder stand man vor neuen Schutthaufen, wo einmal ein Haus gewesen war. Dächer waren halb abgedeckt, Fenster mit Pappe vernagelt, Straßen aufgerissen und voller Schlaglöcher. Hier aber waren Häuser, die unversehrt waren. Die seit Jahrhunderten unversehrt waren. Ich glaubte diesen Häusern nicht. Sie wirkten auf mich wie Theaterdekorationen. Sie waren nicht wirklich. Auch waren sie ein wenig unheimlich, als wären sie geträumt. Mit meinen dreizehn Jahren hatte ich meine erste, dann aber auch gleich grundsätzliche philosophische Erkenntnis gewonnen, denn dieses Gefühl, vor Theaterkulissen zu stehen, suchte mich immer wieder heim, besonders in den ersten Jahren des Wiederaufbaus, wenn von den Trümmerfeldern her Baugerüste heranwuchsen. Häuser waren plötzlich da, rückten zusammen, formierten sich zu Straßenzügen. Aus den Trümmern begann sich putzfrisch ein neues Viertel zu erheben. Und diese Fassaden wirkten auf mich wie jene schönen, alten schwäbischen Bürgerhäuser. Sie waren nicht wirklich. Sie waren Theaterdekorationen, trompe l'œuil. Ich weiß nicht, ob ich dieses Gefühl je verloren habe. Es mag sich abgeschwächt haben, in Spuren aber hat es sich erhalten, und manchmal ist es wieder da, ganz frisch.

Das dritte Geschenk

Es besteht in der Weise, wie er starb. Sein bester Freund war sein Schwager gewesen. Als mein Vater im Alter zu erblinden begann, begleitete der Schwager ihn zur Erholung immer wieder in eines der zahlreichen nach dem Kriegsende eingerichteten Blindenheime, und in solch einem Heim muss es gewesen sei, dass mein Vater eine Frau kennenlernte, die Frau eines Blinden. Dass da etwas zwischen den beiden war, merkte meine Schwester daran, dass sie ihn immer öfter telefonierend antraf. Es dauerte nicht lange, und sie musste ihm die Koffer packen, denn er wollte die Dame, deren Mann mit ihr in derselben Wohnung lebte, in Berlin besuchen, wozu mein Schwager ihn nach Frankfurt zum Flugzeug chauffieren musste, was alles in allem mehr als vier Stunden Fahrt bedeutete. Damals war meine Mutter übrigens schon tot.

Sowohl meine Schwester als auch ich selbst reagierten auf seine späte Romanze so, wie es Jüngere, und ganz besonders Söhne oder Töchter tun, es war uns peinlich. Es gehörte sich einfach nicht, dass alte Leute noch Gefühle dieser Art entwickeln, die eigentlich nur jungen zustehen.

Geradezu empört reagierte meine Schwester. Sie begreife nicht, was er dieser Dame mitzuteilen hätte, vor allem angesichts der Beschränktheit seines Wortschatzes. Er schien aber so beschränkt gar nicht zu sein, denn die Telefonate zogen sich derart hin, dass sie ihm schließlich einen kleinen Apparat kaufte, der die Einheiten zählte, so dass er sie abrechnen und selbst bezahlen konnte. Denn für seine amourösen Eskapaden aufzukommen, lehnte sie mit einer gewissen Erbitterung ab.

Nun litt er schon seit Jahren an Asthma. Das Gehen fiel ihm schwer, und oft musste er das Bett hüten, so dass wir uns immer besorgter fragten, wie das denn zugehen mochte in der menage à trois dort in der Berliner Dreizimmerwohnung mit der Frau, ihrem blinden Mann, ihrem bettlägerigen Liebhaber und, nicht zu vergessen, dem Blindenhund. Es schien aber ganz gut zu gehen, denn er verbrachte recht fidele Tage dort, seinen Erzählungen nach zu urteilen, in denen er förmlich aufblühte, und es kamen Eigenschaften an ihm zum Vorschein, die seine Frau früher mit einer gewissen Erbitterung schon im Ansatz erstickt hatte, also etwas Charmeur-, wenn nicht gar Schlawinerhaftes. So soll er imstande gewesen sein, ganze Tischrunden zu unterhalten, und zum Geld hatte er, und dieser Charakterzug trat jetzt immer deutlicher hervor, ein eher weltmännisches Verhältnis. Jedenfalls hatten seine Schwägerinnen, die ihn noch gesund erlebt hatten, immer glänzende Augen bekommen, wenn sie von ihm erzählten. Auch war da etwas gewesen, wovon nie gesprochen wurde, was aber dunkel und drohend und verbittert manchmal anklang, irgendetwas mit einer Lehrerin, einer Kollegin. Mit seiner Krankheit und Frühpensionierung hatte sich das aber erledigt, und das leuchtete mir ein, denn für mich war er kein richtiger Mann. Die Krankheit hatte ihn kastriert. Und er verdiente kein Geld mehr.

Es war in einem Frühsommer, dass es wieder einmal so weit war und meine Schwester ihm die Koffer packen musste. Es ging ihm gar nicht gut, er bekam kaum Luft, und das Gehen fiel ihm schwer, und so musste mein Schwager ihn wieder einmal nach Frankfurt chauffieren. Da die Zeit aber knapp wurde und sie in den endlosen Gängen des Flughafens überhaupt nicht vorwärts kamen, hatte mein Schwager eine Idee. Er stellte ihn kurzerhand auf einen Gepäckwagen und rollte ihn so mit seinen Koffern – unter zweien tat er es nicht – zum Abflugschalter. Er kam auch gut in Berlin an, und alles schien in Ordnung. Das war an einem Dienstag. Der Mittwoch war ein ungewöhnlich heißer und extrem schwüler Tag, einer jener Tage, die er gewöhnlich nur im Bett überstehen konnte. Am Nachmittag rief seine Berliner Freundin an, sie habe ihn ins Krankenhaus einliefern lassen müssen. Später am Abend berichtete sie, dass es ihm schon wieder besser gehe. Er habe vor, übermorgen mit ihr in eine Eisrevue zu gehen. Am nächsten Morgen aber rief sie erneut an: Er war tot.

Ich bin sofort gefahren. Die Frau wohnte in einer Dreizimmerwohnung im sechzehnten Stock eines Hochhauses, ihr Mann war nicht da, und so fuhr sie mit mir in das Krankenhaus, wo mein Vater gestorben war. Wir wollten seine persönlichen Sachen abholen. Auf dem langen Flur hatten wir nach einer Schwester gesucht, keine gefunden, dann aber erst einmal in dem Zimmer gewartet, das als Aufenthaltsraum für das Personal diente, und während wir bei der Tür standen und warteten, ging mein Blick nach unten, und da sah ich in einer gelben Plastikschüssel ein Paar Pantoffeln und einen Schlafanzug und eine Brille, und sie kamen mir bekannt vor, und plötzlich wusste ich, es waren seine Pantoffeln und sein Schlafanzug und seine Brille, und Schlafanzug und Pantoffeln lagen da sehr klein und sehr arm.

Habe ich mich für meinen Vater geschämt? Ja, und sehr oft. Er ging mir schrecklich auf die Nerven, wenn er groß etwas erzählen wollte und dann die einfachsten Wörter nicht fand. Und manchmal ertappte ich mich bei dem Gedanken, es wäre besser, er wäre tot und ich hätte einen richtigen Vater.

In Berlin, nachdem wir das Krankenhaus verlassen hatten, habe ich dann mit der Frau nach Hause gehen müssen. Sie wollte mir unbedingt noch ein Schnitzel braten, und während ich auf dem Küchenstuhl saß und sie am Herd hantierte, und die Front des gegenüberliegenden Hochhauses mit seinen unzähligen Fenstern vor meinen Augen zu flimmern begann, sagte sie einen Satz, bei dem ich nicht wusste, ob ich weinen oder lachen sollte.

Ungeachtet der Tatsache, dass dieser Mann, der sie zu besuchen pflegte, sich nur sehr eingeschränkt verständlich machen konnte, ungeachtet der Tatsache, dass er schwer krank und die meiste Zeit bettlägerig war, aber seine ganzen Malsachen (er wollte aquarellieren in Berlin) mitgebracht hatte, ungeachtet der Tatsache, dass er sich manchmal kaum von einem Stuhl erheben konnte vor Atemnot – ungeachtet dessen sagte sie: Sie müssen nicht glauben, dass ich eine schlechte Ehe geführt hätte, aber ihr Vater hatte *das gewisse Etwas*.

Judith

Vor einiger Zeit las ich eine Notiz in der Zeitung, die mich förmlich elektrisierte. Eine amerikanische Lehrerin von Anfang dreißig hatte ein Liebesverhältnis mit einem ihrer Schüler begonnen, mit einem, ich habe es nicht glauben wollen, Vierzehnjährigen. Man verwarnte sie, trotzdem wurde sie in ihrem Auto auf einem unbeleuchteten Parkplatz erneut mit ihm angetroffen. Jetzt machte man ihr den Prozess, und sie ging ins Gefängnis.

Beim Lesen hatte ich plötzlich das eigenartige Gefühl, dass etwas sehr Schweres auf meinen Knien lag, und gleichzeitig sah ich mein erstes Fahrrad vor mir. Doch noch während ich darüber nachdachte, was für ein Traum da für einen Vierzehnjährigen in Erfüllung gegangen war, der für mich, als ich selber vierzehn war, die lustvollste Vorstellung gewesen war, die ich mir denken konnte, nämlich von einer erwachsenen Frau mit ins Bett genommen zu werden, wusste ich plötzlich, als hätte jemand das Licht angeschaltet, was das Schwere auf meinen Knien war und wo ich mich damit befand. Ich saß im Keller unseres Nachbarhauses. Oben tobten sich mehrere Rotten amerikanischer Jagdbomber an unserem Dorf aus, und auf meinen Knien lag das dickste Buch, das der Bücherschrank meines Vaters hergab, eine dreieinhalbtausend Dünndruckseiten starke Gesamtausgabe der Werke Gottfried Kellers. Ich war damals zwölf, was aus den sehr leicht datierbaren Luftangriffen auf unser Dorf zweifelsfrei zu schließen ist, nur dass ich in diesem Brikett von Buch gelesen haben sollte, erscheint mir vollkommen unwahrscheinlich. Vielleicht wollte ich einfach nur angeben mit ihm. Denn je dicker das Buch, desto größer wäre der Eindruck, den es machte, wird sich der Knirps gedacht haben, denn er hatte ja Publikum genug da unten.

Später war dieses Buch zusammen mit Möbeln und Hausrat und dem übrigen Inhalt des Bücherschranks meines Vaters in einer Winternacht ins Nachbardorf geschafft worden. Vier Jahre später, als mir wieder einmal der Lesestoff ausgegangen war, erinnerte ich mich an die Existenz dieser Bücher und beschloss, in jenes Dorf zu fahren und mich mit neuem Lesefutter zu versorgen. Dass es vier Jahre nach Kriegsende war, weiß ich deshalb so genau, weil ich mit dem Fahrrad fuhr. Dieses Fahrrad, ein regelrechtes Sehnsuchtsvehikel, hatte ich mir Teil für Teil, aus dem Schrott, den der Krieg hinterlassen hatte, gerettet und zusammengebaut (die Querstange wies sogar ein Einschussloch auf), und nahezu komplett stand es in dem Schuppen hinter dem Haus. Enorme Fahrten in fantastische Landstriche unternahm ich mit ihm, doch leider nur in der Fantasie, denn es fehlten, und sie waren auch für viel Geld damals nicht zu kaufen gewesen, Reifen. Dass ich aber nun damit in jenes Nachbardorf fuhr, hieß ja wohl, dass mein Fahrrad Reifen hatte, dass man also mindestens 1949 schrieb, das Jahr nach der Währungsreform, in dem plötzlich und wie durch Zauber alles, was das Herz begehrte, zu kaufen war, also auch Fahrradreifen.

Es war am frühen Nachmittag eines nasskalten Wintertags, als ich fuhr, und es regnete. Die festgefahrene Schneedecke der Straße hatte sich in eine spiegelglatte Rutschbahn verwandelt. Zudem lag das Dorf, zu dem ich wollte, jenseits zweier Bergrücken. Ich hatte also zwei steile Anstiege und zwei ebenso steile Abfahrten durch hohen Fichtenwald zu bewältigen. Trotzdem schaffte ich den Hinweg, ohne zu stürzen, war allerdings doch ein wenig außer Atem, als ich endlich am Haus meiner Tante ankam und klopfte. Angemeldet war ich nicht, denn Telefon hatte damals da oben kaum jemand, und so traf ich niemanden an außer einer Kusine, die allein das Haus hütete. Sie machte mir einen Kaffee und holte auch Brot und Butter und Schinken herbei und sah mir zu, wie ich aß und trank. Sie war mindestens drei Jahre älter als ich, das heißt, für mich war sie schon fast eine Frau. Sie hatte ein großes, rundes Gesicht mit dicken roten Backen, deren Fülle ihre kleinen, lustigen Augen ein wenig in Bedrängnis brachten, so dass sie fast zu klein und schweinchenhaft listig wirkten und so, als sei ein permanentes Lächeln um sie herum eingewachsen.

Wir unterhielten uns also, während ich aß und Kaffee schlürfte, und da entwickelte sich etwas, was bei kleinen Jungs häufig vorkommt und oft keinen Anlass zu haben braucht, es wurde mir eng in der Hose. Ich sah in ihr Gesicht und auf ihren zierlichen kleinen, sich bewegenden Mund, aus dem das gemütlichste, grobschlächtigste Platt polterte, und fühlte mich so wohl wie schon lange nicht mehr. Nur dass es mir da unten immer enger wurde. Belästigt und in der Hoffnung, die Bescherung eindämmen und zum Stillstand bringen zu können, schlug ich ein Bein übers andere. Das aber war offenbar der falsche Weg. Denn da begann plötzlich etwas inwendig zu glimmen, und es fing an, um sich zu greifen. Ich wollte es nicht glauben. Das kann doch nicht sein, dachte ich und kniff die Schenkel fester zusammen. Das aber war erst recht falsch, denn es schürte dieses Glimmen nur, das sich jetzt verselbständigt hatte, dass jetzt auch kein Glimmen mehr war, sondern ein Brand.

Manchmal wendete sie sich, um nach der Kaffeekanne zu langen und mir einzuschenken oder nach dem Brotkorb zu greifen. Dabei rutschte ihr Rock jedes Mal ein Stückchen höher und entblößte jedes Mal ein bisschen mehr von ihren dicken, weißen, mit Grübchen versehenen Knien, und jedes Mal öffneten sich ihre Beine dabei ein wenig und ließen einen sahneweißen Abgrund erahnen.

Ich saß starr, alle Muskeln jetzt angespannt. Und wahrscheinlich vornübergebeugt und zusammengekrümmt, jedenfalls in einer höchst unnatürlichen Haltung, die ihr unmöglich entgangen sein konnte. Gleichwohl zwitscherte und lachte sie weiter und sah mir in die Augen. Inzwischen war ich dem, was sich bei mir ereignete, hilflos ausgeliefert. Ich konnte nur noch den Atem anhalten und die Lippen zusammenpressen und hoffen, dass mir kein unkontrollierter Schrei entfahren würde, wenn endlich der Höhepunkt erreicht sein würde. Dem aber näherte ich mich nämlich mit einem Gefühl, als rutschte ich in rasender Geschwindigkeit auf dem Hosenboden die Skischanze von Garmisch-Partenkirchen herab, an deren leicht nach oben gebogenem Ende ich hoch in die Luft und in den Abgrund geschleudert werden würde. Doch einstweilen raste ich noch bergab, gespießt auf den unverwandt starr den meinen festhaltenden Blick meiner Kusine, gekitzelt ins Unerträgliche von ihrem kleinen, himbeerroten, zwitschernden Mündchen. Und plötzlich fragte ich mich in Panik, was sie denn wohl mitbekam von dem, was mich da im Griff hatte, ja jetzt durchzuschütteln begann, so muss ich es wohl sagen. Lachten ihre Schweinsäuglein etwa nur zum Schein und fröhlich vor Ahnungslosigkeit? Oder lächelten sie gar nicht, sondern waren ernst und plötzlich gar nicht mehr klein, sondern tief und erwachsen und begriffen alles?

Sekunden später schleuderte es mich in die Luft und ich schlug, einen Hustenanfall vortäuschend, mit dem Oberkörper vornüber auf meine Knie. Ich hustete lange, um Zeit zu gewinnen. Als sie mir Kaffee nachgoss, war ich überzeugt, sie hatte nichts gemerkt. Aber die Nachsicht, mit der sie dies tat, machte mich wieder schwankend. Noch mehr Kaffee lehnte ich ab, und so standen wir auf und gingen ins Nebenzimmer, wo die Bücher lagen. Hastig füllte ich den mitgebrachten Rucksack, schnallte ihn auf den Gepäckträger meines Fahrrads, verabschiedete mich eilig, als wäre ich auf der Flucht, und machte mich auf den Heimweg.

Ganz besonders befriedigt war ich, dass die Keller-Gesamtausgabe bei den Plünderungen, die sofort nach dem Einmarsch der Amerikaner einsetzten, keinen Liebhaber gefunden hatte. Ich erkannte das dicke Buch sofort wieder und stopfte es in meinen Rucksack. So wäre damit der Zweck meiner Fahrt erreicht? Ich wäre also seinetwegen gefahren? Dann hätte ich als Zwölfjähriger damals in dem Luftschutzkeller doch in ihm gelesen? Wie aber konnte sich die Erinnerung daran über die Jahre hin erhalten, und das, ohne dass sie mir bewusst war? Und ist es möglich, dass sie aus dem Dunkel des Unbewussten heraus Gedanken und Handlungen steuert?

Ein nasskalter Wind wehte, und es regnete, als ich aufs Fahrrad stieg. Doch selten hatten mir Wind und Kälte wohler getan als jetzt, denn mein Gesicht brannte in Verwirrung. Hatte sie gelächelt zum Abschied? Was hatte sie bemerkt? Hatte sie überhaupt etwas bemerkt? Oder wusste sie sehr wohl, was da vor sich gegangen war und hätte sich daran geweidet, verderbte fette Bauernschlampe? Sahnehäutiger Pummel?

Die blaugrauen Wolken hingen tief, und es begann zu dämmern. Den ersten Bergrücken überwand ich, wenn auch nicht ohne Mühe. Vor mir lag eine lange, steile Abfahrt durch finsteren Fichtenwald, der in der Dämmerung schon von schwarzer Undurchdringlichkeit war. Auf dem von

Schmelzwasser überspülten Eis der Straße gewann ich schnell an Fahrt. Der schwere, mit Büchern gefüllte Rucksack destabilisierte mein ohnehin schon prekäres Gleichgewicht zusätzlich. Schlingernd und mit unverantwortlich hoher Geschwindigkeit raste ich, längst ohne die Möglichkeit bremsen zu können, zu Tal. Unterwegs kassierte ich auf dem Vorderreifen zu allem Überfluss auch noch einen Platten. Doch die Katastrophe blieb aus. Jenseits der kleinen Brücke, die den Bach überspannte, der am Grund des Tals floss, stieg die Straße steil an. Ich konnte also auslaufen lassen.

Als ich zum Stillstand kam, stieg ich ab, wurde aber, da auf dem wasserüberspülten Eis der Straße kein Halt zu gewinnen war, sofort von meinem Fahrrad und seiner Bücherlast umgeworfen. Langsam begann ich talabwärts zu rutschen. Doch gelang es mir immerhin, die Rutschbewegung schräg gegen den Straßenrand hin in den sie säumenden Wall aus Schnee umzulenken. Natürlich war ich sofort bis obenhin durchnässt. Ich richtete mich auf, wobei ich versuchte, gleichzeitig mein Fahrrad aufzustellen. Doch kaum, dass ich stand, rutschte ich schon wieder, schlug ich hin, fielen Fahrrad und Bücher auf mich herab, wobei sich der Rucksack öffnete. Bücher fielen heraus und lagen im Wasser.

Was das für Bücher waren, die ich in meiner Panik eingepackt hatte, daran kann ich mich nicht erinnern, aber das Bild eines Buches, das neben dem geöffneten Rucksack im Wasser lag, ist mir geblieben. Neu aufgebunden steht es inzwischen in meinem Bücherregal, und als ich die Meldung von der amerikanischen Lehrerin las, die sich mit einem Vierzehnjährigen eingelassen hatte, ging mein Blick sofort zu ihm hin, und da wusste ich, dass ich seinetwegen diese Fahrt gemacht hatte. Noch einmal las ich den Grünen Heinrich.

Manchmal traf ich sie am Morgen, wie sie ihr üppiges Haar kämmte, welches geöffnet bis auf ihre Hüften fiel. Mit dieser wallenden Seidenflut fing ich neckend an zu spielen, und Judith pflegte bald, ihre Hände in den Schoß legend, den meinigen ihr schönes Haupt zu überlassen und lächelnd die Liebkosungen zu erdulden, in welche das Spiel allmählich überging. So war ich eines Abends, vom Berge kommend, bei ihr eingekehrt; sie saß hinter dem Hause am Brunnen und hatte soeben einen Korb grünen Salat gereinigt; ich hielt ihre Hände unter den klaren Wasserstrahl, wusch und rieb dieselben wie einem Kinde; ließ ihr kalte Wassertropfen in den Nacken träufeln und spritzte ihr solche mit unbeholfenem Scherze ins Gesicht, bis sie mich beim Kopfe nahm und ihn auf ihren Schoß presste, wo sie ihn ziemlich derb zerarbeitete und walkte, dass mir die Ohren sausten. Obgleich ich diese Strafe halb und halb bezweckt hatte, wurde sie mir doch zu arg; ich riss mich los und fasste meine Feindin, nach Rache dürstend, nun meinerseits beim Kopfe. Doch leistete sie, indem sie immer sitzen blieb, so kräftigen Widerstand, dass wir beide zuletzt heftig atmend und erhitzt den Kampf aufgaben, und ich, beide Arme um ihren weißen Hals geschlungen, ausruhend an ihr hangen blieb. Ihre Brust wogte auf und nieder, indessen sie, die Hände auf die Knie gelegt, vor sich hin sah. Meine Augen gingen den ihrigen nach in den roten Abend hinaus. Judith saß in tiefen Gedanken versunken und verschloss, die Wallung ihres aufgejagten Blutes bändigend in ihrer Brust innere Wünsche und Regungen fest vor meiner Jugend, während ich, unbewusst des brennenden Abgrundes, an dem ich ruhte, mich arglos der stillen Seligkeit hingab.

Unter dem ungeschlachten Fahrrad lag ich also in der Nässe und versuchte mich aufzurichten. Doch die Bücherlast riss mich erneut um. Einen Versuch hatte ich noch, denn ich wusste, für mehr als diesen einen Versuch würde meine Kraft nicht mehr reichen. Es war fast dunkel geworden. Wieder fiel ich, und da dachte ich, ich gebe auf. Auf dem Rücken liegend streckte ich mich aus und ließ es mir ins Gesicht schneien, denn es hatte zu schneien begonnen in der Dunkelheit. Es ist dann aber doch noch alles gut geworden. Mein Vater, über seinem Zeichenblock bei der Lampe sitzend, hatte wohl etwas gespürt. In dem Dröhnen und Brausen des Regensturms hatte er dünn und fern vom Wald her meine Stimme gehört, meine Flüche, mein Stöhnen, und vielleicht auch den kleinen Schluchzer der Kapitulation, als ich mich unter meinem Fahrrad zurück in das Eiswasser sinken ließ, und so hat er die Wärme der Stube verlassen, hat den Mantel angezogen und ist hinaus in die Nacht gegangen, durch das Dorf, die lange Berglehne hinauf zum Wald, ist in seine Finsternis eingedrungen und immer tiefer gewandert in das Tal hinunter, und dort nicht weit von dem lärmenden Bach hat er mich gefunden und mir aufgeholfen, und die Hand, die er mir bot und mit der er mich hochzog, war fest und groß und warm. Ohne ihn hätten mich die Bücher, hätten mich der Grüne Heinrich und seine Judith umgebracht. Jenen amerikanischen Schüler aber, der von seiner Lehrerin verführt wurde, habe ich bitter beneidet.

Schlehen

Als ich heute zum Fenster hinausschaute, erschrak ich. Es hat geschneit, dachte ich. Dabei war es doch Frühling und die Sonne schon kräftig. Die Erklärung war einfach. Auf den Schlehenbüschen dort unten im Park lag kein Schnee – sie blühten. Noch ein paar Mal stellte sich dieses Erschrecken ein, bis ich begriff, dass der Schlehenbusch dort unten in Wahrheit der Schlehenbusch war, der vor Jahrzehnten einmal für mich geblüht hatte, als ich sechzehn war.

Er stand an einem kleinen Bahnübergang auf freiem Feld. Unter dem steingrauen Himmel lag das Land menschenleer. In dem sandigen Boden später chemiefett die Pflanzen. Der Weizen schon im Juni hüfthoch, die Rübenblätter breit und feist, in schnurgeraden, unkrautfreien Reihen die Kartoffelpflanzen. Das alles ist vermutlich aus Plastik. Der Schlehenbusch aber schäumte. Er schäumte, dass es in den Augen wehtat. Als wäre die Luft um ihn herum von besonderer, unnatürlich leuchtender Klarheit. Weiter oben durchschnitt die Bahn eine Bodenwelle, und über den Einschnitt spannte sich eine kleine Steinbrücke. Als schwarze Silhouette stand sie gegen den grauen Abendhimmel. Darunter hindurch verliefen weiß blinkend die Gleise zwischen den Massen der Büsche hindurch in schnurgerader Linie bis zum Horizont, wo sie in einem blitzenden Punkt verschmolzen.

Es war ein kalter Vorfrühlingstag gewesen. In den Gräben, die vor der Sonne geschützt und an der Nordseite der Hänge lagen, hielten sich noch Reste von Schnee. Dieser Schlehenbusch aber konnte den Frühling wohl nicht mehr erwarten. Sein Anblick traf mich ganz unvorbereitet. Das Gras war noch winterbraun, der Wald starrend kahl, doch plötzlich diese Blütenwolke, dieses weiße Schäumen. Ich war außer mir. Ich glaubte, eine Levitation zu haben, und da fasste ich einen Entschluss. Ich würde schreiben. Ich würde Bücher schreiben, ein Schöpfer sein. Ich war sechzehn.

Ich fasste aber auch noch einen anderen Entschluss: Ich würde mir eine neue Badehose kaufen. Dort, wo der Feldweg die Bahngleise überquert, pflegte der Schienenbus seine Fahrt laut hupend zu verlangsamen, was den Reisenden die Gelegenheit bot, Überflüssiges zum Fenster hinauszuwerfen, meist Bierflaschen oder leere Zigarettenschachteln. An jenem Tag aber hatte jemand auch eine Illustrierte hinausbefördert. Sie lag zwischen den Sträuchern in dem Graben neben den Gleisen und hatte sich im Flug geöffnet. Rechts neben dem Text verlief eine Anzeige. Sie zeigte einen jungen Mann in einer Badehose. Und diese Badehose erschien mir in dem Augenblick geradezu sensationell schick. Eine solche musste ich um jeden Preis haben.

Ich bin damals viel im Freien unterwegs gewesen, um es freundlich auszudrücken. Tatsächlich trieb ich mich herum. Einen Freund hatte ich nicht, meine Eltern kümmerten sich nicht um mich, und Bücher waren rar und immer viel zu schnell ausgelesen. Und so lief ich ruhelos in den Wäldern umher, die das Dorf umgaben, stieg in Talgründe hinab, zu Bächen hinunter und kam über halb zugewachsene Holzwege wieder zurück. Ich muss etwas von einem jungen hungrigen Hund gehabt haben damals, mager, verwahrlost und misstrauisch.

Nach der Schule ging ich am nächsten Tag unverzüglich in das erste Wäschegeschäft, das auf meinem Weg zum Bahnhof lag, und zeigte die Seite vor, die ich aus der Illustrierten am Bahndamm gerissen hatte. Hier, die will ich haben. Ich konnte es kaum erwarten, bis ich zu Hause war und sie auspacken konnte. Doch als ich das Papier auseinanderschlug, wollte ich meinen Augen nicht trauen. Hatte mir die Verkäuferin eine falsche Badehose eingepackt? Wollte sie sich über mich lustig machen? Oder war ich in einem Anfall von Geistesabwesenheit oder Verwirrung gewesen (die Verkäuferin hatte spöttische kohlschwarze Augen), als ich dieses Stückchen Stoff kaufte? Denn mehr als ein Stückchen Stoff lag nicht vor mir auf dem Papier, ein Stückchen seemannsblaues Leinen, das, als ich es auseinanderfaltete, die Form eines Dreiecks hatte, und zwar eines sehr kleinen Dreiecks, eines Stücks, das unmöglich den unteren Teil meines Körpers bedecken konnte. Eigentlich nur, um mir dies zu beweisen, ließ ich die Hosen herunter, stieg in dieses Dreieck und zog es über die Beine nach oben.

Wie aber sollte der Lappen halten und meine Blöße bedecken? Da war kein Gummizug wie üblich, nichts, was das Ding gehalten hätte. Statt dessen war da an den Seiten etwas, das weiß und dick herunterhing. Und langsam begann ich, mir auf die jeweils vier ösenverstärkten Öffnungen an den Seiten einen Reim zu machen. Denn durch sie musste die dicke, weiße Kordel kreuzweise eingefädelt und angezogen werden, und schon legte sich das Stückchen Stoff enger an den Körper, und je fester ich zog, desto enger, und jetzt konnte ich sehen, dass dieses blaue Leinendreieck an den Rändern der Beinöffnungen und am Bauch mit einem weißen Streifen abgesetzt war.

Verblüfft betrachtete ich im Spiegel dieses Ding an meinem Körper, verblüfft betrachtete ich aber auch meinen Körper. Dieses blaue Ding schien eine magische Wirkung zu haben. Es ließ mich meinen Körper plötzlich sehen, wie ich ihn nie vorher gesehen zu haben glaubte. Und ich stellte fest, dass ich eigentlich ganz akzeptable Beine hatte. Nicht sonderlich lang, aber sanft muskulös und dennoch schlank. Die Arme waren sehr annehmbar, und die Brust mit den beiden flachen Trapezmuskeln war eine Pracht. Mein schmaler Bauch – ich musste ihn allerdings etwas einziehen – war schlichtweg entzückend, aber erst wenn ich mich vor dem Spiegel ein wenig drehte, bekam ich eine Ahnung von meinen rückwärtigen Erfreulichkeiten. Ich drehte mich hin, ich drehte mich her, ich beugte mich vor, ich beugte mich zurück, und plötzlich machte ich einen Ausfallschritt und dann noch einen und merkte: In dieser Hose bewegte ich mich auf eine Weise, wie ich mich noch nie bewegt hatte. Erst jetzt begann ich zu ahnen, was es heißt, nackt zu sein. In diesem seemannsblauen Tanga, wie man heute sagen würde, war ich leicht wie eine Feder, und da begann sich meinen Ohren eine Melodie zu nähern und meinen Augen ein Bild.

One, two, three,
One, two, three,
One, two, three
And the four, three, five
and the four, and the four
and the four, four, four
and the four, three, five.

Und jetzt warf ich die Beine, warf ich die Arme, da wirbelte ich herum, da drehte ich mich, da schwenkte ich die Kleine, die mit den blonden Schnecken auf den Ohren, da zog ich sie an mich heran, da stieß ich sie fort, da kreisten wir umeinander, da schrien wir und lachten, da flog ihr Petticoat, da hielten wir keuchend inne. Draußen fuhr ein Schlüssel ins Schloss. Meine Mutter machte Licht.

Glücklicherweise war es mir gelungen, noch bevor sie mich sehen konnte, in meine lange Alltagshose zu springen, sie hochzuziehen und in meinem Zimmer zu verschwinden.

Keuchend lag ich auf meinem Bett. Ich hatte aber nicht nur diese Musik gehört, da war auch ein Bild gewesen. Das Bild des Schlehenbuschs. Ich hatte den Schlehenbusch getanzt, seine Pracht, sein weißes Sprühen, seine Verheißung.

Ein paar Tage später, als ich wieder einmal allein war, trat ich erneut in meiner Badehose vor den Spiegel. Ich wollte tanzen, und ich dachte, wozu brauche ich dafür diese Badehose, und zog sie aus. Und da machte ich eine rätselhafte Erfahrung. Es ging nicht. Nackt konnte ich nicht tanzen. Ernüchtert zog ich mich wieder an, und jetzt schämte ich mich. Auch das verstand ich nicht. Es hatte mich doch niemand gesehen.

Mein Gelöbnis aber hatte ich nicht vergessen, und jetzt wusste ich: Ich konnte nicht mehr zurück. Aber was hatte ich mir da aufgeladen? Schreiben oder Glücklichsein: Vor dieser Wahl würde ich stehen. Beides war unvereinbar. Aber vielleicht wäre die Alternative nicht so scharf, wenn ich nicht so hoch greifen würde. Es würde mir ja schon genügen, nur diesen Schlehenbusch aufbewahren zu können, sein Blühen und der Augenblick, in dem ich ihn im Rauschen der Zeit sah, in meinem sechzehnten Jahr. Denn das war in seinen Anblick eingewirkt wie ein Monogramm in ein Wäschestück. Von der Zeit, die mir gegeben war, hatte ich schon sechzehn Jahre verbraucht. In diesem weißen Schäumen spürte ich den Tod.

Inzwischen aber ereignete sich eine Sensation. In Bremerhaven hatte ein amerikanischer Truppentransporter festgemacht, ein Routinebesuch eigentlich, doch jetzt drängten sich an der Gangway Reporter und Fotografen, vor allem aber Schwärme kreischender dreizehn- und vierzehnjähriger Mädchen. Denn die Gangway herab schritt unter ohrenbetäubendem Gekreisch der Girls, in einem proper gebügelten Armyhemd freundlich lächelnd, den Seesack auf der Schulter, der Weltstar, der auf deutsche Erde herabgestiegene Gott – Private Elvis Presley.

Zu allem Überfluss lag die Einheit, zu der er abkommandiert war, nicht weit von meinem Heimatdorf, wo man angesichts der anwachsenden amerikanischen Truppenstärke dabei war, jeden Hühnerstall in eine Bar umzubauen. Auch brauchten die Frauleins, die bald in Scharen einfielen, Schlafplätze. Für einen Dollar bekam der Ami vier deutsche Mark und achtzig Pfennige, und ein großes deutsches Bier kostete fünfzig Pfennige. In Kaiserslautern, in Baumholder, bei uns, überall tobte der Bär.

One, two, three o'clock
Four o'clock, rock
Five, six, seven o'clock
Eight o'clock, rock
Nine, ten, eleven o'clock
Twelve o'clock, rock
We're gonna rock
Around the clock tonight.

In Berlin hatten meine Freunde die Einrichtung der Waldbühne zertrümmert. Polizei rückte an. Da wäre ich gern dabei gewesen. Wieder einmal verfluchte ich dieses Kaff, an das ich gekettet war.

Spekulatius

Niemand hatte mich auf den Wechsel in die Großstadt vorbereitet. Und was eine Universität war, wusste dort oben in den Hunsrückwäldern so gut wie niemand, auch meine Eltern nicht, und in der Schule hielt es niemand für nötig, Einführungs- oder Orientierungskurse, wie sie heute üblich sind, einzurichten. Ich erinnere mich, dass ich einmal mit dem Vorlesungsverzeichnis in der Hand in einem der unteren, zu später Stunde schon verlassen daliegenden Flure der Kölner Universität umherirrte und einen zufällig des Weges kommenden Menschen anhielt und ihn fragte, wie man es anstelle zu belegen.

So wanderte ich umher und lauschte an den Türen auf die Stimme, die dahinter dozierte. Manchmal ging ich aber auch hinein und hörte einfach zu. Römisches Recht, der frühe Bismarck, der Rheinische Bund, Hartmann von Aue. Ganze Tage verbrachte ich so, auch die Abende, wenn die Flure und Korridore hell und leer dalagen und die Schritte hallten. Mehr als einmal kam ich mir wie ein Eindringling vor, und oft verlief ich mich und wusste nicht mehr, wo der Ausgang war, so dass ich in Panik geriet und zu laufen begann und eine Treppe suchte, die abwärts führte.

Ein Fixpunkt und Zufluchtsort war dann die Präsenzbibliothek im Erdgeschoss. Draußen vor den Fenstern war es dunkel, das Hauptgebäude der Universität lag still und wie ausgestorben, und in dem langen Saal saßen die wenigen Lesenden in dem weißen Neonlicht der Leuchtröhren wie in einem geruchlosen Gas, das sie lautlos getötet hatte. Die Stille in dem weißen Neonlicht war oft derart, dass ich manchmal den Stuhl und den Boden unter mir nicht mehr spürte und in einem endlosen weißen Äther zu treiben meinte, in dem ich vergessen hatte, woher ich kam oder wohin ich trieb, kopfüber oder kopfunter, ein Zustand, den ich als angenehm empfand wie einen Opiumrausch, hätte ich denn Opium damals schon gekannt.

Ich saß aber in diesem Saal aus noch anderen und sehr handfesten Gründen. Der gravierendste war, dass ich nicht wusste, was ich studieren sollte. Wie sollte mein Leben aussehen? Was wollte ich aus der Zeit, die mir gegeben war, machen? Das Beunruhigendste daran war, dass es plötzlich niemanden mehr gab, den ich fragen oder auf den ich Rücksicht nehmen musste und dem ich die Verantwortung für mich zuschieben konnte.

Wenn ich manchmal in dem weißen Neonlicht des Lesesaals der Präsenzbibliothek wie schwerelos zu treiben meinte, dann vielleicht noch aus einem anderen Grund. Wenn es Abend wurde und Zeit zum nach Hause Gehen, wurde eine Vorstellung in meinem Kopf fast übermächtig. Schon jetzt sah ich es auf der Kommode im Flur liegen, vom Postboten für mich abgegeben, dick und massiv und schwer, sorgfältig verschnürt und mit einem Adresszettel beklebt, auf dem tröstlich mein Name leuchtete, die dringend notwendige Ergänzung zum Mensafraß, der ein Hohn war auf die Bedürfnisse der jungen Leute, von denen viele noch nicht ausgewachsen waren, jenes Poststück der Sehnsucht, dick und schwer von Grüßen und Küssen und vollgesogen mit den Düften des Herdes und gesättigt mit Nachrichten von Tanten und Vettern und gefiederten Haustieren und solchen mit

Pelz, jenes monatliche Ereignis im Leben jedes Studenten damals – das Fresspaket.

Oder war es gar nicht so, dass ich es erwartete, weil es mich endlich einmal satt machte, wie einen nur die Mutter satt machen kann, sondern dass ich, obwohl ich mich wütend aus dem Dorf hinausgewünscht hatte, schlicht Heimweh hatte?

Obenauf lag natürlich der Brief, aber darunter auch schon die Tafel Schokolade und dann die Dose Ölsardinen neben der harten Mettwurst und den gebratenen Heringen in Tomatensauce und dem Paar neuer Socken. Ganz unten aber und dick und massiv das Schönste, das Süße, das mit Rosinen und Puderzucker Beschneite – der Kuchen. Vielleicht, dass man in jenen Jahren allzu sehr ans Essen dachte, aber die mageren Jahre lagen ja noch nicht allzu weit zurück, und die Schaufenster gewisser Geschäfte ließen einem das Wasser im Mund zusammenlaufen. Schwarzwälder Kirsch und Schokoladentorte, Käsesahne und Florentiner, Marzipanschnecken und Kopenhagener, verführerisch auf Etageren gestapelt, auf Platten zu geradezu militärisch anmutenden Formationen geordnet, auf Teller geschaufelt und dann aufgegabelt und in aufgerissene, scheinbar nimmersatte Münder geschoben.

Wie aber erst zwei Häuser weiter in dem hell erleuchteten Schaufenster einer Schlachterei. Schlau grinsten da die bleichen, rasierten Schweinsköpfe, triumphierend aufgereiht hingen an blinkenden Stahlhaken die Rinder- und Schweinehälften, baumelten treuherzig die Mettwürste. Dicht an der Schaufensterscheibe Berge von rohem Rinderhack und Batzen von blutigem Schmorbraten, Stapel von weißem oder auch geräuchertem Speck. Aber ans Essen musste man nicht nur denken, wenn man in die Schaufenster blickte, sondern auch, wenn man sich ansah, wer davorstand. Wie ihr Präsident und auch wie ihr Wirtschaftsminister, so hatten sich die Deutschen aus hohlwangigen Hungerhaken in dickbäuchige Fettwänste verwandelt. Dick war schön.

Könnte es also sein, dass meine Anwandlungen von Schwerelosigkeit, die ich vorzugsweise in der Präsenzbibliothek hatte, einen ganz einfachen Grund hatten, nämlich den, dass ich schlicht Hunger hatte? Aber hätte ich nicht in eine Wirtschaft gehen und beispielsweise eine Portion rheinischen Sauerbraten vertilgen können oder eine Schweinshaxe zusammen mit einem oder zwei köstlichen Kölsch? Natürlich hatte ich Geld in der Tasche, aber bevor ich es ausgab, fiel mir ein, wie ich es verdient hatte. Wenn du studieren willst, hatte meine Mutter gesagt, kannst du das tun, aber du musst es dir selber verdienen.

Arbeit gab es weit und breit aber nur für Ungelernte. Also hieß es, Schaufel und Hacke in die Hand zu nehmen und für eine Mark und zwölf Pfennige die Stunde im Grundwasser stehend Kanalisationsgräben auszuheben, nicht gerechnet die Belehrungen, die fette Handwerksmeister dem verwöhnten Oberschüler am Rand des zwei Meter tiefen Grabens stehend und auf ihn herabsehend gratis angedeihen ließen, über die beste Art, die Schaufel zu halten beispielsweise (immer über links werfen).

Ich saß also mit ziemlich leerem Magen in der Präsenzbibliothek. Im Kleiderschrank meiner Bude befanden sich in einem Fach ein Paket Brot, ein halber Würfel Margarine, ein Zipfel Teewurst und eine Büchse Ölsardinen sowie eine Tüte Zucker und schwarzer Tee.

Oder könnte es sein, dass es sich dabei um einen Hunger ganz anderer Art handelte? Die Lektüre des Vorlesungsverzeichnisses, die Ankündigungen der Übungen, Seminare und Kolloquien versetzten mich geradezu in einen Rausch, fast als läse ich Gedichte. Welten eröffneten sich mir, und Ehrfurcht zog in mein Herz. Der Antwort auf die Frage aber, was ich denn von all den wissenschaftlichen Köstlichkeiten mir einverleiben und für welches Fach ich mich entscheiden sollte, näherte ich mich allerdings keinen Fußbreit. Hinzu kam, dass in den Schaufenstern der Buchhandlung an der Mensa Bücher von Autoren ausgestellt, ja förmlich eingeschreint standen, deren Namen ich noch nie gehört hatte: Faulkner, Hemingway, Sartre, Brecht, Arno Schmidt. Die Aufregung, in die mich diese Schaufenster versetzten, vergrößerte sich noch, als ich durch Zufall in das Germanistische Seminar geriet. Wie betäubt vor Glück wanderte ich an den Regalen entlang.

Oder könnte es sein, dass ich nur deshalb in der Präsenzbibliothek herumsaß, weil ich mich davor drückte, schlafen zu gehen? Kurz vor dem Haus, in dem ich wohnte, stand an der Ecke ein sogenanntes Büdchen. Büdchen gab es damals, vor allem in Köln, überall, kleine Kioske meist an Straßenecken postiert, kubische schachtelähnliche Gebilde, zusammengenagelt aus Sperrholz, Pappe oder Wellblech. Die Vorderfront bildeten zwei lange, schmale Flügel, die aufgeklappt mit Zeitungen und Reklame für Eis am Stiel besteckt waren und ein kleines, schalterähnliches Fenster freigaben, hinter dem die Besitzerin hockte, in der Regel eine unmäßig fette Frau, die die Kioskschachtel nahezu gänzlich ausfüllte und die, so dachte ich manchmal, mit ihrem Kiosk auf Kopf und Schultern verwachsen und selber viereckig geworden, hätte aufstehen und davongehen können. Sie hütete sich aber davor, ihren Platz zu verlassen, denn er war gut gewählt und sie kontrollierte von ihm aus drei Straßen, und niemand im Viertel kam an ihr vorbei, ohne gesehen und meist auch ohne von ihr angesprochen zu werden.

Ey, dä Schtudänt, rief sie jedes Mal, wenn ich an ihrem Büdchen vorbeikam, und das auch noch vor Publikum, so dass ich, um nicht als ungesellig oder, was in Köln als schlimmer gilt, als humorlos zu erscheinen, zu der kleinen Versammlung trat, die sich vor ihrem Büdchen gebildet hatte: Eine Oma, die sich einen Mantel über das Nachthemd gezogen hatte und in Pantoffeln heruntergekommen war, um sich noch Zigaretten zu holen, der Schichtarbeiter bei den Stadtwerken, der vor dem Schlafengehen noch eine Flasche Bier trinken wollte, der alte Zausel, der nicht schlafen konnte und aufgestanden war und Gespräch suchte.

So angesprochen, war dä Schtudänt eines Abends widerstrebend stehen geblieben und hatte sich, zuerst schwankend zwischen Overstolz und Senussi, schließlich für eine Fünferpackung Golddollar entschieden, gleichsam als Wegezoll. Es war dunkel, es regnete, und Bäcker Schmitz gegenüber begann schon seinen Laden abzuschließen, als ich in einer plötzlichen, wahrscheinlich von dem Kauf der Golddollar-Zigaretten erzeugten Eingebung zu laufen begann. Keuchend schlüpfte ich durch den Spalt, den Bäcker Schmitz mir offen hielt, in den Laden und verlangte ein Pfund Spekulatius.

Das war Wahnsinn, das war abartig, ein Pfund Spekulatius, das war ein Berg Backwerk. Am Morgen schon hatte Bäcker Schmitz, gerade als ich meine Frühstücksbrötchen kaufte, ein Blech mit frisch gebackenem Spekulatius hereingetragen, und ein solch betörender Duft hatte plötzlich den Laden erfüllt, dass ich ihn den ganzen Tag über einfach nicht aus der Nase bekam, bis ich schließlich an einer Geruchshalluzination zu leiden glaubte, einer geradezu zwanghaften, die mir immer wieder das Wasser im Mund zusammenlaufen ließ, so dass ich, als mit dem Kauf der Fünferpackung Golddollar der erste Damm gebrochen war, in einer Art Befreiungsschlag ein ganzes Pfund von diesem verdammten, lächerlichen Spekulatius kaufte.

Mit dieser Tüte Spekulatius in der Hand betrat ich nun die Wohnung meiner Zimmervermieterin, und als sie den Flur entlang in die Küche ging und ich an ihr mit der Tüte in der Hand vorbei musste, da blieb ich stehen und hob sie hoch, als wäre sie ein Fremdkörper, den ich noch nie gesehen hatte, und sagte belustigt: Spekulatius. Und dann in einer plötzlichen galanten Eingebung: Darf ich Sie zum Spekulatiusessen einladen?

Sie lachte auf. Aber gern, sagte sie. Und so saßen wir wenig später in meinem Zimmer, beziehungsweise in der Besenkammer, die sie mir vermietet hatte, tranken Tee und aßen Spekulatius. Ich hatte darauf bestanden, dass wir dies in meinem Zimmer taten, vielleicht, weil ich ihr auf diese Weise zeigen wollte, wie miserabel diese Kammer mit dem schmalen Bett, dem baufälligen Kleiderschrank und den beiden Stühlen war. Doch wie immer auch, jetzt saßen wir an dem winzigen Tisch, tranken Tee und futterten krachend Spekulatius.

Plötzlich aber stand sie auf, ging hinaus und kam mit zwei Likörgläsern und einer Flasche zurück, die mit einer grünen Flüssigkeit gefüllt war, von der sie denn auch sofort ausgoss und mich davon zu trinken nötigte. Ich leistete keinen Widerstand, denn Pfefferminzlikör hatte ich noch nie getrunken, und er schmeckte wirklich himmlisch. Ich hatte mit Alkohol damals nahezu keine Erfahrung, so dass wir den Spekulatius immer heftiger krachen ließen und diese merkwürdige Frau mir gegenüber immer schneller von der grünen Flüssigkeit nachgoss, wobei sie immer heftiger und völlig grundlos, wie mir schien, kicherte. Das Einzige, woran ich mich noch erinnerte, war der eigenartige Blick, den sie mir unter ihren Haarsträhnen hervor zugeworfen hatte. Erwacht bin ich dann auf meinem Bett, zu dem ich es ja nicht weit gehabt hatte.

Unter Tage

Im Frühjahr 1954 aber ging es dann nach Herne, Zeche Friedrich der Große, Schacht vier. An keinem Punkt im Umkreis von vier Kilometern sind weniger als zwölf Fördertürme zu zählen. Die Fahrt dorthin ein Schock. Abraumhalden, Industriebrachen, vergiftetes Land, vergiftetes Leben. Schneeregen.

Ich sehe das alles durch das schmutzverschmierte Zugfenster und denke: Das ist ungeheuerlich. Trotzdem spüre ich nichts. Es ist, als wäre ich taub. Vor zwei Tagen hatte ich ein Buch gelesen. Ich hatte am frühen Nachmittag damit angefangen, am Abend las ich immer noch darin, auch gegen zwei, und noch um fünf Uhr morgens. Erst dann klappte ich es zu, ließ mich auf die Seite fallen und schlief ein.

Noch am Tag meiner Ankunft auf der Zeche in Herne stellte ich mich Behrend, dem stellvertretenden Zechendirektor, vor. Ein jugendlich wirkender Mann war um den Schreibtisch herum auf mich zugehinkt. Sein weißblondes Haar war extrem kurz und bis über die Ohren hinauf derart geschoren, dass die weißliche Kopfhaut durchschimmerte. Er gab mir die Hand, bot mir aber keinen Stuhl an und sagte stattdessen, wenn Sie das nächste Mal zu mir kommen, tragen Sie eine Krawatte. Nach zwei Minuten war ich wieder draußen.

Unterkunft fand ich in einer Holzbaracke auf dem Zechengelände. Sechs Mann in Stapelbetten in einem Raum. Aufstehen um fünf. Gerade eingeschlafen, kommt die Spätschicht zurück. Bevorzugte Nahrung: Ölsardinen, Brot und Bier. Pro Schicht im ersten Monat 16 Mark, im zweiten Monat 18 Mark, was als sehr guter Lohn gilt. Ich bin Handlanger bei den Grubenschlossern. Wir reparieren Belüftungsleitungen, Förderbänder, Wasserrohre. Das ständig aus dem Gestein austretende Grubengas (Methan) muss aus der Zeche herausgeblasen werden. In den Nebenstrecken ist es stickig heiß, in den Hauptstrecken herrscht Durchzug. Man trägt nichts weiter als eine blaue Leinenhose und eine Jacke. Die Schneeluft von oben lässt die Jacken flattern und erzeugt Erkältungen.

Ich kann das Buch nicht vergessen. Ich bin immer noch wie benommen davon. Ich weiß schon jetzt, dass nach dieser Lektüre alles, was ich weiß, nicht mehr gilt und überprüft werden muss, dass eine unendliche Arbeit vor mir liegt und dass ich sie gegen den Protest von fast allen um mich herum verrichten muss und auf eigene Gefahr.

Die ständige Möglichkeit von Schlagwettern lässt wegen der Funkenbildung den Einsatz von Elektromotoren nicht zu. Deshalb werden die Förderbänder mit Pressluft betrieben. Entsprechend zyklopisch sind die Motoren. Die Schlosser müssen sie vor Kohle aufbauen. Das heißt, die tonnenschweren Teile sind von einer Sohle zur nächsthöheren zu befördern, meist mit pressluftbetriebenen Seilwinden, die die Stücke unter die Decke der Strecke vor die kleine Öffnung heben, durch die sie dann eine schräg ansteigende Strecke durch eine andere Winde heraufgezogen werden. Manchmal reißt das Stahlseil, und das schwere Teil kommt die Grube herabgedonnert, schießt aus der Öffnung hervor, und der ganze Vorgang muss wiederholt werden.

Für die Pausen nimmt man Frühstücksbrote mit und eine Thermoskanne Kaffee. Im Kreis sitzend, kauend und trinkend erzählt man sich Geschichten. Und es sind immer dieselben. Wie man einen T34 knackt, den Iwan ins Feuer laufen lässt, wie man Partisanen reihenweise wie Wachteln aufhängt. Wie man Leuchtspurgeschosse in ein Strohdach feuert, wenn man Licht braucht.

Ich kenne diese Geschichten, ich höre sie seit Jahren. Und ich kenne das Lachen, das sie begleitet. Doch jetzt höre ich anders zu, jetzt höre ich armen Wichten zu, deren Transport zur Front ihre erste Urlaubsreise war. Zum ersten Mal aßen sie, ohne dafür zu arbeiten, zum ersten Mal kamen sie aus den Käfigen ihrer Familien heraus, zum ersten Mal gab man ihnen mit einem Gewehr auch Macht in die Hand. Von ihrer Angst erzählen sie nicht.

Ein Werkstudent darf nicht vor Kohle arbeiten. Aber sonst kann er beliebig als Handlanger eingesetzt werden. Er kann zum Beispiel helfen, Strecken nachzureißen. Der ungeheure Druck des Gesteins, des Hangenden, verbiegt die zweifingerdicken, v-förmigen halbkreisförmigen Stahlträger, die die Strecke sichern, wie Knetgummi. Zunächst behilft man sich, das Hangende abzuschlagen und neue Träger zu setzen, womit die eingedrückte Strecke wieder ihre ursprüngliche Höhe erreicht hätte. Aber nach und nach halten die Träger dem Druck des Hangenden endgültig nicht stand, die Strecke wird zusammengepresst, die Deckenhöhe wird immer niedriger, schließlich kann man kaum noch in ihr stehen, und das ist dann der Punkt, wo geräubert wird, eine extrem gefährliche Tätigkeit, die den Sinn hat, die wertvollen Stahlträger zu retten, wobei man natürlich unter einem ungesicherten Hangenden arbeitet, das einen jederzeit unter sich begraben kann. Es empfiehlt sich, das Butterbrot, das man sich zum Frühstück mitgenommen hat, mit Bindfaden an einem Streben aufzuhängen. Die Mäuse, die selbst in neunhundert Metern Tiefe noch zu leben verstehen, wüssten es zu schätzen.

Abseits der Hauptstrecken herrscht absolute Finsternis. Nur die kiloschwere Lampe, die man bei sich trägt, verbreitet ein geringes Licht. Es wird vom allgegenwärtigen Staub zusätzlich gemindert. Wer klaustrophobisch ist, ist hier verloren. Man muss in Strecken arbeiten, die nicht höher sind als ein Tisch. Und man muss sich auf die Kumpel verlassen können, dass sie einen suchen, wenn man unter dem Heruntergebrochenen liegt.

Am Schichtende macht man sich zum Hauptschacht auf den Weg, der manchmal lang ist. Im eiskalten Durchzug flattern die schweißnasse Hose und die Jacke. Am Förderkorb auf einem Hund steht ein Steiger und ruft Nummern auf. Beim Betreten des Zechengeländes hatte man am Eingangstor eine Blechmarke mit einer Nummer bekommen. Als man einfuhr, hat man sie bei einem Steiger an der Tür des Förderkorbs abgegeben. Jetzt wird sie aufgerufen und man schreit »hier« und nimmt sie in Empfang. Beim Verlassen der Zeche gibt man sie wieder ab. So wird sichergestellt, dass keiner da unten bleibt, womöglich unter herabgebrochenem Gestein. Die Männer der Schicht umringen den Hund, auf dem der Steiger steht. Als er die erste Nummer ausruft, bricht ein Freudengebrüll los. Das Weiß der Augäpfel leuchtet in den kohleschwarzen Gesichtern. Ein Brüllen wie dieses ist einzigartig. Man kann es nur hier hören, am Ende der Schicht in neunhundert Metern Tiefe.

Später dann dreihundert Mann in der Kaue, nackt unter den Duschen. Man buckelt einander, das heißt, man wäscht sich gegenseitig den Rücken. Das sind oft harte, sehnige Rücken, arme Rücken. Rücken von Männern, die seit ihrer Jugend nur dies kennen, ihre Zeche, ihre Straße, ihre Tauben.

Viele Rücken sind schwarz gesprenkelt von der Kohle, die auf sie herabgebrochen ist und von der kleine Splitter in die Haut eingedrungen sind und dort konserviert wurden.

Dann schließt man das kleine Schloss an der Öse in der Rückseite der Bank auf und lässt die sauberen Kleider herunter, die man bei Schichtbeginn auf einen Bügel gehängt und an einer Kette unter die Decke der Kaue gezogen hatte. Und jetzt in den guten Kleidern erkennt man einander kaum wieder.

Vor den Wochenenden fürchtete ich mich. In eine der zahlreichen Eckkneipen zu gehen empfiehlt sich nicht. Dort sitzen Familienclans oder Skatmannschaften. Ein Einzelner würde als Eindringling empfunden werden, der sofort Aggressionen auslösen würde.

Spätabends liegen die Straßen wie ausgestorben. Man hört den Wind gehen. Es ist dunkel, es ist kalt. In einer Häuserfront eine Tordurchfahrt, an ihrem Rand ein hölzerner Schaukasten mit Szenenfotos aus Filmen. Die Durchfahrt führt auf einen Hinterhof, in dem ein Eingang erleuchtet ist. Darüber ein Neonschriftzug: *Lichtburg*. Spätvorstellung. In der Kälte der Nacht ist der erleuchtete Eingang eine unverhoffte Verheißung. Zwei Stufen führen in einen Vorraum mit der Kassenkabine. Ein dürrer, ausgetrockneter alter Mann sitzt darin. Der linke Ärmel seiner Jacke ist leer. Mit der Rechten dreht er sich mit der Sicherheit eines Zirkusartisten eine Zigarette. In flachen Glaskästen Fotos von Danielle Darieux, Michèle Morgan und Jean Gabin.

Gespielt wird ein Western mit Gary Cooper. Am Ende des Films ist es Mittag und sehr heiß. Frank Miller und sein Bruder Ben, Jack Colby und James Pierce sind tot. Auf dem Bahnhof ruckt ein Zug an. Ein Fenster gleitet vorüber. In dem rechteckigen Ausschnitt sitzt sie, die andere Frau, nicht die blonde, die Kane gerade geheiratet hat, sondern die mit den schwarzen Haaren, die mit dem großen, vollen Mund und den schwarzen, feuchten Augen. Sie wendet nicht den Kopf. Vor Trauer blickt sie starr geradeaus. So gleitet sie aus dem Bild. Jetzt erst ist der Kampf zu Ende.

Als ich das erste Mal einfuhr, hatte ich Anfälle von Panik oder Klaustrophobie befürchtet. Doch ich fand mich recht gut in dem Wirrwarr von Strecken, blinden oder aufgegebenen Stollen zurecht. Einmal allerdings stand ich plötzlich in der Dunkelheit und wusste nicht mehr, wo ich war. Auch nicht mehr der geringste Anhaltspunkt war in meinem Kopf aufzutreiben, der mir hätte weiterhelfen können. Das Beunruhigendste aber war, dass ich nicht mehr wusste, wie ich bis zu diesem Punkt gekommen war.

Ich setzte mich. Ich spürte keine Panik. Spätestens am Abend würde man bemerken, dass ich fehlte. Es war vollkommen still dort, wo ich saß. Es war eine taube Stille in der stehenden Luft, eine Stille des Todes, in der das Gestein, in dem ich saß, immer näher heranzurücken schien. Wieder musste ich an das Buch denken, das mir nicht aus dem Kopf, ja nicht aus meinem Körper zu gehen schien. Es hieß *Der SS-Staat*, und sein Autor war Eugen Kogon. Es schien mir, als sitze ich in diesem Buch wie jetzt in dem Gestein. Ich weiß nicht, wie lange ich so saß. Als würde ein Licht eingeschaltet, wusste ich plötzlich wieder, wo ich war und auch, wo sich die Hauptstrecke befand.

Im Sommer aber erlebte ich das für die Westdeutschen wichtigste Ereignis der Nachkriegsgeschichte. Es war ein warmer Frühsommernachmittag an einem Sonntag. Die Straßen lagen wie ausgestorben. Doch nicht, weil es Sonntag war. Überall standen die Fenster offen, und aus allen drang die gleiche aufgeregte, manchmal hysterisch umkippende Stimme eines Reporters. Er berichtete von einem Fußballspiel.

Ich schlenderte die Straße entlang, und weil alle Fenster offen standen, konnte ich das Spiel im Gehen verfolgen, beziehungsweise musste ich es verfolgen, denn vor dieser Reporterstimme war kein Entrinnen, so dass nicht so sehr ich das Spiel verfolgte als dieses mich. Ich hatte keine Ahnung, wer da spielte und wo das Spiel stattfand. Nur diese Reporterstimme war zu hören, überdeutlich zu hören, aber gerade deshalb, weil nur sie zu hören war, merkte ich, dass in der ganzen Straße Totenstille herrschte. Sie saßen alle atemlos lauschend vor den Radios. Doch worauf lauschten sie? Was hörten sie herannahen? Was war so groß, so gewaltig, dass sie ganz still verharrten?

Ein wenig unheimlich war mir jetzt zumute. Ich kam mir vor wie ein Gespenst, das, in einer anderen Dimension existierend, ungesehen und unsichtbar zwischen den Lebenden wandelt und, ausgeschlossen von jedem Verständnis, nur sinnentblößte Laute vernimmt, also den Namen des Spielers, der gerade den Ball führt oder spielt oder annimmt oder abgibt. Allerdings war ein gewisses vages Verstehen trotzdem möglich aufgrund der Weise, wie die Wörter ausgesprochen oder ausgerufen wurden: besorgt, angstvoll, hoffnungsvoll, enttäuscht, alarmiert, in heller Panik, erleichtert.

Das, worauf sie alle lauschten, schien sich zu nähern, schien zu zögern, schien sich zu entfernen, war plötzlich wieder ganz nah. Das ging so hin und her und wollte kein Ende finden, und schon wollte ich gelangweilt in einen Park abbiegen, als die Stimme des Reporters dringlicher wurde und hoffnungsvoll, aber auch besorgt und bänglich, und jetzt lauter und lauter, begeistert und triumphierend und plötzlich schrie, nein, kreischte sie, kreischte einen Namen und schrie dann: Tor – Tor – Tor.

Da erhob sich ein Brüllen und explodierte in den Zimmern und stürzte aus den offenen Fenstern heraus und rollte die Straße entlang, ein erlöstes Brüllen, und da richtete es sich auf und riss den Arm befreit hoch: Sieg Heil.

Später entnahm ich den Zeitungen, dass das Spiel ein historisches Ereignis gewesen sei. Die deutsche Fußballnationalmannschaft, ja Deutschland selbst sei an diesem Tag Weltmeister geworden und endlich wieder aufgenommen in den Kreis zivilisierter Völker, ein Land wie jedes andere jetzt, das sich vor niemandem mehr zu verstecken brauche und endlich wieder stolz auf sich sein könne.

Kurz darauf fuhr ich nach Köln zurück, doch nicht ohne mich von Behrend, dem stellvertretenden Zechendirektor, förmlich zu verabschieden. Es hätte ja sein können, dass ich noch einmal auf Friedrich der Große arbeiten wollte. Behrend wirkte wie verwandelt. Mit dem Schwung eines Vorstadtfrisörs wies er auf einen Sessel und setzte sich selbst. Doch als ich verblüfft einen Augenblick zögerte, schnarrte er aus seinem Sessel heraus: Was stehen Sie denn da rum! Er warf eine Schachtel Zigaretten auf den Tisch. Danke, sagte ich. Ich rauche nicht.

Nun, nehmen Sie schon.

Seine Augen blitzten in plötzlicher kalter Wut. Doch dann lehnte er sich jovial lächelnd zurück und begann zu plaudern. Es stellte sich heraus, dass er von etwas berichten wollte. Dass er dem jungen Kommilitonen etwas mitgeben wollte, etwas aus seinem Erfahrungsschatz.

Einen Panzerangriff durch ein Weizenfeld zu fahren, das ist unvergleichlich, sagte er. Aber schon das Wort Feld ist falsch. Dort im Osten sind die Schläge Hunderte von Hektar groß. Man fährt den Angriff nicht durch ein Feld, sondern ein Meer von Weizen. Und darüber ein makelloser, tief von innen heraus blau glühender Himmel. Das wilde Dröhnen der Motoren. Und kühl der Fahrtwind auf dem Gesicht. Und wenn es zwischen den erbärmlichen Hütten da vorne aufblitzt, erbärmlich und feige aufblitzt, dann gehen die Kommandos an die Richtkanoniere, dann fahren die Explosionen wie Fäuste nieder, schrie er. Und wenig später haben wir die schäbigen Reste derer unter den Ketten, die sich uns in den Weg zu stellen wagten, slawisches Zwergenvolk, Fratzen missgebildet. Erst in solchen Konstellationen findet der Krieger zu seiner inneren Form.

Er brach ab und starrte leer vor sich hin.

Ich stand auf. Er ebenfalls. Überfallartig schüttelte er mir die Hand. Wollte sie gar nicht mehr loslassen. Erneut veränderte er sich. Er trat nahe an mich heran. Bleiben Sie doch noch, sagte er. Und dann, als ich ihn entgeistert anstarrte, flüsterte er mit einem kleinen tückischen Lächeln, während er mir die Krawatte gerade rückte: Dann adieu, junger Mann.

Hohe Hiebe

Es war früher Abend, und die Flure lagen wie ausgestorben. Plötzlich aber eine Stimme. Hinter einer Tür sprach jemand, und als ich einen am Türrahmen angehefteten Zettel entdeckte, der kundtat, dass hier die literarische Arbeitsgemeinschaft Schloss Duino tagte und Gäste willkommen seien, klopfte ich und trat ein. An einem Tisch saßen etwa sieben oder acht Studentinnen und ein junger Mann. Es ging um den Mythos von Orpheus und Eurydike, und natürlich lag vor allen ein Exemplar von Rilkes Zyklus *Sonette an Orpheus*.

Als man nach etwa einer dreiviertel Stunde auseinanderging, sprach mich der Student an. Er hatte sehr beeindruckend über das Bild der Berge des Herzens bei Rilke gesprochen, ein zerbrechlich wirkender junger Mann. Sein Name sei Hage, Rainer Hage, und jeden Donnerstag treffe er sich mit einem Zirkel von Gleichgesinnten im Hinterzimmer des Paulaner Bräu. Gäste seien gern gesehen, und vielleicht hätte ich ja Lust zu kommen. Ich wollte meinen Ohren nicht trauen. Sollte sich da tatsächlich jemand meiner Einsamkeit erbarmen wollen? Sollte ich endlich einen Abend, statt auf meiner tristen Bude oder in irgendeinem Kino, unter Menschen verbringen dürfen? Selbstverständlich war ich zur verabredeten Zeit zur Stelle. Eine mit einem Tablett vorbeihastende Kellnerin wies auf eine Tür im Hintergrund der Gaststube.

Erfreutes Johlen erhob sich bei meinem Eintritt. Tabakgewölk stand in blauen Schwaden über einem langen Tisch, an dem vor Biergläsern junge Männer saßen. Meine Rilke-Bekanntschaft stürzte herbei und ließ zwei der Zecher Platz für den Stuhl machen, den er für mich herbeischleppte. Ich sah mich um. Ich wusste sofort, wo ich war. Nicht bei den leisen, scharfen Typen aus dem Oberseminar, den intellektuellen Uhrmachern mit dem ins Auge geklemmten Vergrößerungsglas, den Vivisekteuren mit der Pinzette. Mein Nachbar zur Linken hieß anheimelnd Krischan Propp, wie er mir gleich gut gelaunt und mit dröhnender Stimme anvertraute, war zuerst Flakhelfer gewesen, dann Vorreisender beim Zirkus, schließlich Intarsienschnitzer und war jetzt Student der Betriebswirtschaftslehre, wobei er beruhigend versicherte, dass er gar nicht daran denke, langweilige Vorlesungen zu besuchen. Er ließ mir ein Bier kommen.

Mein Nachbar zur Rechten fuhr Taxi und tätigte Warentermingeschäfte, eine Tätigkeit, die ich bis dahin noch nicht einmal dem Namen nach kannte. Alles sympathische Leute, sagte ich mir, nur was hat dieser Rainer Hage, diese halbe Portion, dieses zarte Pflänzchen mit ihnen zu schaffen? Hat er sich vielleicht in der Adresse geirrt, und wir sind im falschen Zimmer? Zu meiner Verwirrung stand jemand auf, vor dem auf dem Tisch etwas lag, das man einen Säbel nennen konnte, das aber nicht gebogen, sondern gerade war und an dem einen Ende in einen von einem Korb umgebenen Griff mündete und das, wie ich später erfuhr, ein Schläger war. Mit dem hieb er krachend auf den Tisch, worauf sofort Ruhe eintrat. Er griff sein Bierglas vom Tisch, hob es, indem er sich stramm aufrichtete, bis in Brusthöhe, und teilte der Versammlung mit, dass sie alle das Vergnügen und die Ehre hätten, einen Gast begrüßen zu dürfen. Auf dessen Wohl erlaube er sich deshalb, mit allen andern *einen geziemenden Streifen* zu trinken. Alle hoben das Glas, sahen mich an, machten eine leichte Verbeugung in meine Richtung und tranken den *geziemenden Streifen.* Ich trank ebenfalls den *geziemenden Streifen.* Wobei ich über den Rand meines Bierglases hinweg zu Hage spähte. Auch er trank den *geziemenden Streifen.*

Der Vorsitzende erhob sich erneut, nahm Haltung an, was hieß, dass er das Kreuz durchdrückte und den rechten Arm anwinkelte, so dass das Bierglas in seiner Hand sich vor seinem Brustbein befand, wobei er die angewinkelte Rechte mit dem Bierglas leicht vom Körper abspreizte. Die linke Hand legte er mit der Handfläche in Höhe des Ohrs an den Hinterkopf. Mit einem leichten Ruck wandte er sich einem alten Mann zu, der am unteren Ende des Tisches saß, und krähte dessen Namen. Mit einem furchtbaren Gerassel erhoben sich alle am Tisch. Indem er mit steifem Oberkörper in der Hüfte leicht einknickte, brachte der Vorsitzende das Glas in die Höhe seines Mundes und brüllte, dass sie alle nun auf das Wohl des alten Herrn dort unten einen *geziemenden Streifen* trinken wollten. Dies taten sie gleichzeitig, setzten die Gläser gleichzeitig ab und setzten sich alle mit furchtbarem Gerassel wieder hin. Auch ich hatte *den geziemenden Streifen* getrunken. Wie sprach man hier? Wo war ich?

In einer ruhigen Kneipe, wohin ich ihn dirigiert hatte, als die Tafel im Paulaner Bräu aufgehoben worden war, klärte mich Hage auf. Ich hatte an einem Kneipabend der Burschenschaft Wartburg teilgenommen. Die Burschenschaft Wartburg sei eine studentische Verbindung, und zwar eine schlagende.

Da werden Duelle ausgefochten? Nein, Mensuren, das ist etwas anderes. Mit dem Ding, das euer Vorsitzender vor sich auf dem Tisch liegen hatte? Er nickte. Ich sah auf seine Hände. Mit denen kannst du allenfalls einen Bleistift halten, dachte ich. Aber schön waren sie, das musste ich zugeben.

Schließlich erfuhr ich, dass das Schlagen von Mensuren nach Beschluss des Kontrollrats noch verboten sei, aber längst geduldet werde. Um die Professoren nicht gegen sich aufzubringen, trage man keine Farben, allenfalls einen kleinen Bierzipfel am Gürtel, und dass man Mensuren nur in abgelegenen Gasthöfen schlage, sei ebenfalls eine Vorsichtsmaßnahme. Aus den gleichen Gründen vermeide man tiefe Hiebe, also Hiebe ins Gesicht, die jene früher so begehrten und bewunderten Schmisse erzeugten, sondern nur hohe, die ins Haar gingen und deren Spuren folglich unsichtbar blieben. Im Übrigen schlage man Bestimmungsmensuren. Und zwar müsse sich jeder deren drei unterziehen. Die Kontrahenten würden einem zugewiesen. Gründe wie Beleidigung oder Kränkung seien dafür nicht mehr nötig. Mensuren seien inzwischen reine Erziehungsmaßnahmen. Sie sollten Mut und Unerschrockenheit stärken.

Ich ließ zwei frische Biere kommen. Der Junge interessierte mich. Schon vorher war mir nicht wohl bei seinem Anblick gewesen. Er passte überhaupt nicht zu diesen biederen Kneipanten. Und auch jetzt, wo er mir erklärte, was eine Bestimmungsmensur ist, war mir, als würde er in einer fremden Sprache reden. Ich wechselte abrupt das Thema und brachte die Rede auf Brecht. Das war als Provokation gedacht, da ich ihn in seiner grazilen Leibarmut und als Mittelpunkt eines studentischen Damenkränzchens eher für einen Adepten des Rilkeschen Wortgewölks hielt. Er verblüffte mich aber nicht nur mit einer beeindruckenden Kenntnis der brechtschen Lyrik, sondern auch mit einem gänzlich veränderten Tonfall, nämlich bestimmt und gelegentlich sogar scharf. Geradezu ungläubig musste ich feststellen, dass er die brechtsche Radikalität sogar zu teilen schien.

Wir verabschiedeten uns mit Herzlichkeit, und er versäumte nicht, an den kommenden Donnerstag zu erinnern, den nächsten Kneipabend der Burschenschaft Wartburg, wo er mich wiederzusehen hoffe.

Ich überlegte lange, aber das, was ich mir an Einwänden aufbaute, schmolz dahin, je näher der Donnerstag rückte. Und so saß ich denn prompt wieder an dem langen Kneipentisch zwischen Rainer Hage und Krischan Propp, und da trat ein Problem auf, für das ich bis zum Schluss keine Lösung fand. Es war das Singen. Der Vorsitzende, nachdem man auf sein Kommando hin gemeinsam *einen geziemenden Streifen* getrunken hatte (man trank hier auf Befehl), rief plötzlich etwas, was sich später als der Anfang eines Liedes herausstellen sollte. Er rief: Oh alte Burschenherrlichkeit.

Ein raues Grölen erhob sich. Auch der doch so nonkonformistische Krischan Propp sang. Und hier tat sich nun das Problem auf. Nicht nur, dass ich grundsätzlich nicht singen kann, ich kann es erst recht nicht zusammen mit anderen. Denn singend hätte ich mich als eins mit der singenden Corona erklärt, und eins zu sein mit einer Menge, ja schon mit einem anderen als mir selbst war mir ein Übelkeit erregendes Ding der absoluten Unmöglichkeit. Außerdem hätte ich damit eine Begeisterung geheuchelt (denn nur aus Begeisterung und Überschwang sollte man in Gesang ausbrechen), für die es hier aber keinen ersichtlichen Anlass gab. Dabei hätte ich nur den Mund zu öffnen und hin und wieder zu schließen und dabei zu brummen brauchen. Innerlich aber krümmte ich mich vor Peinlichkeit.

Unter anderem auch deshalb, weil ich sehen musste, dass auch mein Rilke-Adept sang. *Wo sind die, die vom breiten Stein / nicht wankten und nicht wichen, / die ohne Spieß bei Scherz und Wein / den Herrn der Erde glichen?/ Sie zogen mit gesenktem Blick / in das Philisterland zurück.* Kein Zweifel, das Kerlchen sang.

Und es sang mit offenem Mund, und als der Refrain kam, sang es aus Herzenslust. *O jerum, jerum, jerum, o quae mutatio rerum.* Es sollte aber noch bizarrer kommen. Polternd und Stühle rückend erhob sich die Corona. *Drum, Freunde! Reichet Euch die Hand, / damit es sich erneue, / der alten Freundschaft heil'ges Band, / das alte Band der Treue.* Jetzt fassten sich alle an den Händen. Rechts und links hatte ich plötzlich eine fremde Pfote in der Hand. Im ersten Impuls wollte ich sie abschütteln, als hätte ich in Schmutz gegriffen. Ich bezwang mich aber, zumal jetzt alle im Takt die ineinander verknoteten Hände auf und ab zu schwenken begannen. *Klingt an und hebt die Gläser hoch, / die alten Burschen leben noch, / noch lebt die alte Treue.*

Die Gläser hochzuheben, das ließen wir uns, als wir endlich wieder saßen, nicht zweimal sagen. Ich war schweißgebadet. Was mich zusätzlich ins Schwitzen brachte, war eine Frage, die mir kam, als ich meinen singenden Rilke-Jüngling betrachtete und wieder einmal feststelle, dass er hier völlig fehl am Platz war. Es war die Frage, ob ich selbst hier hingehörte. War ich denn hier am Platz?

Ein wenig nachdenklich verabschiedete ich mich, als der Vorsitzende den Kneipabend beschloss, und war auch für ein Extra-Bier mit Rainer Rilke nicht zu haben.

Den nächsten Donnerstag ließ ich verstreichen, lief Hage aber kurz danach in der Mensa über den Weg. Unwirsch stoppelte ich eine Entschuldigung zusammen, warum ich auf dem Kneipabend seiner Burschenschaft nicht erschienen war, bat ihn dann aber barsch an einen freien Tisch. Ich hätte ihm ein paar Fragen zu stellen.

Ob es tatsächlich sein könne, dass er sich in einer Gesellschaft wohlfühle, in der Machwerke wie diese Ballade von *Ramses, dem Ägypterkönig* vorgetragen würden, *der einmal des Gelds zu wenig* hatte, denn *der Pyramidenbau am Nil kostete ihn viel zu viel?* Es sei doch für jemanden wie ihn, der über eine solche literarische Bildung verfüge, unerträglich, Verse hinzunehmen wie *Er sprach zu seiner Tochter Isis, Kind, wir sind in einer Krisis, wir räumen jetzt den Tempel aus und machen draus ein Freudenhaus.* Und völlig unverständlich sei es, wie er das Gejohle ertragen habe, das sich erhob, als einer seiner sogenannten Bundesbrüder fortfuhr, *Also ließ er es verkünden auf Bergen sowie in den Gründen, auf allen Märkten, in den Tempeln, des Königs Tochter lässt sich stempeln.*

Was heißt es denn, dass es Aufgabe einer Burschenschaft sei, die nationale Würde hochzuhalten. *Von allen Türmen hört man's klimpern, des Königs Tochter lässt sich pimpern.* Was hat das mit Würde zu tun, erst recht mit der nationalen, wenn *zu Tausenden sie kamen, Männer von den Philippinen mit Eiern groß wie Apfelsinen. Männer von den Fidschi-Inseln mit Widerhaken an den Pinseln.* Ich habe sehr wohl gesehen, wie Sie sich auf die Schenkel schlugen, als die *Männer aus dem Raum Köln-Aachen* kamen, *die mit dem Penis Kohle brachen.* Von Ehre und Tapferkeit reden, rief ich, aber kreischen über *Männer aus der Mongolei, im Rucksack ein Reserveei,* wie Sie nach Luft schnappten, bei den *Männern aus Oberbayern mit Hakenkreuzen auf den Eiern,* und wie Sie mitsprachen im Chor, *Grafen, Fürsten und Barone stürzten sich auf die Matrone, und so wuchs der Bau gen Himmel dank der vielen Völker Pimmel.*

Wir sahen uns an, unsere Augen weiteten sich, etwas drängte nach oben, es wurde immer dicker. Sprechen war unmöglich. *Und Ramses sprach, man schleife ihm das linke Ei, das rechte fülle man mit Blei, und gleich darauf hört man mit Grausen die Eierschleifmaschine sausen,* und da platzte es heraus, ein befreites, ein wieherndes, ein Gelächter, das nach Luft schnappen ließ und brüllte. Es dauerte lange, bis ich wieder Luft bekam. Dann ging ich zur Theke und holte zwei Flaschen Bier und Gläser. Und jetzt trinken wir Brüderschaft, sagte ich und nannte meinen Vornamen. Deinen weiß ich ja schon, sagte ich. Und morgen gehen wir zusammen nach Müngersdorf schwimmen.

Über Nacht war die Wolkendecke abgezogen. Der Tag strahlte. Ideales Badewetter. Ich war vor ihm mit dem Umziehen fertig und stand am Beckenrand, versunken in den Anblick eines vorüberstelzenden Hinterns, als mich ein Stoß ins Kreuz ins Wasser schleuderte. Ich brauchte nicht hinzusehen, um zu wissen, von wem er kam, ich hatte ihn auch gleich am Fußgelenk und tunkte ihn fachmännisch, ließ aber ab von ihm, als ich merkte, dass mein Kerlchen nach Atem rang. Wir stiegen aus dem Becken, und ich zeigte ihm einen einfachen Salto vorwärts vom Einmeterbrett. Er wollte es mir nachtun, fiel aber, Arme und Beine in die Luft gestreckt, wie ein Käfer auf den Rücken. Als er endlich wieder an die Oberfläche kam, setzte ich eine Arschbombe so nah neben seinen Kopf, derart, dass er Wasser schluckte. Er wehrte sich und peitschte mir Wasser ins Gesicht. Ich revanchierte mich, ließ aber ab von ihm, als ich merkte, dass er müde wurde, und wir stiegen aus dem Becken.

An seinen vier Seiten stiegen breite Stufen in die Höhe, so dass man es wie auf dem Grund einer Arena liegend betrachten konnte. Langsam beruhigte sich unser Atem, und wir begannen, die Sonne zu fühlen. Im Wasser und um das Becken herum wimmelte es von halbnackten Leibern, und ein endloses Kreischen des Übermuts und der Lust stand über dem Becken. Aber Unruhe schien ansteckend zu sein, es hielt uns nicht auf unserem Platz, und jetzt wollte ich ihm unbedingt einen Salto vorwärts vom Dreimeterbrett zeigen. Der gelang nicht schlecht, und ich schoss, mich am Beckenrad aufstützend, vor ihm aus dem Wasser mit der eleganten Routine mindestens des Kreismeisters von Köln-Mülheim. Natürlich wolle er es mir gleichtun, und das hätte er lieber nicht versuchen sollen.

Zögernd stieg er zum Dreimeterbrett hinauf, und schon an diesem Zögern sah ich, dass das nichts werden würde. Federnd vor Kraft muss man da hinauf, ungeduldig, um endlich an die Spitze des Bretts zu kommen und dann sieghaft um sich blicken. Er aber ging, ja schlich auf das Ende des Bretts zu, blieb dort stehen und sah (wahrscheinlich schaudernd) in den Abgrund hinunter, der sich vor ihm aufgetan hatte, wobei er sich auch noch leicht vorbeugte, um hinunterzublicken. Lange stand er so, und am liebsten hätte ich ihm befohlen, von da oben wieder herunterzusteigen, aber da hatte er schon tief Luft geholt und war gesprungen. Doch mitten im Sprung hatte ihn der Mut verlassen, die Drehung zu Ende zu bringen. Heuschreckengleich und alle viere von sich gestreckt hing er in der Luft, dann schlug er klatschend mit dem Gesicht nach unten aufs Wasser. Ich wusste, wie hart es sein kann; mir war Ähnliches schon oft widerfahren, und so sprang ich sofort ins Becken, tauchte unter ihm hindurch, griff ihm unter die Arme und schwamm mit ihm rückwärts zum Beckenrand.

Draußen legte ich mir seinen linken Arm um den Hals und führte ihn vorsichtig zu den Stufen und ließ ihn sich setzen. Er rang nach Luft. Mir war klar, wo es ihm weh tat. Nicht im Gesicht oder am Bauch, sondern zwischen den Beinen. Langsam beruhigte sich sein Atem, und da kam mir eine Idee. Ich holte uns ein Eis, groß und dick mit Schokolade überzogen, und wie er es nahm, sah ich, dass dies genau das Richtige war. Andächtig lutschten wir. Die Welt war rund und vollkommen.

Irgendwann stellte ich fest, dass der Donnerstag ein besonderer Tag für mich geworden war, ein Tag, der sich aus den anderen heraushob, auf den hin ich dachte, und irgendwann gab ich den Widerstand auf und erschien wieder auf den Kneipabenden, fast schon wie ein Mitglied. Doch nur fast, denn schon mehrmals hatten mich dort rätselhafte Aggressionsschübe überkommen, meist ohne oder aus nichtigem Anlass. Ein kleiner, dummer Witz konnte genügen. So einmal, als jemand den von Itzig, dem Stotterer, erzählte, der Kohn vor dem Funkhaus trifft. Er ha-habe sich a-als Sprecher beworben, sagt Itzig, sei a-aber abgelehnt worden. A-alles A-Antisemiten.

Ich war aufgesprungen und hatte den Menschen angebrüllt, und nur die entsetzten Augen Rainer Rilkes hatten mich wieder zu mir kommen lassen. So schlimm war das doch auch wieder nicht, sagte er, als wir danach zu unserer Separatkneipe gingen. Das ist ja unheimlich, wenn du böse wirst. An einem anderen Abend hatte er mich gesucht, als mein Stuhl allzu lange leer geblieben war. Gefunden hatte er mich aber nicht auf der Toilette, sondern an der Theke inmitten eines Trupps Kanalarbeiter, die Feierabend hatten. Ich hatte schon außer etlichen Bierchen auch eine Reihe von Körnern intus, so dass er mir den Vorschlag machte, statt in das Kneipzimmer in das Restaurant nebenan zu gehen, denn ich müsste unbedingt etwas essen, allerdings müsste ich dann auch das Singen einstellen. Mein Anblick schien ihn zu verstören. Er war sichtlich in Panik.

Den nächsten Donnerstagabend ließ ich verständlicherweise verstreichen, erst am folgenden zeigte ich mich wieder. Ich sah ihn zwischen all diesen grobschlächtigen Klötzen sitzen, hörte ihn beflissen lachen, wenn einer einen Witz erzählte, und er tat mir leid. Als ich wieder einmal zur Toilette ging und lange nicht wiederkam, folgte er mir. Ich stand am Tresen und hatte gerade ein Bier und einen Doppelten bestellt. Er blickte auf den Doppelten, dann auf das Bier und dann auf mich. Bist du mein Kindermädchen?, sagte ich. Ich drehte mich um, ging zur Musikbox und drückte Jacques Brel, *L'Amour est mort*. Die Gespräche an der Theke und an den Tischen verstummten. Als das Chanson zu Ende war, ging ich hinüber und drückte erneut *L'Amour est mort*. Die Leute versuchten, dagegen anzusprechen. Endlich war das Chanson zu Ende. Ich ging hinüber und drückte zum dritten Mal *L'Amour est mort*, das heißt, ich wollte es drücken. Doch da stellte sich mir ein ziemlich massiver Bursche in den Weg. Willst du uns verrückt machen?, sagte er. Was heißt machen, sagte ich. Das braucht man bei euch doch gar nicht mehr. Er griff mich am Hemdkragen und wollte mich zum Ausgang schleifen, doch da öffnete sich die Tür zum Nebenraum, und ein paar der Bundesbrüder kamen heraus. Der Kerl ließ mich los, und wir gingen alle in den Nebenraum zurück, wobei Rilke mich am Jackenärmel festhielt und erst losließ, als wir saßen.

Wochen später – ich hatte erst einmal genug von meinem Rilke und seiner Burschenschaft – schrieb er mir. Am kommenden Samstag schlage er seine erste Mensur, und ob ich nicht Lust hätte, dabei zu sein.

Der Tanzsaal des Restaurants draußen vor der Stadt, wo es stattfinden sollte, war eher eine Scheune. Nur wenige roh behauene Brettertische mit langen hölzernen Sitzbänken standen an den Längsseiten. In der Mitte aber wurden die Partien gefochten. Jeweils zwei Kontrahenten standen sich gegenüber, zusammen mit jeweils zwei Sekundanten und einem Unparteiischen. Die Kontrahenten wirkten wie vom Mars herabgestiegen. Sie steckten in unförmigen, schwarzen, wattierten Schutzanzügen, die Rüstungen glichen und die Bewegungen der Arme mit den Schlägern auf Zeitlupentempo verlangsamten. Eine Binde schützte den Hals, eine eiserne Brille die Augen. Sie ließ den Paukanten wie ein Insekt aussehen. Die in dicken Lederhandschuhen steckenden Hände hielten den Griff des Schlägers und waren außerdem durch seinen Korb geschützt. Die Kontrahenten standen sich unbeweglich Fuß an Fuß gegenüber. Ungeschützt war nur die Oberfläche des Kopfs, die der jeweils andere Kontrahent mit seinen aus dem Handgelenk geschlagenen Hieben zu treffen versuchte. Jeder hatte drei Hiebe. Danach fuhr der Sekundant mit seinem hoch erhobenen Schläger dazwischen und beendete den Gang. Mit jeweils drei Hieben galt ein Gang als geschlagen, zehn Gänge galten als Mensur. Jedes Mitglied der Burschenschaft Wartburg hatte deren drei zu schlagen. Meidbewegungen galten als Zeichen von Feigheit, waren unehrenhaft und konnten zum Ausschluss cum infamia führen.

Die Schläger hatten eine etwa drei Zentimeter breite und anderthalb Meter lange flache Klinge. Am oberen Ende war sie wie abgeschnitten. Die Schneide war rasiermesserscharf, und mit Wucht geschlagen, durchtrennte sie die Kopfschwarte bis auf den Schädelknochen mit Leichtigkeit. Von der Verletzung spüre man angeblich nichts, hieß es, umso mehr aber von der anschließenden Wundversorgung. Der stets anwesende Arzt, in der Regel ein Bundesbruder, nähte grundsätzlich an Ort und Stelle und ohne Betäubung. Zum Zweck der Anästhesie brachte man dem Paukanten, nachdem die Blutung gestillt worden war, Schnäpse auf einem Tablett. Die Blutung zu stillen war oft nicht einfach. Die Kopfschwarte enthielt doch erstaunlich viele und ergiebige Blutgefäße. Floss Blut, wurde die Partie sofort abgebrochen. Wartburg oder Suevia führt ab, schrie dann der Unparteiische.

Man führte mich nicht ohne Stolz umher. Kommandos wurden gebellt, die Schlägerklingen klapperten, Lachsalven stiegen auf. Rilke war blass, ließ sich aber gefasst anschirren. Als das Kommando kam, begann er zu schlagen. Schon nach dem dritten Gang wurde die Partie abgebrochen. Angeblich hatte sein Schläger den Kopf seines Kontrahenten berührt. Tatsächlich lief auch ein Tropfen Blut dessen Stirn herab. Während Rilke ausgeschirrt wurde, schlenderte ich umher. Um zwei Kontrahenten hatte sich ein Kreis von Zuschauern gebildet. Hier fielen die Schläge in einem ganz anderen Tempo, geradezu giftig schnell. Die beiden fochten mit Erbitterung. Auch wurde nicht irgendwann einmal das Ende der Partie ausgerufen. Es ging vielmehr immer weiter, und die Hiebe pfiffen ohne Gnade. Keiner der Kontrahenten wollte sich abführen lassen. Dies war keine Pflichtmensur mehr, dies war ein Duell. Da wurde eine persönliche Fehde ausgetragen.

Und nun sackte der eine der beiden zusammen. Man griff ihm unter die Arme und zog ihn hoch. Man nahm ihm die Brille ab, und unter der Brille hindurch hatten sich über sein kreidebleiches Gesicht Blutrinnsale gezogen. Ich sah, dass zu der Schutzausrüstung der Paukanten auch ein großes, herzförmiges, auf der Brust angebrachtes Stück Leder gehörte. Und als man den Taumelnden auf die Füße stellte, erkannte ich, dass seine ganze Brust und dieses Stück Leder von Blut überströmt war, und dass sich an dem unten spitz zulaufenden Leder ein Zapfen gebildet hatte, ein Zapfen aus geronnenem Blut. Und da beschloss ich, der Burschenschaft Wartburg beizutreten.

Ich weiß nicht, wann dieser Entschluss fiel. Ob im Anblick dieses ledernen überbluteten Herzens oder später. Am wahrscheinlichsten aber in den Minuten, in denen ich zu einem Tisch an der Längsseite des Saals ging und mich setzte. Ich kann mich auch nicht an einen Grund erinnern, den ich für meinen Entschluss gehabt hätte, auch hat mich niemand bedrängt. Jedenfalls hatte ich kurz darauf das Papier unterschrieben, das Rilke mir gegeben und das ich in meiner Brieftasche aufbewahrt hatte, und war nun Mitglied der Burschenschaft Wartburg zu Köln.

Augenblicklich war ich umringt von Gratulanten. Ich war ein Held, ich war ein leuchtendes Vorbild, mich konnte man vorzeigen. Ich saß in dem Trubel wie betäubt. Was hatte ich getan? Und warum hatte ich es getan? Ich begriff mich selber nicht. Neun Monate später erklärte ich meinen Austritt.

Vorher aber schlug ich meine drei Pflichtmensuren. In den ersten beiden stach ich meine Kontrahenten ab, das heißt, mein Schläger berührte ihre Köpfe, ohne dass Blut floss, doch das genügte, um die Partie für beendet zu erklären. Die dritte ging über die volle Distanz. Meine beiden ersten Kontrahenten waren schmalbrüstige Stadtpflänzchen gewesen, die meinen Hieben kaum etwas entgegenzusetzen hatten. Anders mein dritter. Bei ihm spürte ich plötzlich eine Kraft, wie ich sie zuvor nur bei unserem Fechtlehrer gefühlt hatte. Der Kontrahent hielt den rechten Arm und die Faust mit dem Schläger schützend über den Kopf. Auf das Kommando des Unparteiischen hin versuchte jeder, über den schützenden Arm des Kontrahenten hinweg dessen Kopf zu treffen. Dafür aber musste er seinerseits seine Deckung öffnen, was jenem die Möglichkeit gab, seinerseits einen Hieb zu setzen.

Der dabei entstehende Schlagwechsel konnte erhebliche Geschwindigkeit entwickeln, je nach Kraft und Trainiertheit des Einzelnen. Die immer schneller fallenden Hiebe mussten abgewehrt werden, der schützende Arm und der Schläger durften nicht sinken, sie mussten der Kraft der Hiebe standhalten, und das wurde immer schwerer. So war es auch bei meiner dritten Mensur. Langsam kämpfte mein Kontrahent mich nieder, und es würde nur noch eine Frage der Zeit sein, bis er mich abstechen würde, denn das wollte er offenbar. Hinter seinen Hieben saß eine langsam anschwellende Wut, eine tückische Entschlossenheit. Und da bekam ich eine schwache Ahnung, wie es all denen zumute gewesen sein musste, die hilflos den Peitschenschlägen ihrer Kontrahenten ausgeliefert waren. Zum ersten Mal hatte mich so etwas wie Angst angeweht. Ich schaffte es aber, die Partie unverletzt zu Ende zu bringen.

Im Sommer fand dann das größte Ereignis der Verbindung statt, das Stiftungsfest. Die Eltern der Aktiven reisten an, Mütter, Schwestern, Brüder, vor allem aber reisten die Väter an, die Alten Herren. Und da begann ich endlich etwas zu begreifen. Ich sah sie ja zum ersten Mal, Hages Vater und seine Mutter fehlten übrigens. Die Alten Herren erschienen schon zu dem Kneipabend am Samstag, am Tag vor dem Ball. Feist und fett, kreischten und schmetterten sie um die Wette, bramarbasierten vor den Jungen, soffen sich in ihre gloriose Studentenzeit zurück, viele glaubten sich auf dem Kasernenhof, manche auf dem Hauptverbandsplatz. Alle ließen sie die Sau raus, und die war fett und tiefbraun. Sie waren alle ohne Ausnahme Nazis.

Sie bescherten mir indes eine verblüffende Erfahrung. Meine Bundesbrüder, sonst stolz und unerschrocken, tapfer und unbeugsam, verwandelten sich in beflissene, katzbuckelnde Lakaien, die unendlich dienstfertig an den Lippen der Alten Herren hingen. Und da begriff ich, welche Macht diese Männer hatten. Und dass es nicht nur diese hier am Wirtshaustisch waren, die Macht hatten, sondern viele ihresgleichen im ganzen Land, sie bildeten ein Netz, und ich verstand, dass es wichtig und vorteilhaft war, sich mit ihnen gutzustellen. Allein schon dass einer korporiert war, zeigte ja, dass er in Ordnung war.

Die Vorbereitungen für das Fest waren enorm. Besonders

für den Abschlussball am Sonntagabend wurden Vorbereitungen getroffen. Eine Kapelle war engagiert, und es sollte getanzt werden. Fast alle Alten Herren waren mit ihren Frauen gekommen, viele auch mit ihren Töchtern, und es gehörte sich, dass dafür gesorgt wurde, dass keine, weder Mutter noch Tochter, sitzen blieb und zum sogenannten Mauerblümchen wurde. Alle mussten, wie es hieß, betanzt werden. Wer also betanzt wen? Es wurden Pläne ausgearbeitet.

Nun war auch ein gewisser Doktor Horn angereist. Er kam mit Frau und zwei Töchtern, und er war von besonderer Wichtigkeit, denn er war der Präsident des Oberlandesgerichts Koblenz, und unser Vorsitzender und noch zwei andere wollten dort ihr Referendariat ableisten. Man tat also gut daran, sich mit dem Chef gutzustellen. Wer Mutter Horn zu betanzen hatte, und wer die dünne und wer die dicke Tochter, das wurde penibel in einem Plan festgehalten. Die dafür Abkommandierten sollten zusammen an einem Tisch sitzen, der nicht weit von dem der Horns stand.

Das Stiftungsfest schien für sie ein großes, lang erwartetes Ereignis zu sein, denn den Alten Herrn Horn hielt es vor Aufregung nur mit Überwindung auf seinem Stuhl. Immer wieder sprang er auf, stets das Bierglas vor der Brust, um einen alten Bundesbruder mit großem Hallo zu begrüßen. Aufgedreht bis zum Anschlag tanzte er von Tisch zu Tisch, um jedem, der sich nicht wehrte, sein Bierglas zur Begrüßung entgegenzustrecken. Seine Aufgekratztheit hatte sich längst seiner Frau mitgeteilt.

Sie bot einen majestätischen Anblick, und das Wort Fregatte fiel einem bei ihrem Anblick auch unweigerlich ein. Hermine Horn hatte sich extra für den Anlass ein Ballkleid schneidern lassen. Es war aus lindgrüner Seide, und sie saß darin wie in einer Rüstung. Dem, der sie als erster zu betanzen hatte, sprachen wir Mut zu, und der Witzeleien war kein

Ende. Er kam aber mit einem Ausdruck von Verblüffung im Gesicht zurück. Sie ist leicht wie eine Feder im Arm, sagte er. Ähnliches berichtete der nächste. Es ist, als würdest du fliegen, sagte er. Die Dickmadam hat die Schwerkraft überwunden.

Das Wunder von Hermines wundersamem Tanzbein sprach sich schnell herum, und so brauchte sie keinen Tanz auszulassen, was unter anderem auch den Vorteil hatte, dass sie nicht so genau zu sehen brauchte, wie ihr Mann von Tisch zu Tisch wankte, Bundesbrüder mit großem Hallo begrüßend, die er schon dreimal mit großem Hallo begrüßt hatte, und auch nicht zu sehen brauchte sie, wie ihre jüngste Tochter jeden Tänzer abwies und die andere mit steinernem Gesicht in den Saal starrte.

Ich überwand mich und ging hinüber und forderte die Ältere auf. Nach zwei Minuten blieb sie stehen. Ich habe die Witze gehört, die ihr über uns gemacht habt, und euer Gelächter über uns, sagte sie. Richten Sie Ihren Freunden aus, sie sollen endlich meine Mutter in Ruhe lassen. Sie ist ja ganz außer sich.

Ich brachte sie zu ihrem Tisch zurück, dann ging ich zur Garderobe und holte meinen Mantel. Noch in der Nacht schrieb ich meine Austrittserklärung. Ich erwähnte nichts von dem, was Gerda Horn gesagt hatte. Das hätten die Adressaten meines Briefs sowieso nicht verstanden. Ich argumentierte stattdessen politisch. Ich erwähnte den Beitrag, den die studentischen Korporationen im 19. Jahrhundert zur Brutalisierung der deutschen Gesellschaft geleistet hatten, die reaktionäre Rolle, die sie von Anfang an spielten und die sie geradewegs in die Barbarei des Dritten Reichs geführt hatte, und dass ich nicht sehen könne, dass sie sich von dieser Barbarei gelöst hätten.

Alma

Irgendetwas war mit ihrer Hand. Sie saß mir in der Mensa beim Mittagessen gegenüber. Sie war in dem Seminar gewesen, in dem ich aus meiner Arbeit über Thomas Manns *Zauberberg* vorgetragen hatte.

Sie müssen den Vorfall entschuldigen, sagte ich. Ich weiß nicht, was mit mir los war.

Aber Sie brauchen sich doch nicht zu entschuldigen, sagte sie. Umgekehrt müsste es doch sein. Die sogenannten Normalen müssten sich bei uns entschuldigen. Es war ihre linke Hand, mit der etwas war. Genau hinzusehen, wagte ich nicht.

Ich hatte im Oberseminar aus meiner Arbeit über Thomas Manns *Zauberberg* vorgetragen, als ich plötzlich den Faden verlor. Minutenlang, so sagte man mir später, hätte ich vor mich hin gestarrt, bis mich mein Nebenmann vorsichtig anstieß. Da hätte ich aufgeblickt und gefragt, wo bin ich, und dann aufgelacht. Ach, jetzt weiß ich wieder, hätte ich gerufen. Doktor Behrens hat mir noch drei weitere Jahre auf der Liege auf dem Balkon verordnet. Endlich kann ich mich einmal richtig ausruhen, soll ich strahlend ausgerufen haben.

Sie hätten stumm vor Entsetzen dagesessen und mich angestarrt, bis der Seminarleiter sagte, wissen Sie denn Ihren Namen noch? Freilich, hätte ich gerufen und ihn genannt und sei dann fortgefahren in meinem Referat, als sei nichts geschehen. Später erfuhr ich, dass ich einen Anfall von Amnesie gehabt hatte, bei dem die Patienten die Ausfälle der Merkleistung oft mit zum Teil fantastischen Konfabulationen ausfüllen. Es bestehe dabei keine Einsicht in den Defektzustand, es stelle sich lediglich ein Unsicherheitsgefühl ein. Amnesien treten oft nach Suizidversuchen auf und aufgrund von Verdrängung unangenehmer Erinnerungen ins Unbewusste, hieß es.

Interessant, was Sie da über Naphta herausgefunden haben, sagte sie. Natürlich wehrte ich verlegen ab und begann zu erzählen, dass ich nach der ersten Lektüre eine Zeit lang geglaubt hätte, wie Hans Castorp ebenfalls an Lungentuberkulose erkrankt zu sein. Ich sei deswegen sogar zu einem Amtsarzt gegangen. Der durchleuchtete und auskultierte mich und sagte schließlich zu meiner maßlosen Enttäuschung mit einem kleinen Grinsen, Sie sind kerngesund, junger Mann.

Wir lachten beide, als kennten wir uns schon lange.

Und wer hätten Sie sein wollen im *Zauberberg*?, fragte sie. Bestimmt Mynheer Peeperkorn.

Ich hob abwehrend die Hände und schüttelte, Entsetzen spielend, den Kopf. Aber Sie wollen bestimmt Madame Chauchat sein, rief ich im Gegenzug.

An der Art, wie sie errötete, sah ich, dass ich richtig geraten hatte. Denn Peeperkorn und die Chauchat hatten ja etwas miteinander.

Sie hatte lange, schmale und unglaublich sensible Hände, aber die Linke war rückwärts gebeugt wie im Krampf. Er schien sich nicht zu lösen, denn die Hand verharrte mit abgespreiztem Daumen in dieser Stellung, was etwas Graziös-Maniriertes, aber auch etwas Erschreckendes hatte. Natürlich wendete ich sofort meinen Blick ab, gleichzeitig ging mir eine altertümliche und jetzt ganz befremdliche sprachliche

Wendung durch den Kopf. Die Waffen sinken lassen. *Du kannst die Waffen sinken lassen.*

Und plötzlich fühlte ich mich ganz leicht, als hätte ich Ballast abgeworfen. Ich lachte sie an, ohne doch etwas gesagt zu haben, was komisch oder witzig gewesen wäre. Ähnlich schien es ihr zu gehen. Wir lachten uns gegenseitig an.

Als wir aufstanden und uns verabschiedeten, war sie einen Augenblick lang unsicher und griff nach der Lehne ihres Stuhls. Ich sah ihr nach, als sie zur Tür ging. Sie ging vorsichtig und ein wenig ungelenk. Mit einer eckigen Anmut.

Wir hatten verabredet, unsere Seminararbeiten auszutauschen und zu diskutieren. Auch beschlossen wir, im großen Saal des Westdeutschen Rundfunks das Neueste von Pierre Boulez und Karl Heinz Stockhausen und Hans Werner Henze zu hören. Als wir auseinander gingen, war mir, als hätte ich zwei Stunden ununterbrochen mit rasender Geschwindigkeit gesprochen.

Einem Freund, der Medizin studierte, beschrieb ich ihre Handhaltung und auch ihren Gang. Das war Kinderlähmung, sagte er, ganz klar.

Ich hatte Karten besorgt für Henzes 4. Sinfonie in einem Satz für großes Orchester (»Waldsinfonie« nach der Waldszene aus dem Finale des 2. Akts von »König Hirsch«). Danach beim Wein erzählte sie, dass sie sich noch nicht für den Schuldienst bewerben werde. Jedenfalls nicht, bis über ihre Bewerbung für ein Stipendium an einem amerikanischen College entschieden sei. Dem Smith College in New Hampshire. Eines der Seven Sisters, ein Frauencollege. Wenn es klappt und ich zurückkomme, werden Sie wahrscheinlich schon Studienrat sein, sagte sie. Ein feiner Stich der Enttäuschung durchfuhr mich.

Es sind noch zwei Wochen, bis die Bewerbungsfrist zu Ende ist. Aber ich weiß nicht, ob ich mich überhaupt bewerben soll, sagte ich.

Das ist nicht Ihr Ernst. Was wollen Sie denn sonst machen?

Ich zuckte die Schultern. Meine Zukunft wird vielleicht aussehen wie die jenes Mannes, der am Morgen des 6. August 1945 in Hiroshima eine Treppe hinaufging, sagte ich. Es war 8 Uhr und 16 Minuten, und eine amerikanische B 29 hatte das Zentrum der Stadt erreicht. Der Pilot hieß Paul Tibbets, und er hatte sein Flugzeug auf den Namen seiner Mutter Enola Gay getauft. In 9450 Metern Höhe klinkte er die Bombe aus. Sie war 3 Meter lang und 4 Tonnen schwer. Vor dem Start war sie von einem Geistlichen mit einem Gebet, das als ergreifend bezeichnet wurde, gesegnet worden. Sie explodierte in 580 Metern Höhe, tötete 155 000 Menschen sofort, 110 000 durch ihren radioaktiven Fallout später und hieß Little Boy. Der Körper des Mannes, der an diesem Morgen die Treppe zu einem Gebäude, das es nicht mehr gab, hinaufging, war verdampft. Nur der Schatten, den er für den Bruchteil einer Sekunde gegen den atomaren Blitz warf, hatte sich dem Granit der Treppe eingebrannt. Überall gab es solche Schatten: an Häuserwänden, auf dem Straßenpflaster, an Straßenbahnhaltestellen.

Auf diese Weise können Sie jede Unterhaltung zum Stillstand bringen, sagte sie.

Ich entschuldigte mich. Aber nach Waffen mit solchen Wirkungen giert unser Verteidigungsminister Strauß förmlich, sagte ich, und weil ihm Augstein und sein *Spiegel* den Weg dahin verlegen, hat er ihn und seinen Chefredakteur Ahlers verhaften und die Redaktion besetzen und durchsuchen lassen.

Bestellen Sie mir lieber noch ein Glas Wein, sagte sie.

Sie war für eine Frau sehr groß und sehr schlank, und sie trug lange, weit ausschwingende Kleider in kräftigen, erdigen Farben. Ich kannte zwar ihren Namen (Bertram), aber nicht ihren Vornamen. So nah ließ sie mich nicht an sich heran. Und ich hätte ihn so gern gewusst. Denn sie hätte mir dazu das Du anbieten müssen. Und dazu hätten wir uns küssen müssen.

Bei unserem nächsten Treffen erzählte ich ihr einen Traum, den ich gehabt hatte. In einem riesigen, bunkerähnlichen Gebäude Männer, die aber nicht sichtbar sind. Auf dem Boden ein merkwürdig aussehendes Radio, das von selbst lauter wird. Brüllende Marschmusik plötzlich. Ich stelle es schnell leise, da reißt meine Schwester die Tür auf und ruft: Die Mutter, wirft die Tür zu und ist verschwunden. Ich stürze durch eine andere Tür eine kleine Treppe hoch und stehe in einem Treppenhaus, das kahl und aus Beton ist und an Treppenhäuser in Parksilos erinnert. Unten schleppt sich die Mutter die Treppe herauf, keuchend und halb ohnmächtig vor Anstrengung. Sie ist nicht so sehr klein, eher verkürzt. Irgendetwas ist mit ihren Beinen. Sie scheinen stummelartig zu sein. Ich stürze zu ihr hin und halte sie vorsichtig fest. Sie schwankt in meinen Armen.

Sie hat einen kleinen Pelz um den Hals und eine Kappe auf dem Kopf wie Pola Negri. Sie verdreht schmachtend die mandelförmigen Augen, fast parodistisch, neckisch, schlau. Sie stammelt irgendetwas. Aus ihrem Mund zwischen den schmalen roten Lippen und den kleinen perlweißen Zähnen hindurch sprudelt klares, sehr kalt aussehendes, zum Trinken einladendes Wasser. Mein Schatz, mein Schatz, stammele ich. Vor noch nicht einmal einem halben Jahr ist sie gestorben, sagte ich.

Sie müssen sie sehr geliebt haben.

Sie ließ sich nicht lieben, sagte ich. Ich glaube nicht, dass sie wusste, was das ist. Allerdings nahm sie mich manchmal auf den Schoß, und während sie einen Arm um mich legte, glitt die Hand ihres anderen in mein Hosenbein und legte sich fest und warm um eine meiner kleinen Arschbacken, während sie mit Besuchern, die spät am Abend noch gekommen waren, plauderte, und ich saß dabei wie in einem Nest.

Was mich zunehmend quälte, war die Tatsache, dass ich immer gieriger ihre Hand anstarrte. Sie war schlank und zart und schön, aber was mich faszinierte, war der Winkel, in dem sie von ihrem Arm abstand. Ihre Verrenktheit.

Wir trafen uns inzwischen wechselseitig entweder in ihrem oder meinem Zimmer, überwiegend aber in ihrem. Vorgenommen hatten wir uns, gemeinsam hinter den Sinn jener pädagogischen Lehrbücher zu kommen, nach denen wir im späteren Referendarexamen gefragt werden würden. Wir kamen aus dem Lachen kaum heraus, und so liefen wir bald – um mit Thomas Mann zu sprechen – *hinter die Schule*, oder besser, auf seinen Zauberberg.

Wir aßen am guten Russentisch, und manchmal gingen wir mit Castorp und seinem Vetter, der so gerne Soldat werden wollte, spazieren. Sehr weit kamen wir selten, denn der Soldat war nicht mehr sehr gut zu Fuß und brauchte ein wenig Schonung. So lagen wir oft nach dem Mittagessen auf dem Balkon, jeder auf seiner Liege dick in Decken eingewickelt, aber dicht nebeneinander. Schweigend sahen wir ins Schneegestöber hinaus. Das waren köstliche Stunden.

Sie träumte sich auf den Zauberberg sicher aus anderen Gründen hinauf als ich. Die Kinderlähmung hatte sie nur gestreift, aber was der Tod war, wusste sie seitdem.

Eines Tages sagte sie, Sie schreiben doch auch.

Jeder zweite Germanistikstudent tut es, sagte ich.

Weichen Sie nicht aus. Heraus damit.

Also gut: Anfang der zwanziger Jahre wurde in Paris ein Mensch namens Landru geköpft. Er hatte 283 Frauen die Ehe versprochen und unbestimmt viele von ihnen ermordet. Ihre zerstückelten Leichen verbrannte er in einem kleinen Küchenherd. Interessant wurde er für mich durch einen kurzen Satz, den er in seinem Schlussplädoyer vorbrachte. Ich weiß nicht, warum sie sich wegen zwei oder drei Frauen aufregen, sagte er dem vorsitzenden Richter. Vor Verdun werden jeden Tag Zehntausende abgeschlachtet. Und das soll legal und ehrenvoll sein. Mit diesem Satz hat er das ganze Rechtssystem des alten Europa zum Einsturz gebracht. Ich beschrieb einen seiner letzten Tage in Paris und seine Guillotinierung. Ich entdeckte den Surrealismus.

Wie viel Seiten?

Sieben oder acht.

Und wie geht es weiter?

Überhaupt nicht. Nur diese Explosion in meinem Kopf, und dann nichts mehr. Ich habe alles gesagt. Der Surrealismus ist eine Sackgasse.

Seien Sie nicht kindisch. Wenn Sie wirklich schreiben wollen, dann überlegen Sie sich das gründlich. Das ist kein Spaß. Das ist Fronarbeit. Und es kann in einer Katastrophe enden.

Manchmal kam es mir vor, als wäre unter ihrem Kleid nichts. Als würde dieses Kleid leer neben mir her wehen. Einmal knickte sie um auf dem holprigen Pflaster, und ich konnte sie gerade noch auffangen, und da kam mir ein anderer Gedanke, während ich eben noch ihren Ellenbogen erwischen konnte. Wie sieht sie unter dem Kleid aus? Trägt sie vielleicht ein Stützkorsett, ein Gestänge aus Eisen?

Sich mit ihr zu treffen, war nicht unkompliziert. Wir hatten einen festen Termin in der Mensa ausgemacht, wo wir uns immer um dreizehn Uhr herum trafen. Mehrmals verspätete sie sich, einige Male erschien sie überhaupt nicht. Sie schrieb dann Postkarten, auf denen sie sich entschuldigte und ein neues Treffen vorschlug. Der Grund für ihr Ausbleiben sei Migräne, sagte sie. Das glaubte ich erst, als sie sich einmal trotz eines Anfalls zu unserem Treffpunkt schleppte. Ich erschrak. Es musste sie ihre letzte Kraft gekostet haben zu kommen. Die Kopfschmerzen seien unerträglich, sagte sie, Tageslicht ganz undenkbar, nur bei geschlossenen Vorhängen und im Dunkeln und im Bett vergraben sei Existieren möglich. An guten Tagen aber war sie auch wieder munter, von vogelhafter Lebhaftigkeit.

Vor vierzigtausend Jahren stieg ein Mensch bei dem französischen Dorf Cro-Magnon in eine Höhle, sagte sie. Er stieg immer tiefer, und es wurde immer beschwerlicher, und dort, wo nie jemand hinfinden würde, begann er in tiefer Dunkelheit, die nur von seinem flackernden Kienspan erhellt wurde, zu malen. Er malte die Welt. Er schuf sie neu. Doch niemand würde sein Werk sehen. Für wen aber verrichtete er es? Für seinen Gott? Zeigte er ihm, wie schön war, was er geschaffen hatte? War sein Werk ein Akt der Anbetung?

Das Rauchgrau ihrer Augen war dunkler geworden, während sie sprach, und ich war nicht sicher, ob sie noch etwas wahrnahm.

Die Frist, innerhalb derer meine Bewerbung für den Schuldienst abgegeben werden musste, war noch nicht verstrichen. Noch hätte ich zurückgekonnt, und tatsächlich war ich oft davor. Immer wieder gab es Augenblicke, in denen ich regelrecht Angst spürte. Ich hatte aber zwei Bewerbungsbriefe an Verlage geschrieben. Auf die Antworten darauf wartete ich.

Wir hatten uns bei ihr verabredet. Es war später Vormittag, als ich klingelte. Möglich, dass ich zu früh war oder sie hatte verschlafen, denn als sie öffnete, war sie im Bademantel. Das Haar hing ihr in nassen Strähnen ins Gesicht, die

Nase entlang lief ein Wassertropfen, und mit einer Hand hielt sie den Bademantel über der Brust zusammen. Es war die schlimme Hand. Ich kannte sie gut inzwischen. Manchmal beschrieb sie kleine, aufgeregte Kreise in der Luft beim Lachen, manchmal versteckte sie sich im rechten Jackenärmel, und manchmal lag sie schutzsuchend und klein und müde in der Armbeuge.

Sie starrte mich entsetzt mit großen Augen an. Ich senkte den Blick, und da sah ich ihre Füße. Unter dem Bademantel sahen ihre nassen Füße hervor. Sie waren weiß und schmal und sehr klein. Kinderfüße. Und sie waren sehr nackt.

Sie führte mich in ihr Zimmer. Fünf Minuten, rief sie und verschwand. Ich sah mich um. Mehrmals war ich schon hier gewesen. Aber noch nie hatte sie mich in ihrem Zimmer allein gelassen. Eine halb gerauchte Zigarette in einem Aschenbecher, ein aufgeschlagenes Buch, eine aufgerissene Bonbontüte, ein verirrter Pantoffel unter dem Tisch, an dem sie arbeitete – tief sog ich das Aroma ein, das im Zimmer hing.

Nun gab es in unseren möblierten Studentenzimmern etwas, das man nicht sehen durfte. Natürlich sah man es, aber man tat, als existierte es nicht. Es war das unübersehbare Geheimnis, es war das Bett. Auch bei den vorigen Malen, wo ich hier gewesen war, hatte es gestanden, wo es auch jetzt stand, in der Ecke, jedoch verhüllt mit einer sogenannten Tagesdecke, die es praktisch unsichtbar machte. Jetzt aber lag es offen da wie in dem Augenblick, als sie wach wurde, die Decke zurückschlug und aus dem Bett sprang. Auf dem Kissen war noch der Abdruck ihres Kopfs. Das Surren des Föhns im Badezimmer brach ab.

Einmal, als wir in einem Café saßen, sah sie plötzlich auf die Uhr. Sie müsse gehen, sie sei schon spät dran. So kam heraus, dass sie in einem der Studentenchöre sang. Zu einem der Konzerte lud sie mich ein. In der Johannespassion sang sie in dem Schlusschor, und an einer Stelle traten aus dem gewaltigen Brausen des Chors einzelne Stimmen hervor, auch eine Altstimme, und das war ihre – eine glockendunkle Stimme, tief aus der Seele heraus, eine schmerzliche Verlockung »Ruhe wohl«.

Als ich sie zwei Tage nach dem Konzert wiedersah, erschien sie mir anders. Diese Stimme zu dieser zerbrechlichen Person, das war etwas, das ganz unwahrscheinlich war. Sie hatte zwei Brüder, wie sich herausstellte. Und sofort ergriff mich Neid. Eine solche Schwester zu beschützen – was für ein Glück.

Es dauerte fast eine Woche, bis ich sie wiedersah, eine Ewigkeit, wie es mir in meiner Ungeduld schien. Es war aber nicht nur die Ungeduld, sie wiederzusehen, mit der ich zu unserem Treffpunkt lief, es war auch die Ungeduld, eine Freude mit ihr zu teilen. Denn förmlich trunken vor Begeisterung war ich von der Nachricht, dass man am Ende dessen, was man die Spiegelaffäre nannte, Augstein und Ahlers aus dem Gefängnis hatte freilassen müssen und dass das Bundesverfassungsgericht festgestellt hatte, es gebe keinen Anhaltspunkt für den Verdacht des Landesverrats. Franz Josef Strauß' Rücktritt war nun unausweichlich. Das war ein Sieg. Für wen, fragte ich nicht, ich wusste nur, dass es viele waren, die frohlockten.

In der Hochstimmung, in der ich war, tat ich etwas, was zu tun ich mir schon lange vorgenommen, wozu ich aber nie die Kraft gefunden hatte: Ich räumte meinen Schreibtisch auf. Die Stapel Blätter, die überflüssig, die Notizen, die unverständlich geworden waren, die Einkaufszettel für Abendessen, die längst verdaut waren, die Papierfetzen mit Telefonnummern, denen ich längst keine Anschlussteilnehmer mehr zuordnen konnte, die Werbezettel für Damenunterwäsche und Schnellkochtöpfe, die Bierdeckel mit den Strichen, die für die getrunkenen Biere standen, sie rauschten den Müllschacht hinunter. Die Büchertürme, sie wurden abgetragen und ihre Bestandteile zwischen andere Bücher in die Regale gestopft, und als ich mir schließlich die staubgrau gewordenen Hände gewaschen hatte, setzte ich mich feierlich an meinen Schreibtisch. Er bot einen vollkommen ungewohnten Anblick. Er war leer. Als eine weite Ebene erstreckte sich seine Platte. Eine unerhörte Verlockung ging von ihr aus. Die Arbeit begann. Dieser leer geräumte Schreibtisch war die Zukunft. Alles war möglich.

Ich kam aber gar nicht dazu, ihr von dem Urteil des Bundesverfassungsgerichts zu erzählen. Ein Blick in ihr Gesicht machte mich still. Irgendetwas war geschehen. Eine Weile saßen wir uns schweigend gegenüber. Schließlich kramte sie in ihrer Tasche und reichte mir einen Brief. Die Ford Foundation beglückwünschte sie. Sie gehöre zu den wenigen, die für ein Stipendium am Smith College in New Hampshire ausgewählt worden seien.

Sie hieß Alma, las ich im Briefkopf. Alma, dachte ich, auf den Brief starrend, was für ein schöner Name. Jetzt können wir keine Brüderschaft mehr trinken, dachte ich, und uns auch nicht mehr küssen. Ich gab ihr den Brief zurück, und da sah ich, dass sie wie blind war. Ihr Gesicht war maskenhaft starr, aber ihre Augen schwammen in Tränen. So saßen wir einen Augenblick lang, dann sprang sie auf und ging. Sie ging schnell und bestimmt, und sie drehte sich nicht um. So hatte ich ihr nichts von Augstein und Ahlers und Strauß erzählen können, aber auch nichts davon, dass ich auf eines meiner beiden Bewerbungsschreiben Antwort bekommen hatte.

Ich habe nie mehr etwas von ihr gehört. Strauß trat im

Mai tatsächlich zurück, ein Jahr später begann der Auschwitzprozess, und noch einmal drei Jahre später, da ging ich in einer Demonstration, die die Enteignung Springers forderte, und noch heute über die Jahrzehnte hinweg sehe ich ihre Augen, die mir so viel Mut gemacht hatten, spüre ich ihren dunklen Blick auf mir.

Für Richard Alewyn

Es war ein glorreicher Sommertag, ich saß in Alewyns Vorlesung, und in einem der schmalen, hohen Fenster stand eine Pappel. Ich weiß nicht, warum sich das Bild dieser Silberpappel so hartnäckig über die Jahrzehnte in meinem Gedächtnis gehalten hat. Sie stand so hoch gegen den Sommerhimmel, und die Unterseiten ihrer kleinen, herzförmigen, an langen Stielen sitzenden Blätter flimmerten silbrig im Wind, und ein Erschauern lief über den Baum, und er flüsterte in dem warmen Sommerwind, und man konnte das Flüstern hören, denn die Fenster standen offen.

Unten las Richard Alewyn über die Jenenser Romantik, über die Novalis', die Brentanos und Schlegels und Fichtes, Hexer allesamt, Säbeltänzer, Hochseilartisten und Feuerschlucker, die mit Wörtern jonglierten und wirbelten, sie aus dem Ärmel schüttelten und dann kurzerhand wieder auffraßen.

Alewyn hat volles, sehr dunkles Haar. Seine Vorlesungen sind Ereignisse, und in den ersten Reihen sitzen ältere Herren, auch Damen von durchaus mondänem Habitus. Man wartet auf den Augenblick, wenn er seine Notizen beiseite schiebt, das Katheder mit beiden Händen ergreift und frei zu sprechen beginnt.

Er soll während der Nazizeit, nein, so sagte man nicht, man sagte, während des Krieges, in England gewesen sein. Man sagte nicht, er musste fliehen. Erst recht sagte man nicht, man hat ihn von seiner Professur vertrieben, man sagte, dass er in England gewesen sei, was immerhin noch etwas anderes war als was gewisse andere Publizisten von gewissen anderen Emigranten behaupteten, dass die es sich nämlich an kalifornischen Stränden wohl sein ließen, während sie in der Inneren Emigration hinter der Front schmachten und aushalten mussten.

Nein, man sagte, Alewyn ist in England gewesen, obwohl man das auch nicht wirklich sagte, sondern nur andeutete, denn das hieß ja doch etwas ganz bestimmtes, na, man wusste ja schon, was. Richard Alewyn war also jemand, für den es keine Bezeichnung mehr gab, das heißt, es gab diese Bezeichnung schon noch, man durfte das Wort aber nicht mehr in den Mund nehmen, beziehungsweise man scheute sich es zu tun, und so sprach man es denn überhaupt nicht aus, man sagte nicht mehr, wer Richard Alewyn war und auch nicht, wo er gewesen war und warum, und zwar aus einem einfachen Grund, es sei doch ganz unwichtig.

Ich hatte damals ein Problem, über das ich mit niemandem sprechen konnte und es danach auch nicht mehr wollte. Es waren die Nacken der Studentinnen. Mit unendlichem Eifer waren sie über ihre Ringbücher gebeugt und schrieben mit, und da blieb es nicht aus, dass sie den hinter ihnen Sitzenden ihre Nacken darboten, achtzig oder hundert Nacken unter blondem oder schwarzem oder brünettem Haar. Nacken rund und wohlgenährt, Nacken schlank und fast nur aus den beiden großen, den Kopf haltenden Sehnen bestehend, Nacken, in denen sich Härchen kräuselten oder Nacken, die hinter einem dunklen Haarvorhang verborgen waren. Der Anblick der entblößten Nacken wirkte damals derart auf mich, dass ich kaum etwas von dem Vortrag des jeweiligen Dozenten dort unten mitbekam.

Es ist halb zwei Uhr nachmittags, und die Schlagzeilen der Zeitungen werden beherrscht von einem Mann namens Oberländer, der schon bei Hitlers Putschversuch, dem Marsch auf die Feldherrnhalle, dabei war, in Russland mit seinem Einsatzkommando eine breite Blutspur hinter sich her gezogen hatte und der jetzt Minister im Kabinett Konrad Adenauers ist. Ein Buch macht Aufsehen, das ein französischer Autor geschrieben hat. *Der Ekel* ist sein Titel, und ich überlege, ob ich nach der Vorlesung ins Müngersdorfer Freibad gehen soll. Aber da ist noch ein anderes Buch, *Notre Dame des Fleurs*. Der Autor heißt Jean Genet, geboren unehelich, Vater unbekannt, aufgewachsen in Erziehungsheimen und Gefängnissen, ein notorischer Dieb und Stadtstreicher. Sartre wird einen Essay über ihn schreiben: »Saint Genet«.

Vor Monaten zündeten die USA auf dem Bikini-Atoll die erste Wasserstoffbombe, drei Wochen später die zweite und dann die dritte und vierte, zuletzt mit einem Detonationswert von 45 Megatonnen TNT. Das Müngersdorfer Freibad oder, wie es auch genannt wurde, das Müngersdorfer Stadion, hat neben mehreren Becken für Kinder ein Fünfzigmeterbecken, einen Sprungturm und mehrere andere Sprungbretter. Vor allem aber, und das macht es besonders interessant, um das Becken herum steigen wie im Amphitheater breite Stufen auf, die zum Sitzen, aber auch zum Liegen benutzt werden können, so dass an heißen Tagen sich eine enorme Menge von halbnackten, entblößten Körpern auftürmt, ein Geschlinge von Armen, Schenkeln, Brüsten, Hintern, Händen, Augen und Haar sich darbietet und ausstellt, denn man sieht und will gesehen werden. Und das Schönste und Aufregendste ist, dass man so nackt wie möglich sein darf und Wind an der Haut und den warmen Stein unter der Fußsohle spürt. Unmöglich zu verhindern, dass man nach solchen Nachmittagen, wenn man die Augen schließt, immer noch dieses Geschlinge aus Körpern und muskelgeschwellter Haut sieht, selbst in Alewyns Vorlesung.

Es zog eine Hochzeit den Berg entlang, und mich schauert im Herzensgrunde, rezitiert Alewyn. In der Vision der sogleich verschwindenden Hochzeit zielt die ganz unausgesprochene und darum um so nachdrücklichere Allegorie ins Zentrum des allegorischen Wesens selber, die Vergänglichkeit; der Schauer, der den Dichter vor dem Ephemeren des Festes ergreift, das doch Dauer meint, verwandelt die Hochzeit zurück in eine Geisterhochzeit, lässt das Jähe des Lebens selber zum Gespenstischen erstarren.

Ich sah die Damen und Herren unten in den ersten Reihen und plötzlich konnte ich Genet verstehen. Als bei Kriegsausbruch deutsche Bomben auf Paris fielen, jubelte er. Möglicherweise nur deshalb, weil er das Hassgeheul der guten Gesellschaft genießen wollte. »Die Beziehung zur falsch auferstandenen Kultur ist vergiftet«, hatte Adorno geschrieben. Richard Alewyn war deutlicher geworden: »Zwischen uns und Weimar liegt Buchenwald.«

Zum Müngersdorfer Stadion gab es allerdings eine Alternative. Sie hieß *Birdland*. In dieses Land stieg man eine steile Treppe hinab. Wer hierhin kam, der war ein Flüchtling. Der war vor den neu angeschafften altdeutschen Herrenzimmern, vor den als altbayerische Bauernstuben ausstaffierten Eckkneipen davongelaufen, der war allergisch gegen die riesigen Couchgarnituren, Nierentische und Musikschränke und Hüte namens Homburg und die Schlager eines Zwölfjährigen namens Heintje. Wohltuendes, nur von Kerzen erzeugtes Dämmerlicht herrschte. Dass man einander sah, war nicht nötig. Man wusste, dass hier die richtigen Leute saßen. Und übrigens wollte man nicht sehen, sondern hören. Zum Beispiel Brassens oder Jacques Brel.

Dans le port d'Amsterdam
Y a des marins qui chantent
Les rêves qui les hantent
Au large d'Amsterdam
Dans le port d'Amsterdam
Y a des marins qui dorment
Comme des oriflammes
Le long des berges mornes
Dans le port d'Amsterdam…

Vor allem aber wollte man im *Birdland* Charly Parker »The Bird« und Miles Davis hören, Kellermenschen wie wir, die außerhalb der guten Gesellschaft lebten wie wir und am Rand der Existenz.

Ich hatte begonnen, Eugen Kogons Buch *Der SS-Staat* zum zweiten Mal zu lesen, und während ich die Damen und Herren betrachtete, die Alewyn zu Füßen saßen, wurde mir klar, wie breit der Graben schon war, der mich von denen da unten trennte. Und ich ahnte, dass er nicht mehr zu schließen war.

Vor Kurzem griff ich wieder einmal zu Adornos *Minima Moralia*. Den Kassenbon mit dem Datum des Kaufs fand ich darin und zwei mit Bleistift angestrichene Stellen. »Für den Intellektuellen ist unverbrüchliche Einsamkeit die einzige Gestalt, in der er Solidarität etwa noch zu bewähren vermag. Alles Mitmachen, alle Menschlichkeit von Umgang und Teilhabe ist bloß Maske für das stillschweigende Akzeptieren des Unmenschlichen. Einig sein soll man mit dem Leiden der Menschen: Der kleinste Schritt zu ihren Freuden hin ist einer zur Verhärtung des Leidens.«

Daneben steht ein heftig hingeworfenes Nein.

Ganze Tage habe ich damals bei zugezogenen Vorhängen im Bett verdämmert. Allenfalls, dass ich mich abends aufraffte und ins nächstgelegene Kino trottete. Besonders erinnere ich mich an einen Film, der *Badende Venus* hieß und zum Star ein Girl hatte, das bei den Olympischen Spielen in Melbourne die 100 und 200 Meter Kraul gewonnen hatte. Er spielte fast ausschließlich am Swimmingpool eines Luxushotels, der permanent von sonnenbadenden und Drinks schlürfenden Hotelgästen umlagert war. Und mit ihren von Bewunderung für die Hauptdarstellerin förmlich trunkenen Augen sah zwangsläufig dann auch das Kinopublikum und also auch ich das Mädchen, obwohl es außer Schwimmen unübersehbar nichts anderes konnte und hauptsächlich ins Wasser hineinzuspringen und wieder herauszuklettern hatte, allenfalls dass es manchmal am Beckenrand auf und ab gehen musste, wobei die Kamera abwechselnd anpreiserisch ihre dünnen Beine und ihren vorbildlich flachen Hintern abtastete.

Ihren glühendsten Bewunderer aber hatte sie in dem Startrompeter der Big Band, die am Rand des Swimmingpools unermüdlich aufspielte und die bis zum letzten Mann in blendend weißen Anzügen und ebenfalls weißen, federleicht aussehenden Schuhen steckte. Dieser Startrompeter nun war kein Schauspieler, sondern von Beruf ein richtiger Trompeter und auch noch ein recht bekannter damals. Er hieß Harry James und trug ein messerscharf gestutztes schwarzes Menjoubärtchen auf der Oberlippe sowie zu seinem weißen Anzug mit scharfer Bügelfalte weiße durchbrochene Schuhe. Sein wichtigster Körperteil aber war die Trompete. Und sie war ausschließlich dazu bestimmt, die Badende Venus, in die er sich natürlich rasend verliebt hatte, zu preisen und zu verherrlichen.

Das tat er, indem er den üppig besetzten Bläserchorus zu immer heller strahlenden Anbetungsexzessen aufstachelte, wobei er die Tutti mit seiner Trompete immer höher hinauf trieb, sie sich immer weiter aufhellen ließ, je höher sie kamen, bis jeder glaubte, höher hinauf gehe es jetzt nicht mehr, er aber noch einen letzten, allerletzten, nun doch schon mühsamen Schritt hinauf tat und dort oben nach hinten gebogen und sein Organ in den Himmel reckend vor seiner Badeanzug-Prinzessin stand und, wenn nicht auf dem letzten, so doch auf dem höchsten Loch mit allerdings letzter Kraft seinem Instrument einen geradezu unmenschlichen nach hinten überkippenden Triumphschrei abpresste.

Erschöpft, aber glücklich ließen wir uns in unsere Kinositze zurückfallen, schlaff und leer wie ausgewrungene Handtücher kamen wir uns vor. Ich sah den Film mindestens fünf Mal.

Ein möblierter Herr

Der Fluch meiner Jugend und eine fortdauernde Peinigung waren die möblierten Zimmer, in denen ich habe hausen müssen und zwischen denen ich rastlos hin und her nomadisierte. Sie hielten mich in einem fortwährenden Zustand der Empörung, der sich manchmal bis zur Hysterie steigerte. Die begann schon damit, dass ich, um die Wirtsleute nicht gegen mich aufzubringen, bereits den Etagenschlüssel möglichst geräuschlos ins Schloss zu schieben versuchte, damit er nahezu lautlos aufsperrte und ich, wenn nicht auf Zehenspitzen, so doch auf dem vorderen Teil des Fußes auftretend, geschickt knarrenden Dielen ausweichend, den Flur entlanggehen konnte, in Wahrheit grotesk verrenkt torkelte (es roch schon wieder nach Kohl), die Klinke meiner Zimmertür herunterdrückte, in plötzlicher Panik in mein Zimmer stürzte, die Tür hinter mir schloss und erst einmal lang ausatmete und einfach nur da stand.

Ob ich Wochenendfahrer sei, hatte mich nahezu jede Wirtin gefragt, also ob ich an den Wochenenden nach Hause fahren würde, so dass sie mich los wären und Zimmer und Bett anderweitig nutzen könnten (ohne mein Wissen oder meine Einwilligung natürlich und ohne Wechseln der Bettwäsche), aber ich hatte Nein sagen und gestehen müssen, kein Wochenendfahrer zu sein, woraufhin die Wirtin seufzte, mir aber das Zimmer trotzdem vermietete, mit ihrem

Seufzer jedoch klarstellend, dass sie das nur aus Gutherzigkeit tue, wofür ich mich gefälligst erkenntlich zu erweisen hätte, natürlich am besten dadurch, dass ich mich so verhielt, als ob es mich gar nicht gäbe.

Das konnte ich bald so gut, dass, als einmal eine Wirtin in mein Zimmer geplatzt kam, sie bei meinem Anblick (ich saß am Tisch vor einem Buch) einen markerschütternden Schrei ausstieß und wie gelähmt dastand und mich anstarrte, als wäre ich ein Gespenst. Sie habe gedacht, ich sei nicht da, stammelte sie. Sie habe nur das Fenster schließen wollen. Es stand aber gar nicht offen.

Oft habe ich in meinem Zimmer gesessen und hinübergelauscht, wo sie in der Küche saßen und schwatzten und lachten und stritten und wo die Töpfe klapperten und das Radio dudelte (»Wenn der weiße Flieder wieder…«, »Wenn bei Capri die rote Sonne…«, wenn Nachrichten verlesen wurden). Manchmal hielt ich mir die Ohren zu, und manchmal ballte ich vor Zorn und Ekel ohnmächtig die Fäuste. Oder hätte ich vielleicht lieber bei ihnen gesessen in Dunst und Gedudel und gemütlichem Geschwätz, und traute mich nur nicht, es einzugestehen? Manchmal lief ich auf die Straße und setzte mich in eine Kneipe vor ein Glas Bier (ein kleines natürlich) und wartete, bis es halb zehn war und sie endlich schlafen gegangen waren und ich in mein Zimmer konnte und es still war.

Ein Problem gab es dann aber immer noch und zwar nachts, wenn ich zur Toilette musste. In die nächtliche Stille hinein brüllte die Spülung regelrecht, und jedes Mal setzte daraufhin prompt das Schnarchkonzert hinter der Schlafzimmertür der beiden aus. Wieder einmal hatte ich sie aufgeweckt. Als ich aber in einer Nacht zum zweiten Mal auf die Toilette musste, habe ich in meiner Verzweiflung in die Blumentöpfe auf dem Fensterbrett gepinkelt, worauf ein paar

Tage später sich die Wirtin verwunderte, warum ihre Geranien die Köpfe hängen ließen.

Zu meiner praktischen Obdachlosigkeit kam aber eine weitere Qual. Ein Zeugnis dafür fiel mir kürzlich beim Aufräumen eines Schrankfachs in die Hände, ein Notizbuch. Es war klein, ja geradezu winzig, und enthielt Adressen und Zahlen. Verständnislos starrte ich auf all diese Namen, bis mir die Straßennamen plötzlich etwas zu sagen begannen. Dieses Notizbuch hatte ich in Köln angelegt, und die Zahlen hinter den Namen waren Markbeträge. In diesem Büchlein hatte ich festgehalten, was ich verdient hatte. Und zwar durch eine Tätigkeit, die angesichts von Elektro-, Öl-, Gas- oder Fernheizung geradezu archaisch anmutet: Ich hatte den Leuten die Kohlen und Briketts aus dem Keller in ihre Wohnungen hinaufgetragen. Bezahlt wurde ich pro Eimer.

Es war damals üblich, dass man beim Studentenwerk anrief und sich einen Studenten mietete, für welche Tätigkeit auch immer. Es waren mitleiderregend kleine Beträge, auf die ich starrte, als ich das kleine Notizbuch fand, und es hatte wohl mit der jämmerlichen Kleinheit dieser Beträge zu tun, dass ich damals eine Art Sucht entwickelt hatte, die Sucht nämlich, zum Ausgleich und zur Entschädigung Schaufensterbummel zu machen.

Mit Vorliebe tat ich das mit meinem Freund Heinz Franke. Der war ein ähnlicher Hungerleider wie ich. Vor allem die Fenster der Herrenausstatter interessierten uns. Anthrazit war die alles dominierende Modefarbe, elegante Lakonie war angesagt, eine Provokation für all die seit der Fresswelle entstandenen Horden von Schmerbäuchen, die in fast knielangen Jacketts herumliefen, deren Schultern künstlich durch Polster derart verbreitert waren (schmale Hüften, breite Boxerschultern), dass man fürchtete, sie würden nicht durch die Tür passen. Für sie war die neue Mode eine Beleidigung, denn diese Hosen, diese Jacketts und diese dazu passenden todschicken weinroten Westen konnten nur bis zur Magerkeit austrainierte Mittdreißiger tragen, vorausgesetzt, sie bevorzugten Messerschnitt.

Das Kennzeichen der neuen Republik aber war der Hut, der Homburg hieß. Er war meist von einem schleimigen Hellgrau, hatte ein schwarzes Band und eine aufwärts gleich einer Regenrinne gewölbte Krempe. Er war das Markenzeichen des neuen Helden, des Zivilisten, des Geschäftsmannes. Vorzugsweise wurde er von Schrotthändlern getragen (sie hatten damals ihre große Zeit), die dazu eine Zigarre rauchten und – Gipfel der Eleganz – einen hellbraunen bis gelben Kamelhaarmantel trugen, während sie mit Feldherrenmiene drohend um sich blickend aus ihren chromstrotzenden Mercedeslimousinen stiegen.

Mit Heinz Franke einen Schaufensterbummel zu machen, war interessant auch deshalb, weil er sich noch wundern konnte. Das machte: Er kam aus der Zone. Was bei uns (so sprach man schon) in den Schaufenstern prunkte, war dort unbekannt. An mir selbst beobachtete ich bei diesen Schaufensterbummeln indessen einen eigenartigen Effekt, eine Art Stolz auf all diese Dinge, so als wäre ich bei ihrer Herstellung oder zumindest bei ihrer Präsentation irgendwie beteiligt, und da könne er einmal sehen, was wir alles vermochten. Ohne es selbst zu wissen, schien ich mich schon zum sogenannten Westen zu rechnen als die bessere Hälfte der Welt, die der anderen überlegen und feindlich gesinnt war. Hinzu kam ein Gefühl nicht weit von Herablassung, das Franke noch einmal in seine Deutsche Demokratische Republik einsperrte, der er doch gerade entflohen war, eine gönnerhafte Überheblichkeit, die um so grotesker war, als ich ein genauso armer Schlucker war wie er und mir ebenso wenig wie er all diese Sachen leisten konnte. Eben diese Armut verband uns aber auch wieder.

Heinz Franke bewegte sich schnell, war klein und hatte einen Stoppelkopf, wie das damals beliebteste Tier der Westdeutschen, der Igel namens Mecki. Heinz Franke war außerordentlich trinkfest, und manchmal kam es vor, dass er spätabends in der Tür von Hansens Zimmer stand, mit steifen Lippen lächelte und sagte: Bei meiner Mutter liegt ein fremder Mann im Bett.

Komm rein und mach die Tür zu, sagte dann unser väterlicher Freund Hansen, der mit zwei Kameraden aus dem Kessel von Woronesch ausgebrochen war, der Mann im Bett deiner Mutter ist dein Vater. Wie dir ging es vielen, die einen Spätheimkehrer zum Erzeuger hatten. Heinz Franke hörte auf Hansen, und so kam er herein, machte die Tür zu und setzte sich wieder zu uns. Hansen wohnte mit Franke und Gatineau in einer Wohngemeinschaft, die zwei sensationelle Vorteile hatte. Der Hauswirt wohnte tief unten im ersten Stock, so dass die Zimmerchen oben unterm Dach sturmfrei waren, wie man damals sagte, man also Mädchen mit hinaufnehmen konnte. Die zweite Sensation war die enorme Terrasse vor den drei Zimmern, von der man einen herrlichen Blick über Köln hatte und die eine ideale Kulisse für nächtliche Sommerfeste bot. Natürlich wurden die drei heftig beneidet, auch von mir, aber keiner von den dreien dachte daran, sein Zimmer zu räumen, und so musste ich weiter bei meinen Zimmerwirtinnen ausharren.

Heinz Franke war eines Nachmittags von der Schule nach Hause gekommen – er war Fahrschüler und vierzehn und hatte es im Bus anderthalb Stunden bis zur Schule –, als er in der Küche bei seiner Mutter eine abgerissene Gestalt in Landserklamotten am Tisch sitzen sah. Man schrieb das Jahr vierundfünfzig, und die letzten Landser wurden aus russischer Kriegsgefangenschaft entlassen. Franke ging grußlos vorbei und in sein Zimmer. Dort schloss er die Tür hinter sich, und plötzlich musste er nach Luft ringen. Er wusste nicht, wie lange er schwer atmend so gestanden hatte, als seine Mutter hereinkam.

Willst du denn nicht deinen Vater begrüßen?

Sie standen sich gegenüber, und sie wartete auf eine Antwort, auf eine Reaktion von ihm und natürlich darauf, dass er mit ihr in die Küche kommen würde. Schließlich wandte sie sich mit einem Aufschluchzen um und ging aus dem Zimmer.

Später kam seine Schwester. Die Mutter hatte den Fremden eingeladen, die Nacht über zu bleiben, berichtete sie. Gegen zehn kam sie erneut. Er hatte sein Zimmer immer noch nicht verlassen.

Das kannst du nicht machen, sagte sie. Und selbst wenn es ein Fremder wäre, vielleicht ist er einer, der unseren Vater gekannt hat und bei ihm war im Lazarett und ihm versprechen musste, seiner Frau die Nachricht zu bringen, dass er tot ist und dass er sie zum letzten Mal grüßt. Was ist denn dabei, wenn er ihr gefällt und sie ihn bei sich behält. Sie hat acht Jahre ohne Mann gelebt. Sie weiß doch selbst nicht mehr, wie der ausgesehen hat, mit dem sie einmal verheiratet war. Genauso wenig wie wir beide noch wissen, wie er ausgesehen hat. Ob falscher oder echter Vater – ein Fremder ist er für uns auf jeden Fall. Und so hat sie endlich einen Mann im Bett. Warum gönnst du ihr das nicht. In ein paar Jahren, wenn du erwachsen bist, wirst du wissen, wovon ich rede.

So kam es, dass auch Heinz Franke zwei Väter hatte, den vermissten und den, der sich angeblich bei seiner Mutter eingeschlichen hatte. Ich hatte Franke in der Mensa kennengelernt. Es war damals nicht einfach, sich kennenzulernen.

Studenten, auch Erstsemester, trugen Krawatten und siezten sich. Obwohl wir Freunde waren, hätten Franke und ich uns immer weiter mit dem Nachnamen angeredet, wie auf dem Schulhof, denn auch die Lehrer sprachen damals die Schüler nur mit dem Nachnamen an, wäre da Hansen nicht gewesen, der es uns mit der Autorität des alten Landsers verbot, weil er es lächerlich fand.

Eine Qual waren aber nicht nur die möblieren Buden, sondern auch die Wirtinnen. Ein Glück war, wenn sie alt, fett und kurzsichtig waren und am Krückstock gingen. So waren sie an ihre Wohnstube gefesselt und bemerkten kaum noch, was um sie herum vorging. Allerdings stanken sie. Unangenehm wurde es, wenn sie eine Tochter hatten. Die war meist um die fünfzig und suchte einen Mann. Ganz schlimm aber waren die jungen Wirtinnen, deren Mann auf Montage war. So erinnere ich eine, die zwar nicht verheiratet, aber Mitte dreißig und von einer amselhaften Molligkeit war. Sie irritierte mich maßlos, paradoxerweise dadurch, dass sie nie zu Hause war, fast nie, jedenfalls den ganzen Tag und oft auch die Abende bis spät in die Nacht nicht. Von einem Mann war nichts zu sehen, doch konnte man daraus nicht schließen, dass sie auf Aufmerksamkeit, ja sogar Bewunderung verzichtete, denn auf den Regalen über dem Waschbecken drängten sich Fläschchen, Döschen, Pinselchen, Tuben und Tinkturen, und ich wunderte mich, wie jemand in diesem Durcheinander den Überblick bewahren konnte. Das schien aber für sie kein Problem zu sein, denn nach stundenlangen Klausuren entsprang sie dem Bad wie aus dem Ei gepellt, im Gesicht glatt wie eine Geisha, nur dass sie, anders als die, ausgiebig lachen konnte. Außerdem roch sie gut. Aber was sage ich, sie roch bewusstseinstrübend bis zur Grenze der Ohnmacht.

Nun hatte sie die Gewohnheit, alle Türen offen zu lassen, auch ihre Schlafzimmertür, und so stand ich eines Tages vor ihrem Bett. Es lag so, wie es war, als sie am Morgen herausgesprungen war, zerwühlt und noch mit dem Abdruck ihres Kopfs auf dem Kissen. Betäubend stieg ihr Geruch daraus hervor, und da tat ich etwas, was vollkommen wahnsinnig war. Ich warf meine Kleider von mir und stieg in ihr Bett.

Ich wühlte mich in die Decken und Laken, und es war wichtig, dass ich dabei nackt war. Das war eine solche Wonne, dass ich kurz darauf einschlief. Das ist nur scheinbar ein Widerspruch, denn genauso gut könnte ich ohnmächtig geworden sein. Jedenfalls wachte ich irgendwann auf, und zwar von einem Geräusch. Ich fuhr hoch. Da war jemand in der Küche. Das konnte nur sie sein. Und da dämmerte es mir ganz entsetzlich. Hatte sie mich gesehen? Hatte sie ihren Untermieter nackt in ihrem Bett überrascht? Und obendrein noch schlafend? Hatte sie vielleicht auf mich herabgelächelt?

Ich sprang aus dem Bett. Aber wie sollte ich nackt an der offenen Küchentür vorbeikommen? Ich griff mir das erste Stück Stoff, dessen ich habhaft werden konnte. Es war ein Bademantel, doch von solch abscheulicher Geschmacklosigkeit, dass ich ihn fallen ließ und nach etwas griff, das ebenfalls ein Mantel sein konnte, doch von überaus tristem Braun war, so dass er ebenfalls nicht in Frage kam. Willst du hier eine Modenschau veranstalten etwa?, schrie ich mich an. Doch hatte meine Not kurz darauf ein Ende, denn ich hörte Schritte, und sie entfernten sich. Die Etagentür klappte, sie stieg die Treppe hinunter. Mir war ganz schlecht. Wenn sie mich gesehen hatte, müsste ich kündigen. Aber wenn sie mich gesehen und nur betrachtet hätte, müsste ich es nicht. Dann wäre da ein Geheimnis zwischen uns. Wir dürften uns nur nicht verraten.

Nun waren die Arbeiten, die das Studentenwerk vermittelte, durchaus vielfältig, und selbst ich war damals auf diesem Gebiet nicht so leicht zu überraschen, aber was mir an einem frühen Morgen dort angeboten wurde, war ein Job, bei dem ich doch erst einmal schlucken musste, als ich hörte, was von mir verlangt wurde. Ich saß aber wieder einmal auf dem Trockenen, längst war die Zimmermiete fällig, und da sagte ich tapfer Ja und ließ mir die Adresse geben.

Und so stand ich eines Nachmittags auf einer kniehohen Kiste. Um mich herum flanierten Menschen, und ich war splitterfasernackt. Der berühmte Bildhauer Breker hatte beim Studentenwerk anrufen lassen. Er suchte einen jungen Mann, der ihm Modell stand. Auf dem Studentenwerk war keine Rede davon gewesen, dass man dabei nackt sein sollte. Aber die beiden Assistenten Brekers hatten eine derart geschäftsmäßige Art, mit dem sprachlos Verdatterten umzugehen (»Ihre Kleider können Sie hierhin legen«), dass sich das Peinliche der Situation verflüchtigte, und sich auch nicht wieder einstellte, als Gäste hereinzukommen begannen und erst recht nicht, als sich Breker mit einem riesigen Zeichenblock vor mich auf einen Hocker setzte und, mich immer wieder musternd, zu skizzieren begann. Ich bekam einen Besenstiel in die linke Hand, dessen oberes Ende ich mit der Rechten umfassen sollte, als wäre der Besenstiel ein Schwert und ich würde es aus der Scheide ziehen. Unter meinen rechten Fuß schob einer der Assistenten einen Holzklotz, so dass mein linkes Bein leicht angewinkelt war, gleichsam als stiege ich entschlossen eine Treppenstufe hinunter, so dass ich in zwei Bewegungen erstarrt dastand, beide drohender Natur. Den Kopf sollte ich gesenkt und leicht nach links geneigt halten, als ob ich bedauerte, dass ich tat, was ich leider tun musste, nämlich meinem Gegner kurzerhand das Schwert in den Hals zu stoßen.

Eben noch war ich ein munterer junger Mann in einem nicht uneleganten Wintermantel gewesen, und jetzt stand ich plötzlich da ohne alles. Zwar schien man sich vor diesen Leuten hier nicht schämen zu brauchen, aber ungemütlich war mir doch. Also zwang ich mich, an etwas anderes und möglichst Unverfängliches zu denken. Nach etwa zehn Minuten hatte es sich Breker überlegt, und ich musste den Besenstiel über die Schulter legen wie einen Speer (»Schreitender Krieger«) und sieghaft vor mich hin ins Ungewisse blicken. Das hatte den Vorteil, dass ich endlich betrachten konnte, wo ich eigentlich war: in einer Fabrikhalle, in der Marmor- und Granitblöcke unter schweren Hebegeschirren standen, die aber vor allem angefüllt war mit Plastiken in unterschiedlichen Graden der Vollendung. Zwischen ihnen schlenderten Brekers Gäste mit Wein- oder Champagnergläsern in den Händen umher, neugierig die Kunstwerke, vor allem aber den Meister betrachtend.

Die Zahl von Brekers Gästen stieg an und gleichzeitig der Lärmpegel. Man musste jetzt schreien, wenn man sich verständlich machen wollte, was zur Folge hatte, dass ich in die Gespräche um mich herum praktisch einbezogen war. Ein groß gewachsener, schlanker, sehr eleganter Herr versuchte, sich einem kleineren vor ihm verständlich zu machen:

Bis zur Schlacht von Stalingrad glaubte ich, dass wir siegen werden. Doch dann brachte der Führer unsere Strategie durcheinander. Man muss zwischen totalem Sieg und totaler Niederlage differenzieren. Es gibt etwas wie siegreiche Niederlagen und verlorene Siege. Man muss unterscheiden zwischen einem Sieg, der keine Niederlage ist, und einer Niederlage, die in sich den Keim eines Sieges trägt. Nach Stalingrad war unser einziges Ziel, die russischen Kräfte zu binden und sie daran zu hindern, ihre immensen Ressourcen zu mobilisieren. So hofften wir, die Hände für den Kampf im Westen frei zu bekommen. Stalingrad hebelte unsere Strategie aus. Ein Zweifrontenkrieg war dann nicht mehr zu vermeiden. Stalingrad zerstörte das Vertrauen in die militärische Führung. Das war allein Hitlers Schuld, und deswegen hasse ich ihn.

Ich graduierte am Massachusetts Institute of Technology, sagt der kleine, korpulente Herr zu dem großen, eleganten. Ich bin viel gereist, vor allem in der Englisch sprechenden Welt. Der Ausbruch des Krieges überraschte mich auf einem Jagdausflug in Kanada. Ich wurde interniert und später auf die Isle of Man gebracht. Als bedeutenden Unternehmer behandelten mich die Briten mit Respekt, fährt der Mann fort. Ich lebte in einer Villa, aß gut und hatte Zugang zu allen Zeitungen. Ich war sozusagen Gast des Königs. 1942 wurde ich ausgetauscht und kam nach Düsseldorf zu meinen Betrieben. Ein Industrieller wie ich hat natürlich keinen besonderen Sinn für Patriotismus. Als Industriemacht ist Deutschland erledigt. Ich werde nach Argentinien gehen, wo ich Besitz habe. Ich mag Deutschland, aber ich reiße mir kein Bein für es aus. Die deutschen Arbeiter sind fantastisch. Ich habe nie von einem Fall von Sabotage gehört. Sie verhalten sich absolut loyal und machen keinen Ärger.

Die Damen und Herren halten außer Sekt- oder Weingläsern auch Teller in den Händen, die sie am Eingang an dem opulenten Buffet gefüllt haben. Sie wandern zwischen den überlebensgroßen Marmorplastiken umher, die das riesige Atelier füllen. Die Plastiken stellen nahezu ausschließlich junge Männer dar, die Schwerter oder Speere in den Händen halten. Obwohl athletisch und mit schwellend herausgebildeten Glutaei, wirken sie sowohl bombastisch als auch blutleer und abstrakt, anämische Steingespenster, die von den Damen und Herren andächtig bestaunt werden.

Kellner in weißen Jacketts gehen mit Tabletts zwischen ihnen umher und bieten Sekt oder Säfte an.

Durch eines der beiden hohen Fenster blickt man auf die Ruine eines halb zerstörten Hauses und einen Schuttberg sowie eine Badewanne, die auf ihm liegt. Stehen Sie still, sagt Breker, ohne aufzublicken. Und hören Sie auf, meine Gäste anzustarren.

Man tritt ehrfürchtig heran, um ihm über die Schulter zu blicken. Man ist Zeuge, wie ein Kunstwerk entsteht. Man darf dem göttlichen Zeugungsakt beiwohnen. Selbst Hitler hat den Meister in seinem Atelier besucht, und mehrere der brekerschen Heldengestalten standen in der Reichskanzlei.

Ich hasse Politik, sagt jemand, sehr schnell sprechend. Gleichwohl meine ich, dass jeder seinen Platz kennen sollte. Ich sehe keine Existenzberechtigung für politische Parteien, für Wahlen und ein Parlament. Ein solcher Ständestaat führe zur Diktatur? Na gut, sagt er zu einer Dame, die ein keckes weißes Hütchen trägt. Ich verstehe von all dem nichts. Um all das müssen sich ja jetzt die Amerikaner kümmern.

Die Frau mit dem Hütchen ist eine Dame mittleren Alters in einem vor allem hinten entschieden zu engen Kostüm. Neben ihr steht jetzt, jedenfalls seinem Habit nach zu schließen, ein Prälat. Doch ist die Dame mit dem Hütchen die einzige, die mich sieht. Obwohl ich auf einem Schemel stehe und mich im Mittelpunkt dicht vor dem Meister befinde, sieht mich außer ihr niemand. Es ist, als trüge ich eine Tarnkappe und wäre unsichtbar. Das bewirkt offenbar meine Nacktheit, die niemand zur Kenntnis nehmen darf. Vielleicht ist das auch der Grund, warum ich die Stimmen um mich herum so überdeutlich höre, warum sie mir förmlich in den Ohren gellen. Warum sie poltern wie genagelte Stiefel auf Holz.

Was mich damals verblüffte, war die Fähigkeit von Brekers Gästen, zu sprechen und gleichzeitig zu essen. Zu sprechen und gleichzeitig zu trinken. Blicke um sich zu werfen, in die Menge zu winken und gleichzeitig zu essen und zu trinken, ja zwischendurch auch zu rauchen.

Ich konnte nur im Hereinkommen einen flüchtigen Blick auf das Buffet am Eingang werfen, aber schon dieser verstohlene Blick verschlug mir den Atem: Hummer und rosafarbenes Roastbeef, knusprige Spanferkelschinken, Froschschenkel, Perlhuhnbrüstchen, Wachteleier. Und all das haben die Leute auf ihren Tellern und gehen damit umher und schlagen sich damit die Bäuche voll, während sie gleichzeitig reden und reden und die weißen Gespenstermänner betrachten und essen und reden.

Ich dagegen starre auf die Badewanne draußen auf dem Schuttberg, auf den es regnet, und mein Magen knurrt. Dem Impuls, die Hand auf den Magen zu drücken, um das Knurren abzustellen, kann ich nicht nachgeben, denn die eine Hand habe ich auf mein Herz legen müssen, mit der anderen habe ich diesen Besenstiel zu halten, den Speer eines siegreich heimkehrenden Kriegers. Das Magenknurren hat inzwischen etwas durchaus Aufsässiges angenommen. Breker muss es bemerkt haben, und schon hat er irritiert die linke Augenbraue gehoben. Ich kann aber den Blick nicht abwenden von all den Köstlichkeiten, die auf teuren Porzellantellern aufgehäuft an mir vorbeischweben.

Es ist eigenartig, aber die Blicke der Brekerschen Gäste gleiten an mir ab wie an Glas oder poliertem Marmor. Aber zumindest von Breker werde ich gesehen und abtaxiert und mit seinem quietschenden Kohlestift vermessen: Mein zivilistisch hervortretender Bauch, meine unheroisch krummen Beine, und vor allem mein peinlich lang herab hängendes, schräg und pessimistisch abstehendes Geschlecht werden von ihm vermessen.

Es war aber nicht so, dass mich überhaupt niemand sah. Schnelle, heimliche Blicke treffen mich wie winzige Geschosse, spitz wie die Stiche heißer Nadeln. Die Dame mit dem weißen Hütchen auf dem schwarzen Haar verfügt über solch einen stechenden Blick. Ich aber darf mich nicht rühren. Meine Schultern schmerzen. Meine Beine schmerzen. Ich friere. Mein Magen knurrt, ich habe einen wölfischen Hunger, und ich umklammere den Besenstiel wie einen letzten Halt. Doch als ein Teller mit Spanferkel an mir vorüberschwebt, wird mir dunkel vor Augen. Mein Lebenslicht wird ausgeknipst und Schwärze über mich geworfen wie ein Sack.

Ich erwache eingehüllt in graue Seide und in einer Wolke von Parfüm. Ich erwache im Inneren eines Damenmantels. Über mich beugt sich jemand mit etwas Weißem auf dem Kopf.

Nun waren Heinz Franke und ich aber nicht nur süchtig nach Schaufenstern, sondern in dieser Jahreszeit auch nach Karnevalsbällen. Man war schließlich in Köln. Das Schönste an einem solchen Ball war der Augenblick der Ankunft, wenn man das Foyer vor den Garderoben betrat, oder richtiger, sich erwartungsvoll hineindrängte, denn es war bereits voll. Wenn man sich zwischen heiße Leiber quetschte, sich dem Tresen der Garderoben entgegenschob. Doch wollten alle dorthin, so dass sich die Leibermasse verdichtete, je weiter man kam. Und so wurden Arme an Arme gepresst, Hintern an Rücken, Brüste an Schultern, Bäuche an Hintern, Schenkel an Schenkel.

Es war damals noch nicht üblich, dass Frauen sich die Achselhaare rasierten. Dunkel eröffneten sich haarige, schweißnasse, scharf duftende Höhlen, deren Aromen sich mischten mit dem süßen Brodem von Chanel Nr. 5. Doch nicht nur Achselhaar war zu entdecken, sondern mancher Busch tiefer unten ebenso, wüstes Gestrüpp, manchmal den Bauch heraufgewuchert, ein Dickicht, in dessen feuchter Dunkelheit tief verborgen braun und rot und heiß triefend wulstig das Fleisch klaffte.

Ein irrsinniges Geschrei und Gelächter erfüllte den Vorraum. Die Frauen kreischten, schüttelten ihre Brüste wie gekitzelt. Aus den offenen Saaltüren dröhnten dickflüssig wie übersüßes schwarzes Rübenkraut die Karnevalschlager. Die Massen drinnen wogten mahlstromartig johlend aneinandergeklammert im Tanz. Schreie kaum noch unterdrückbarer Vorfreude stiegen an den Garderoben auf. Schon jetzt war alles möglich.

Und da machte ich eine Entdeckung. Vor mir strampelte eine ordinäre Marktfrau, um deren Taille sich der haarige Arm eines Piraten schlang. Ich sah ein zweites Mal hin, dann war ich sicher. Ich hatte die Dame mit dem Hütchen vor mir, jetzt allerdings ohne ihren Kopfschmuck. Und da hatte auch sie mich entdeckt. Mein kranker Krieger, schrie sie und flog an meinen Hals.

Die Reise nach Flandern

Reisende in Flandern werden nach einer Zeit die Soldatenfriedhöfe entlang den Straßen kaum noch wahrnehmen, allenfalls als vorüberhuschendes weißes Geflirre, von dem sie wissen, dass es von Kreuzen oder Grabsteinen hervorgerufen wird, doch vor dem Casino von Ostende ist gar kein Denken mehr an sie.

Ein Wall von zwölfgeschossigen Hochhäusern säumt den Strand von Ostende, und auf der Promenade zwischen Wohnblocks und Meer kämpft man vornübergebeugt mit flatterndem Mantel gegen den Sturm an. Von dort unten scheint er die Wellen zu immer wüsterem Toben aufzupeitschen, von oben im neunten Stock eines der Hochhäuser liegt das Meer im Ausschnitt der zimmerbreiten Fensterfront nur schwach geriffelt, insgesamt eine weite, schiefergraue unbewegte Fläche, die etwas über ein Drittel des Fensterausschnitts einnimmt, darüber der Himmel.

Mittags und abends die Englandfähren. Grellweiß stehen sie in der bleifarbenen See wie von einer jenseitigen Lichtquelle angestrahlt. Von hier setzte ich als junger Mann nach England über, wenn ich nach London wollte.

Bei Vladslo im Wald ein deutscher Soldatenfriedhof für mehr als 25 000. An der Rückseite vor einer Buchenhecke zwei Figuren, ein Paar offensichtlich, Eltern. Die Frau hat die Arme vor der Brust gekreuzt und den Kopf gesenkt. Sie ist niedergekniet, umflossen von einem opulenten Umhang. Auch der Mann kniet. Auch er hat die Arme vor der Brust gekreuzt, doch sieht es eher aus, als schütze er sich vor etwas oder als friere er. Anders als die Frau hat er den Kopf nicht gesenkt. Zwischen den trotzig angehobenen Schultern hält er den Kopf gerade. Er sieht etwas, dessen Anblick auszuhalten ihn seine ganze Kraft kostet. Die Figuren sind überlebensgroß. Sie knien jede auf einer Granitplatte, die wiederum auf einem Granitkubus ruht. Man muss zu ihnen aufschauen. Wenn ihre Haltung Erschütterung und Fassungslosigkeit ausdrücken soll, dann bekommt sie durch diese Granitkuben etwas Ausgestelltes. Sie knien wie auf einer Bühne, das Publikum zu Erschütterung nötigend, bevor der Vorhang fällt. Geschaffen wurden die beiden Figuren (»Trauerndes Elternpaar«) von der Künstlerin Käthe Kollwitz. Ihr Sohn Peter fiel bei Langemark, ein Ort nur drei oder vier Kilometer von Vladslo entfernt.

Nach der Wende wurde wie vieles andere auch Schinkels Neue Wache umgestaltet. Der damalige Bundeskanzler bestand darauf, dass als einziges Kunstwerk die als Pietà bekannte Plastik von Käthe Kollwitz darin aufgestellt werden sollte. Um den Proportionen der Neuen Wache einigermaßen zu entsprechen, musste die Replik allerdings um ein Vielfaches vergrößert werden, beziehungsweise aufgeblasen, wie nicht wenige erboste Kunstkritiker sich ausdrückten. Die Zeitung, für die ich arbeitete, musste zu dem Thema Stellung beziehen, und ich wurde beauftragt, das zu erledigen.

Es war ein sonniger Vormittag, als ich auf dem Parkplatz des deutschen Soldatenfriedhofs von Langemark hielt und durch das monumentale Eingangstor ging. Eben noch Licht und Wolken und Wind, jetzt plötzlich ein Zwielicht, als sei die Sonne bereits untergegangen. Im Schatten dicht stehender Eichen aber plötzlich vier Figuren, todschwarz, unbeweglich. So schwarz, so silhouettenhaft heben sich Körper nur im Morgengrauen ab, vor einer Offensive, wenn im rückwärtigen Gebiet die Hauptverbandsplätze aufgebaut sind, die Lazarettzüge bereitstehen, in den Artilleriestellungen die Munitionsstapel komplett sind, in den vordersten Gräben die Dienstgrade die Uhren vergleichen. Eine Figurengruppe aus Bronze: Doch der Schrecken will nicht weichen.

Das ungeschlachte zyklopische Tor aus rotem Sandstein könnte der Eingang zu einer unterirdischen Totenstadt sein. Unter der Erde befindet man sich hier nicht, doch auch nicht über Tage. In dem schütteren Rasen unter dem dichten Blätterdach der Eichen markieren eingelassene kleine Metalltafeln die Gräber zweier oder dreier unbekannter Soldaten sowie das von einem, dessen Name, Geburts-, Sterbedatum und Dienstgrad angegeben sind. Hier liegen 47 000 Soldaten begraben. Die übliche Formulierung müsste lauten: Hier ruhen 47 000. Doch ruhen sie? Irgendetwas stimmt hier nicht.

Hat man damals das Geschützfeuer hier gehört, etwa 20 Kilometer von der Front entfernt? Auf einen Abschnitt von 28 Kilometern fielen einmal an einem Tag 800 000 Granaten. Vielleicht trug der ewige Westwind das Grollen ja weg. Hier war Etappe. Offizierscasinos, Schreibstuben, Stäbe, Lazarette, flotter Restaurantbetrieb, Herrenabende mit ansprechender Bedienung. Man erläuterte sich gegenseitig die Strategie der Blutpumpe. Welche Kriegspartei bricht als erste zusammen? Verdun hieß »die Schießbude«. Etappe als permanenter Leichenschmaus? Nach der Beseitigung der Toten stärken sich die Lebenden. Auch wird die Leich versoffen. Natürlich freut man sich, dass man noch lebt. Aber da ist auch Verachtung. He is doud, und das klingt spöttisch-herablassend, wegwerfend. Denn verblüffend ist es ja, wie arm und klein einer daliegt, wenn er schließlich tot ist, plötzlich verwandelt auch in ein grauenvoll Anderes, sich unverzüglich Zersetzendes. Eine Leiche wird aber ein Toter erst in Gedanken. Untote wären also etwas zwischen Denkbild und Leiche. Etwas, das sich weigert zu verwesen.

Die Umfassungsmauern des Friedhofs von Langemark sind wie das Eingangsportal aus rotem Sandstein, doch nur etwa einen Meter hoch und oben rund mit Erde und Rasen bedeckt. Sie sind so dick wie Hauswände. So viel blieb damals nach einem Trommelfeuer von einem Dorf übrig: ein paar Grundmauern, die etwa einen Meter über den Schutt hinausragten. Um die wurde dann gekämpft. Diesen Kampf suggerieren die Mauern. Zwingen die Toten die Lebenden weiterzukämpfen? Nein, diese hier ruhen nicht. Die sind unruhig.

In einer Reihe angeordnet schwarze Steinwürfel mit den Namen von Studentenverbindungen, trostlos wie Munitionskisten. Denn Studentenregimenter waren es ja angeblich, die man hier ins Feuer der englischen Maschinengewehre laufen ließ. Wollte man gleich zu Anfang Märtyrer produzieren, Propagandamaterial? Deutschland muss leben, und wenn wir sterben müssen. Das steht eingemeißelt über dem Eingangsportal, doch nicht an der Außen-, sondern an der Innenseite. Das wird dem Besucher mit auf den Weg gegeben, wenn er den Friedhof verlässt, den Eltern, die das Grab ihres Sohnes suchen.

Etwas fasst einen plötzlich an da unter den Eichen in dem Zwielicht. Die vier Stehenden scheinen gewachsen zu sein. Der Gedanke, dass die Toten nicht wirklich tot sind, ist alt, konkretisiert sich in Bildern von Wiedergängern und Untoten. Sie werden gefürchtet und je mehr, desto wahrscheinlicher ist es, dass sie erscheinen, so dass zu fragen wäre, ob jenes nicht ein Mittel zu diesem wäre, ob sich in der Furcht nicht ein Wunsch verbirgt.

Ich musste aus diesem Zwielicht heraus. Ich lief auf die Straße ins Licht und in den Sommerwind. Tief atmete ich die reine, warme Luft ein. Morgen würde ich zurückfahren.

Deutschlands bekanntester Untoter ist bekanntlich Kaiser Barbarossa. Im Kyffhäuser sitzt er unverweslich und schläft. Dem zum Zeichen wächst sein Bart durch die steinerne Platte des Tischs, an dem er sitzt. Eines Tages aber wird er erwachen und ausfahren und wieder aufrichten das alte römische Reich, von dem die Studenten gesungen haben sollen, als sie bei Langemark in den Tod liefen (ein gewisser Hans Castorp war auch unter ihnen), denn sie sangen, so heißt es, das Deutschlandlied beim Sterben. Das machte sie ja berühmt und vorbildlich.

Aber war es wirklich nur die tadellose Gesinnung, die sie in Gesang ausbrechen ließ, wenn sie denn wirklich gesungen haben? Oder sangen sie wie zu Tode geängstigte Kinder im Wald, in dem fabrikmäßigen Rattern der Maschinengewehre, überkommen von der Ahnung einer grauenhaften Maschinerie, in deren Mahlwerk sie geraten waren, in deren Mahlwerk alles geraten würde, was bisher ihr Leben war, so dass sie von der einzigen festen Burg sangen, die sie noch kannten, und die hieß Deutschland?

Die Truppen der Alliierten brauchten 1919 bei der Siegesparade die Champs Elysees entlang drei Stunden. Jemand hat ausgerechnet, dass die Parade allein der anderthalb Millionen französischen Toten elf Tage und elf Nächte gedauert hätte. Wie lange hätte die Parade aller Toten dieses einen Krieges gedauert? Und zu welcher Musik wären sie marschiert? Soldatenfriedhöfe erzeugen die Illusion, dass jeder Gefallene sein Grab bekommt. Was aber ist mit jenen schätzungsweise 90 000, von denen man allein auf deutscher Seite und allein an der Front von Flandern nichts mehr fand, auch nicht das Geringste? Soll man Luftfriedhöfe anlegen?

Nicht weit von Langemark liegt der neue englische Soldatenfriedhof bei Paschendaele. Auf einer Tafel Dank an die Gemeinde für die Überlassung des Bodens – einen solchen Gedanken hat man deutscherseits nicht gehabt. Das Eingangstor ist weiß, die Umfassungsmauern sind weiß. Keine Büsche oder Bäume, nur vier hohe Pappeln an der dem Eingang gegenüberliegenden Mauer. Tausende weißer Grabsteine. Es ist sehr hell auf diesem Friedhof.

Ein Massengrab wie in Langemark gibt es hier nicht. Dort wurden in einer Grube von etwa fünfzehn mal fünfzehn Metern die Überreste von rund 20 000 begraben (verscharrt?), obwohl von mehr als der Hälfte die Namen bekannt sind. Auch gibt es in Paschendaele keine in den Rasen eingelassene Tafeln. Sie haben alle einen Grabstein. Allerdings auch hier zu zweit oder zu dritt. Ein namentlich Bekannter mit einem oder zweien, deren Namen man nicht kennt. Doch ist ein unbekannter Soldat im Englischen nicht gänzlich unbekannt. Er ist *a soldier known unto God*. Dessen Name wird in Langemark nicht genannt. Es fehlt dort auch sein Zeichen. Es ist Friede auf dem Friedhof von Paschendaele. Die Toten ruhen.

Nicht die von Langemark. Das Erschrecken angesichts der vier Stehenden rührt nicht nur von ihrer Schwärze, die das grünfeuchte Dämmerlicht der Eichen (der deutschen Eichen) ins Geisterhafte vertieft, sondern vor allem von den drei Kuben, die ihnen gegenüberliegen. Sie sind aus grauem Beton. Sie ragen etwa mannshoch über die Erde. Sie haben Schießscharten. Es sind Bunker. Das Portal, die

Umfassungsmauern, die Eichen, die Grabplatten – das alles ist nachträgliches Arrangement, ist symbolisch. Diese Bunker aber sind real. Sie sind in einem stumpfen Winkel angeordnet, so dass die Maschinengewehre ein möglichst großes Schussfeld hatten. In ihnen wurde gelebt, gekämpft und gestorben.

Auf Friedhöfen erschrickt man nicht, genauso wenig wie man vor Plastiken erschrickt. Friedhöfe sind ganz und gar symbolische Orte. In diesen Bunkern aber wird weiter gekämpft. Sie machen diesen Friedhof zu einem gottlosen, zu einem gottverlassenen Ort. Und sie machen die vier Stehenden zu etwas, das nicht mehr Kunst ist. Der Gedanke kommt auf, dass die da unter dem Rasen, den Grabplatten, dem Immergrün nicht verwest sind. Dass ihnen die Jahre nichts anhaben konnten. Der Gedanke kommt auf, dass sie heraufdrängen. Dass vier von ihnen das Erdreich bereits durchbrochen haben und bereits dastehen.

Draußen in der Sonne und später auf der Promenade dann Entrüstung: Man lässt sie da unten nicht zur Ruhe kommen. Sie sollen weiter kämpfen. Aber was wäre, fragt man sich, während feldgrau die Nacht übers Wasser kommt, wenn es umgekehrt wäre und wir es wären, die weiter kämpfen sollen? Die Lebenden dann als Werkzeug der Toten, und sie setzten ihren Willen durch? Aber welche Macht hätten sie denn, fragt man sich, während man die Treppenbeleuchtung anschaltet. Die Frage verliert ihre Selbstsicherheit, wenn man ihr eine andere Frage entgegenstellt. Wann wird dieser Friedhof aufgelassen und wieder Ackerland werden? Jetzt plötzlich spürt man sie, spürt man ihre Macht.

Aber wofür wollen sie geehrt sein, und wofür soll ihrer gedacht werden? Dass sie ein neutrales wehrloses Land ohne Kriegserklärung überfielen und verwüsteten? Hans Castorp war ein sensibler, gebildeter junger Mann. Aber auch er war mit dem Überfall einverstanden. Auch er brach in diesen Gesang aus, mit dem die jungen Soldaten angeblich ins Maschinengewehrfeuer liefen.

Das Wetter hat sich gebessert. Es macht Spaß, auf der Promenade zu flanieren. Ich trage die Jacke über dem Arm – ein alter Herr, der noch einmal das Licht und die Sonne genießt. Kinder lächeln ihn an. Auf dem Streifen Sand jenseits der Begrenzungsmauer die Körper, Frauenkörper. Manchmal springt eine auf und rennt schreiend ins Wasser. Andere folgen kreischend. Hoch spritzt das Wasser auf. Dann lassen sie sich wie erschöpft einfach hineinfallen.

Bevor ich hierher fuhr, war ich noch einmal in der Neuen Wache gewesen. In der Ausgestaltung, die die 1931 von Heinrich Tessenow geschaffene wieder zeigte, hatte ich sie noch nicht gesehen. So kahl. Man verstummt. Es herrscht Schweigen, steinernes Schweigen. Denn es ist etwas geschehen, etwas Ungeheures. Etwas jenseits des Ausdrucks. Etwas, dessen nicht gedacht werden kann wie bisher. Dafür sind keine Formen überliefert, dafür wird es auch keine geben. Denn es ist neu, was geschehen ist. Es ist unvergleichlich und total. Keine Sprache ist deshalb hier erlaubt. Es sei denn Kommandos oder stumme Rituale.

An meinem Wagen fehlt das hintere Nummernschild. Es ist weg, nicht mehr da, verschwunden, gestohlen. Vielleicht will jemand auf diese Weise sagen, dass er den Parkplatz vor dem Haus beansprucht. Oder jemand sagt auf diese Weise, kleiner, mieser Boche, verschwinde. Wohl oder übel mache ich mich auf den Weg in die Innenstadt von Ostende. Die Busverbindung ist miserabel, und in der Stadt weiß angeblich niemand, wo ein Polizeirevier ist. Als ich schließlich eins gefunden habe, gilt es, mehr als eine Stunde zu warten und dann einem Beamten klar zu machen, um was es geht. Mit einem Zettel, der mir den Verlust bescheinigt, trete ich den Rückweg an. Gegen fünf Uhr am Nachmittag nähere ich mich endlich dem Hochhaus, in dem ich wohne. Mein Blick sucht natürlich als erstes den Wagen. Ich traue meinen Augen nicht: Das Nummernschild ist wieder dort, wo es am Morgen war. Die Concierge verzieht keine Miene. Sie übersieht mich wie gewöhnlich, antwortet auch nicht, als ich grüße.

Käthe Kollwitz, die Mutter des Schützen Peter Kollwitz, der bei Langemark fiel, sollte nach dem Krieg bekannt werden für eine kleine Plastik, die man fälschlicherweise Pietà nannte, weil man eine trauernde Maria zu sehen glaubte, die den toten Christus auf ihren Knien hält, die aber vor allem verstanden wurde als Mutter, die ihren gefallenen Sohn betrauert, also als Protest gegen den Krieg. Und so hatte sie auch der Bundeskanzler verstanden, als er durchsetzte, dass sie in der Neuen Wache aufgestellt wurde. Doch handelt es sich bei dem toten jungen Mann auf dem Schoß der Kollwitz keineswegs um einen Gefallenen, sondern erkennbar um ihren ältesten Sohn Peter. Er musste ihr schon 1903 in dieser Pose Modell sitzen bzw. liegen, und schon damals imaginierte sie ihn als Toten, als stellvertretend für alle Mütter Geopferten, die obsessive Fantasie einer Neurotikerin, die sich als Künstlerin mit weltumfassendem Auftrag als Stellvertreterin aller Mütter fühlte.

»Als er sieben Jahr alt war«, schreibt sie, »und ich die Radierung machte ›Frau mit dem toten Kind‹, zeichnete ich mich selbst, ihn im Arm haltend, im Spiegel. Das war sehr anstrengend, und ich musste stöhnen. Da sagte sein Kinderstimmchen tröstend: Sei man still, Mutter, es wird auch sehr schön.« Auf der nur schwer erträglichen Radierung beugt sich ein äffisches Urtier über den Körper eines Kindes, das den Kopf zurückgeworfen hat und es wehrlos dulden muss, dass seine Mutter es förmlich aussaugt, ja in sich zurücksaugt. Als Peter achtzehn wird, ist es dann soweit. Sein jüngerer Bruder Hans schreibt: »Der Sommer 1914 war so übervoll, dass unsere Mutter manchmal das Gefühl hatte, es müsse ein Opfer verlangt werden. Dann, als sie bei Kriegsausbruch in Königsberg waren, Vater nach dem Bahnhof ging, nach den vorüberfahrenden Soldaten zu sehen, sie im Hotelzimmer lag und die Züge vorbeifahren hörte und die Gesänge der Soldaten, da wusste sie, dass sie ein Opfer geben müsste und weinte die Nacht. Sie wusste nicht, ob sie uns beide geben müsste, aber von Peter wusste sie es sicher. Weil das Opfer ein freiwilliges war. Manchmal ist ihr der Gedanke gekommen, vielleicht würde es ihr zuteil werden, was Abraham bei der Opferung Isaacs zuteil wurde, doch nie konnte diese Hoffnung Fuß fassen bei ihr. Und auch Peter hat um dieses Opfer gewusst und dass er nicht zurückkehren würde. Als sie einst bei Tisch saßen und die Mutter davon sprach: in den Krieg gehen, da sagte Peter ganz leise: ›In den Tod gehen.‹« Gegen den Protest seines Vaters wurde Peter Kollwitz von seiner Mutter praktisch gezwungen, sich freiwillig zu melden.

Am 1. November 1914 erschien ein Kommuniqué der Obersten Heeresleitung. »Westlich von Langemark brachen junge Regimenter unter dem Gesange Deutschland, Deutschland über alles gegen die erste Linie der feindlichen Stellungen vor und nahmen sie.« Der Mythos Langemark war geboren. Doch an der Meldung der Obersten Heeresleitung stimmt nichts. Weder wurden da feindliche Stellungen genommen – die Front war bereits im Grabenkrieg erstarrt –, noch fanden überhaupt nennenswerte Kämpfe bei dem Dorf Langemark statt, noch waren die dort kämpfenden Einheiten jung in dem Sinn, dass sie jünger gewesen wären als der

Durchschnitt, auch waren sie keine »Studentenregimenter«, also Regimenter, in denen der Anteil der Studenten höher gewesen wäre als in anderen. Bereits hier, in der Umwandlung der Wendung »junge Regimenter« in »Studentenregimenter«, wie es später hieß, zeichnet sich der auch an anderen Stellen zu beobachtende Versuch des Bürgertums ab, den Mythos für sich zu reklamieren und eine verheerende Niederlage in einen Sieg umzuwandeln, wobei das Singen des Deutschlandliedes eine wichtige Rolle spielt, denn es soll beglaubigen, dass die jungen Männer freiwillig in den Tod gingen und ein unwiderrufbares Beispiel gaben.

Die ganze Front entlang soll sich dieses Singen fortgesetzt haben. So will einer in einem halb zerstörten Haus ein Klavier entdeckt haben, an das er sich setzte und angeblich das Deutschlandlied intonierte, in das wie auf ein Kommando hin der ganze Frontabschnitt einstimmte. Niemandem will die haarsträubende Unwahrscheinlichkeit solcher Berichte aufgefallen sein, wie auch niemand fragte, ob diesen jungen Leuten, die im Regen und im flandrischen Schlamm, beladen mit schwerem Sturmgepäck, ins englische Maschinengewehrfeuer gingen, nach Singen zumute war, ja ob sie überhaupt den zusätzlichen Atem dafür hatten, erst recht nicht, ob nicht jeder Zugführer dieses Singen augenblicklich unterbunden hätte, denn es verriet dem Feind den eigenen Standort. Der Leutnant Jünger hätte es auf jeden Fall als ridikül empfunden.

Viele leiden im Übrigen unter verheerendem Durchfall. Es kommt fast keine Verpflegung in die vorderste Linie. Vor Hunger haben sich viele Futterrüben von den Feldern geholt und gegessen. Erst am dritten Tag hat der Kompaniechef den eigentlich naheliegenden Einfall, auf dem nächsten Bauernhof ein Pferd und einen Wagen requirieren zu lassen, auf den seine Männer das unter diesen Bedingungen völlig sinnlose und empörend schwere Sturmgepäck werfen können. Der Bataillonskommandeur hat sich übrigens krankschreiben lassen und ist in das nächstliegende rückwärtige Lazarett geflohen. Das ganze Regiment ist ohne Führung, denn auch sein Kommandeur ist verschwunden. Er hat sich einfach selbst beurlaubt, ein älterer Herr, der schon nach der ersten Feindberührung einem Nervenzusammenbruch nahe war. Die ganze Front entlang machen sich die Herren Stabsoffiziere aus dem Staub. Die meisten versetzen sich einfach in die Etappe, viele aus Verzweiflung über die Haltung des Generalstabs. Weder hielt er angemessene Verpflegung und Ausrüstung für nötig, noch kümmerte er sich bei Angriffen um Artillerieunterstützung. Vor allem aber gab es so gut wie keine Aufklärung. Wochenlang war von schwachen englischen Einheiten die Rede, die den Deutschen gegenüberliegen sollten. Tatsächlich waren es kampferprobte Eliteregimenter, die sich in aller Ruhe hatten einnisten und vorbereiten können. Und wo man der Truppe Artillerieunterstützung geben wollte, ließ man Geschützgespanne vorpreschen und im Feuer wenden und hoffte, dass die Überlebenden noch imstande wären, die Geschütze zu bedienen. Und mindestens so wichtig wie Gewehre wären in dem brettflachen Gelände Spaten gewesen, mit denen sich die Soldaten hätten eingraben können. Doch die Führung hielt sie für genauso überflüssig wie Drahtscheren, mit denen sie die allgegenwärtigen Weidezäune hätten durchschneiden können. So drängten sich an den wenigen Durchlässen oft ganze Gruppen zusammen, ein leichtes Ziel für die Maschinengewehre der Engländer, die mit Grauen von diesen Kindersoldaten berichteten und der Erbarmungslosigkeit, mit der sie immer wieder ins Feuer getrieben wurden.

Zu den Sehenswürdigkeiten Ostendes gehört das Museum, das die Stadt ihrem bedeutendsten Sohn, dem Maler James Ensor, eingerichtet hat. Nicht weit vom Eingang hängt ein Foto, das ihn 1892 als jungen Mann zeigt, wie er sich mit seinem Freund Ernest Rousseau in einer Dünenlandschaft mit menschlichen Knochen (Unterschenkelknochen?) in grotesken Kostümen ein spaßhaftes Scheingefecht liefert, wobei er in der Linken einen menschlichen Schädel hält.

Wie die beiden an diese Überreste kamen, war keine Frage, über die man hier lange nachdenken musste. Im Spanischen Erbfolgekrieg wurde Ostende drei Jahre lang durch die Spanier belagert. Über 130 000 Menschen mussten ihr Leben lassen (wurden erstochen, erschlagen, erwürgt, gehängt, geköpft, gerädert, gevierteilt, starben an Seuchen und Wundfieber und Hunger). Bis ins 20. Jahrhundert hinein wurden menschliche Knochen gefunden, bei Ausschachtungsarbeiten, in den Dünen, überall. Neue Überreste sind hinzugekommen, kommen beim Pflügen zum Vorschein, bräunlich Mürbes, Zerbröckelndes. Die Bauern lassen sich nicht gern darauf ansprechen. Sie machen kein Aufhebens davon. Sie schaffen es beiseite und verscharren es.

Doch auch Überreste anderer Art sammeln sich auf den frisch gepflügten Feldern in kleinen Haufen an: Es sind Granaten und Granatsplitter, auch verrostete Seitengewehre, Erkennungsmarken oder Geldbeutel mit ein paar fremdartigen Münzen. Ein Trecker mit Anhänger fährt zweimal die Woche die Feldwege ab und sammelt Blindgänger und Munition ein. Sie werden auf einem eigens dafür eingezäunten Platz gesprengt.

Ich bin wieder zurück. Ich war ein paar Tage im Krankenhaus. Ich konnte es nämlich nicht lassen und bin geschwommen. Vielleicht bin ich ein bisschen weit geschwommen. Die Sonne war dabei unterzugehen, und es war ein wenig diesig. Ein feiner bläulicher Duft stand gegen das Rosa des Horizonts, und ich glaubte, in einer unendlichen Muschel aus Perlmutt zu treiben, denn Schwimmbewegungen, schien mir, waren nicht mehr nötig, ich schwebte gleichsam in einem kühlen Fruchtwasser, einer schimmernden Nährlösung, die mich osmotisch durch die Haut mit allem, was ich brauchte, versorgte, nur dass ich noch atmen musste. Von Horizont konnte eigentlich keine Rede sein, denn Wasser und Himmel flossen opalisierend wie Glasschmelze ineinander ohne Begrenzung und Unterschied.

Ich weiß nicht, was es war, das mich veranlasste, mich umzudrehen. Sehr kalt und sehr gewalttätig fuhr plötzlich etwas in mich hinein. Die Hochhausfront des Strandes stand sehr klein am Horizont und sehr fern. Das hieß: Ich trieb in einer Strömung aufs offene Meer hinaus.

Die erste panische Regung war natürlich zurückzuschwimmen. Doch nach wenigen wirren Zügen gab ich auf. Ich würde keine Schmerzen haben. Und plötzlich war ich erleichtert. So war es denn endlich zu Ende. So wäre denn endlich Frieden. So wie es auf den Grabsteinen steht und man es den Toten wünscht, dass sie ruhen mögen, in Frieden ruhen mögen und dort unten bleiben. Ich drehte mich auf den Rücken. Die See war wie aus dunklem Glas. Das Licht am Horizont, dem ich entgegentrieb, war erloschen bis auf einen schmalen hellgrauen Streifen. Über mir aber in der Höhe hing sternenübersät die Nacht. Und sie senkte sich langsam herab. Ich lag im Dunkeln, und jetzt spürte ich das Wasser und es war kalt, und es war schwarz wie der Tod.

Ein Segelboot nahm mich auf. Rauschend unter dem Druck seiner Segel kam es mit Licht und Stimmen und Musik auf mich zu. Ich soll gewinkt und geschrien haben. Unterkühlt und nicht mehr imstande zu sprechen, war das Bild dieses leuchtenden Bootes das letzte, an das ich mich erinnerte. Danach wachte ich im Krankenhaus auf.

In dem Ensor-Museum findet sich ein charmantes Foto, das den Maler als Jugendlichen zeigt. Er sitzt auf dem Schornstein eines Hauses und spielt auf einer Flöte. Dominant im ersten Raum natürlich sein berühmtes Selbstbildnis mit Blumenhut. Es ist ein Damenhut. Eigentlich ist er ihm zu klein. Ein Band mit blassblauen und gelben Blüten und Blüten von verwaschenem Rosa umgibt ihn. Dunkle Frauenaugen blicken den Betrachter an. Aber es ist ein Mann, der da aus dem Bild heraus blickt, ein sehr junger Mann, trotzdem ein Mann, denn um sein Kinn verläuft ein dichter schwarzer Bart, und über den feuchtroten, leicht aufgeworfenen Lippen prangt ein kokett an den Enden aufgezwirbelter Schnurrbart. Die Extravaganz der Kostümierung aber erzeugen erst die drei braunroten, in einem üppigen Halbkreis abwärts gebogenen Eitelkeits- und Selbstverliebtheitsfedern. Er war zwanzig, als er sich selbst und damals noch recht konventionell portraitierte, dreiundzwanzig, als er seinem Bildnis Hut und Schnurrbart hinzufügte, sich sozusagen verkleidete, wenn er sich damit nicht schon damals eine Maske aufsetzte, jenes Requisit, das später sein Markenzeichen werden sollte. In der Anmeldeliste für die Kunstakademie in Brüssel steht sein Name unter dem van Goghs.

Ich werde das Gefühl nicht los, beobachtet zu werden. Nur von wem, frage ich mich. Das ganze Hochhaus ist praktisch leer. Ich merke, dass ich zögere, den Fahrstuhl zu benutzen. Doch neun Stockwerke zu Fuß zu bewältigen, ist indiskutabel. Ich stehe in der aufwärts gleitenden Kabine, als würde sich gleich der Boden unter meinen Füßen öffnen. Am zweiten Tag, als ich schon versucht bin, über mich selbst zu lachen, leuchtet beim Aufwärtsfahren plötzlich der Knopf fürs fünfte Geschoss auf. Jemand will zusteigen. Die Luft wird mir plötzlich knapp.

Wer wird in der Tür stehen, wenn die metallenen Flügel sich beiseite schieben? Eine johlende Gesellschaft wie auf Ensors Bild *Die Intrige*? Fette Matronen, wie die eine mit frömmelnd gen Himmel gedrehten Augen unter der Krempe ihres mit Stoffblumen überladenen Huts oder die schlagflüssig rot Angelaufene, über der eine Kasperpuppe schwebt, aus deren Maske ein kartoffelgroßer, nackter glotzender Augapfel hervorquillt, oder die Figur im Zentrum, ein Wesen mit einem schwarzen Schal um den Hals und einem hohen schwarzen Hut. Seine mandelförmigen Augenhöhlen sind leer und schwarz wie Fensterlöcher, eine Maske, hinter der sich kein Gesicht mehr verbirgt, ein Kolonialbeamter im Kongo, der Herr über Körbe voller abgehackter Negerhände, Hände von Kautschuksammlern, die ihre Abgabenorm nicht erfüllten. Der gottesfürchtige Königstreue, der sich jeden Sommer in Ostende von den Tropen erholt? Ich versuchte, mich zu beruhigen. Aber irgendjemand musste den Knopf des Fahrstuhls gedrückt haben. Irgendjemand musste da draußen gewesen sein.

1917 zieht Ensor in ein Haus, das er von seinem Onkel geerbt hat, Rue de Flandre 27, wo heute das ihm gewidmete Museum untergebracht ist. Siebenundfünfzig Jahre hat er in seinem Elternhaus gewohnt, in derselben Mansarde, in der in den Nächten wohl hin und wieder die Maske Wouse erschienen sein wird, eine stattliche Matrone mit Kapotthut, unter dem weiße Spitzen hervorschauen, einen schwarzroten Umhang um die Schultern und über dem blauen Rock eine Art Schürze in Rot. Den rechten Fuß in einem schwarzen Schuh hat sie fordernd vorgestellt, und kokett balanciert sie über der Schulter einen kleinen Sonnenschirm.

Ihr Gesicht ist das eines entenartigen Vogels mit einem weit und spitz vorspringenden Nasenschnabel. Mit einem nach oben geöffneten schwarz bekleideten Händchen weist sie vorwurfsvoll auf das Durcheinander von Totenschädeln, Masken, Musikinstrumenten und Schuhen am Boden. Sie hat Blickkontakt mit dem aus der gegenüberliegenden Wand ragenden Kopf eines vor Wut rot angelaufenen Mannes. Hinter der sich wundernden Maske Wouse aber grinsen andere Masken, grinsen idiotisch, wütend, amüsiert.

Doch schon im Verlassen des Museums plötzlich ein Rot wie ein Trompetenstoß. »Fächer und Stoffe«. Vibrierend vor Intensität, fieberhaft differenzierend, ein Rausch von Nuancen in Grün, Rot, Blau, Weiß und Schwarz. Gerade noch erkennbar etwas wie ein Fächer in verwaschenem Grün, seitlich ein brauner Totenschädel, doch ganz noch in der barocken Tradition. Der androgyne Narziss mit dem koketten Damenhut hatte zwei Jahre nach seinem Selbstportrait diese Epiphanie. Da war er fünfundzwanzig.

Tessenow hat die Neue Wache unter Verzicht auf jedes sinnstiftende Zeichen gestaltet, angesichts des ungeheuerlichen Raubbaus auch an den Sinn-Ressourcen eines ganzen Volkes gestaltet er die Kahlheit selbst, die Ausdrucksverweigerung als höchsten Ausdruck – Ausdrucksverweigerung mit dem Imperativ sogar des Ausdrucksverbots. Es gibt keine Fenster, durch die Licht von außen eindringen könnte. Nur durch das Wetterloch am Scheitelpunkt der Decke dringt ein wenig. Der Eindruck entsteht, man sei unter der Erde. So dass Tessenow die Neue Wache als sakralisierten Bunker gestaltet hätte?

Seinen ursprünglichen Entwurf hat man allerdings in einem Punkt verändert. (Oder ließ Tessenow zu, dass man ihn veränderte?) Unter dem Wetterloch, wo jetzt ein Steinquader steht (Altar? Altar des Vaterlandes? Abrahams Sohnesopfer?), sollte nach Tessenows ursprünglichem Entwurf nicht nur nichts sein, sondern seine Überbietung – ein Loch. Ein – profan gesprochen – Abflussloch für jede Art von Sinn?

Es hätte sich eine Achse Himmel–Erde ergeben. Doch wohin hätte sie gewiesen? Hinab ins Chthonische, zu den Müttern? Oder wäre dieses Loch der Ausgangspunkt von Rhizomen gewesen? Und womit hätten sie die Neue Wache verbunden? Mit Langemark? Oder Verdun?

Sechs Jahre, bevor Tessenow die Neue Wache umgestaltet, und sieben Jahre nach dem Waffenstillstand wird bereits der nächste Krieg geplant. Schon 1925 hatte der General Hans von Seeckt, Chef der Heeresleitung und Schöpfer der 100000-Mann-Berufsarmee der Weimarer Republik, eine Studie in Auftrag gegeben, der er den Namen »Der große Plan« gab. Einer Gruppe von Generalstabsoffizieren im Truppenamt – unter diesem Tarnnamen lebte der von den Siegermächten verbotene Generalstab weiter – wurde die Planungsaufgabe gestellt, ein Kriegsheer von 102 Divisionen, davon 39 Grenzschutzverbände und 63 Felddivisionen mit 2,8 bis 3 Millionen Mann aufzustellen. Selbstverständlich unter strengster Geheimhaltung.

In Ostende beginnt der Badbetrieb. Nahebei exhumiert ein Team von englischen Historikern und Archäologen im Auftrag des Londoner National Army Museums und des amerikanischen Discovery Channel in Flandern Soldaten, die im Ersten Weltkrieg gefallen sind. Nahe dem sogenannten Hohenzollernwerk, einer ehemals deutschen Bastion im nordfranzösischen Loos, stößt es unter Leitung des Historikers

Andrew Bradshaw auf ein Massengrab. Eine Erdschicht von etwa fünfzig Zentimeter ist abgetragen, die ersten Knochen liegen schon zutage, und man hat die Skelette mit Nummern versehen. Bradshaw hat seinen Laptop auf einem kleinen Klapptisch neben der Scheune aufgebaut, vor der das Massengrab liegt. Bei dem Körper Nr. 13 haben sich zwei Epauletten gefunden. Bradshaw erkennt auf den ersten Blick, dass er es mit den Überresten eines deutschen Soldaten zu tun hat. Trotzdem soll er sie bergen? Als englische Ingenieure nicht weit von hier bei Erdarbeiten erkannten, dass die Gebeine, die sie zutage förderten, deutschen Soldaten gehörten, Fritzen, warfen sie sie in den Müll. Andrew Bradshaw ist empört. Alle Toten verdienten den gleichen Respekt, sagt er. Er ist Anfang dreißig, groß, sehr schlank und wirkt sehr jung, aber er ist mit einer Intensität bei der Sache, die zu seiner Jugendlichkeit nicht passt, die jedoch ahnen lässt, welche Wichtigkeit er seiner Arbeit beimisst. Für ihn als Engländer habe der Erste Weltkrieg eine viel größere Bedeutung als offenbar für Deutsche. Schon als Schüler habe er Klassenfahrten auf die Schlachtfelder von Flandern mitgemacht. An seiner Linken trägt er einen schmalen Siegelring mit einem glatten dunkelgrünen Stein.

Die Zahlen und Abkürzungen auf den beiden Epauletten haben ihn elektrisiert. Sie sind wichtige Anhaltspunkte. Seine Hände tanzen auf der Tastatur seines Laptops, der Zugang zu mehreren Militärarchiven hat. Es ergibt sich, dass der Tote Nr. 13 Mitglied des 16. Königlich Bayerischen Reserve-Infanterie-Regiments war. Bradshaw grinst plötzlich. Das Regiment kenne ich, sagt er. Seiner ersten Kompanie gehörte ein Gefreiter an, der diesen Krieg besser nicht überlebt hätte. Er hieß Adolf Hitler.

Es ist warm geworden, obwohl ein leichter Wind geht. Ein paar Bauern stehen am Rand der Grube und starren auf die braunen, dünnen Gebeine herab. Mittagspause, ruft Bradshaw.

Er kennt einen kleinen Gasthof in der Nähe, wo man etwas zu essen bekommt. Sein weißes Hemd flattert im warmen Wind. Er trägt helle Leinenhosen und weiß-blaue Turnschuhe. Es ist wichtig, den Toten ihre Identität zurückzugeben, sagt er. Für wen das wichtig sei? Für die Lebenden, sagt er. Die Toten gehören zu uns. Sie sind Teil der Völker. Es ist schön zu sehen, mit welcher Leichtigkeit er sich bewegt. In seinen Turnschuhen scheint er die Erde kaum zu berühren.

Während unserer Abwesenheit hat es weitere Funde gegeben. Neben dem Körper Nr. 13 lagen außer den Epauletten ein Sold- und ein Gesangbuch sowie der Fetzen einer in München aufgegebenen Postkarte. Auf ihr war von der Anschrift noch entzifferbar »Gefreiter Leopold Rothä …«

Bradshaw lacht, während er die Tastatur seines Laptop bearbeitet. Er loggt sich in die Datei des Münchner Militärarchivs ein. Beim Abgleich mit der noch erhaltenen Gefallenenliste des Regiments ergibt sich, dass es sich nur um Leopold Rothärmel handeln kann, geboren am 20. Oktober 1892 in München, Geiger und Träger des Eisernen Kreuzes 2. Klasse. Seine Mutter war die Gemischtwarenhändlerin Emma Rothärmel, die zwei Söhne und vier Töchter hatte. Bevor er eingezogen wurde, hatte Leopold Rothärmel als Konzertmeister in München, Augsburg und Berlin gearbeitet. Das Kriegstagebuch seines Regiments berichtet, dass seine Kompanie am 2. Oktober das Hohenzollernwerk erreichte. Britische Truppen hatten eine Woche zuvor einen deutschen Schützengraben bei Auchy-les-Mines eingenommen. Der kommandierende Oberstleutnant Staubwasser hatte Befehl erhalten, den Graben zurückzuerobern, woraufhin er Verstärkung durch die 9. Kompanie des 16. Königlich Bayerischen

Reserve-Infanterie-Regiments anforderte. Ihr gehörte auch Rothärmel an. Am 3. Oktober um sieben Uhr morgens beginnen die bayerischen Infanteristen mit der Erstürmung des Grabens. Das Gefecht dauert nur eine knappe halbe Stunde, dann müssen die Briten sich zurückziehen. Der Graben ist zurückerobert. Leopold Rothärmel aber wird ihn nicht erreichen. Er erleidet einen Bauchschuss und stirbt kurz darauf im Niemandsland, kurz vor seinem dreiundzwanzigsten Geburtstag. Sein Tod sollte sich jedoch als nutzlos erweisen, denn zehn Tage später nahmen die Briten den Graben erneut ein. Zu diesem Zeitpunkt lag Rothärmels Leiche vermutlich schon in dem provisorischen Massengrab, das Bradshaws Team neunzig Jahre später freigelegt hat.

Der ist ganz offensichtlich ein hervorragender Organisator. Am nächsten Tag erscheint ein Kleintransporter, der vollgeladen ist mit kleinen, etwa sechzig Zentimeter langen Holzkisten. Er habe einen Schreiner in der Nähe, der ihm die kleinen Kisten baue, erklärt Bradshaw aufgeräumt. Auch habe er darauf bestanden, dass das helle Kiefernholz ordentlich gehobelt und mit Nut und Feder gefugt sei. Immer wieder klingelt sein Handy. Es ist offenbar immer dieselbe Person, die anruft, und offenbar seine Frau oder seine Freundin. Doch kann man das nicht eigentlich ein Gespräch nennen, was sich zwischen den beiden entspinnt. Es ist eher ein Geschäker, von dem sich Bradshaw auch nicht vom Anblick der Totenschädel abbringen lässt.

Und dann beginnen sie, die braunen, mürben Knochen und die Schädel mit den klaffenden Unterkiefern in die Kisten zu legen. Jeder Gefallene bekommt sein eigenes Behältnis und ist wieder geschieden von den andern und allein und er selber.

Und dann fahren wir mit dem Transporter voller weißer, nach Harz duftenden kleinen Kisten zu dem deutschen Militärfriedhof in Labry bei Metz. Im Rasen klaffen braun glänzende Gruben. Und wir stellen vorsichtig die kleinen, hellen Kisten in die Gruben und halten eine kurze Weile vor den Gräbern inne und schweigen und erweisen Leopold Rothärmel und den anderen so die letzte Ehre.

Was den Friedhof von Paschendaele aber so hell macht, sind die Rosen. Vor jeden Grabstein ist ein Rosenstock gepflanzt. Und jeder blüht den ganzen Sommer. Rosen in allen Farben. So spricht nicht stolze Trauer. Diese hier konnten zu Ende sterben. Die Rosen haben sie zur Ruhe kommen lassen. Sie haben die Helden in junge Männer verwandelt, in Kinder, in Söhne, in Geliebte, in Väter. Rosen können das. Die Sorte spielt dabei keine Rolle. Jede kann das bewirken. Am wirksamsten sind allerdings die hellen Sorten: rosa und gelb und die von jenem tonigen Rot, das an Ziegelsteine einer Hauswand an einem Sommerabend erinnert, wenn sie die Wärme des Tages zurückstrahlen.

Jener Ort bei Krakau

Die Stadt Krakau ist ein beliebtes Ziel für Touristen. Zwischen der Stadt und jenem Ort draußen gab es, als ich die Stadt besuchte, einen regelmäßigen Busverkehr. Ich hatte mir ein ganzes Wochenende vorgenommen und konnte mir also Zeit lassen. Ich wohnte angenehm in einem kleinen alten Hotel am Markt, das Anfang des Jahrhunderts im Jugendstil gebaut worden war. Doch gleich am ersten Abend hatte ich, während ich die Schwingtür aufstieß, um zur Treppe und zu meinem Zimmer zu gelangen, eine jener zwanghaften Vorstellungen, die mich das ganze Wochenende über plagen sollten. An dem schlanken, von den vielen Berührungen blanken Messinggriff sah ich plötzlich all die hunderttausend Hände, die in Jahrzehnten die Tür aufgestoßen hatten: Frauenhände, Kinderhände, Männerhände. Hände in weißen Zwirnshandschuhen, Hände in schweren Lederhandschuhen, Hände in bunten Fäustlingen aus Wolle. Dann aber auch Hände in feldgrauen Wildlederhandschuhen. Sie kamen unter feldgrauen Mantelärmeln hervor, sie kamen immer wieder und immer schneller, und um den feldgrauen Mantelärmel läuft ein schwarzes Band, und auf das schwarze Band sind silberne Zeichen und Buchstaben gestickt.

Mein Zimmer war hoch und schmal, und das Fenster ging auf einen Hofschacht hinaus. An den Wänden altertümlich geblümte Tapeten, vergilbt und Jahrzehnte alt. Hier stiegen sie ab, wenn sie ihre Besprechungen abhielten oder ihre Siege feierten. Hier streiften sie nach dem Eintreten die Wildlederhandschuhe ab, hängten den Mantel an den Haken, knöpften die Uniformjacke auf, ließen sich in den schon damals abgewetzten Sessel fallen und schlugen die Beine mit den schwarzen Schaftstiefeln übereinander.

Um mich abzulenken, ging ich in das Restaurant hinunter. Es war am frühen Abend noch fast leer. Dann aber füllte es sich. Die Busse waren zurück. Gedämpfte Stimmung zunächst, später blickt man um sich, findet sich im Gewohnten wieder, bestellt und ist nach dem ersten Schluck Wein plötzlich heiter, fast stolz auf sich und erleichtert, dass man es hinter sich gebracht hat. Enthusiasmiert schreit ein Österreicher: Da hindurch müsste man alle Deutschen treiben.

Später auf meinem Zimmer ein Erlebnis so verstörend, dass ich erwog, zur Rezeption zu gehen und um ein anderes Zimmer zu bitten. Unter dem Bett hatte ich einen Kinderschuh entdeckt, den Schuh eines etwa sechsjährigen Kindes. Nur mühsam beruhigte ich mich. Schließlich stellte ich ihn draußen auf den Gang vor die Tür, und plötzlich dachte ich: Wie viele Kinder und ihre Schuhe braucht es, bis sich ein ganzer Berg davon auftürmt? Man kennt diese Berge von Schuhen (von Fotos), die man dort sehen würde. Man kennt diese Haufen Menschenhaar, zu denen man geführt werden würde. Man hat die Öfen gesehen (auf Fotos), die Gleise, die Rampe. Man kennt sie sehr gut. Warum also hinfahren? Man würde nichts Neues erfahren. Aber vielleicht würde man etwas über sich selbst erfahren?

Und plötzlich spürte ich, dass es eines ist, diese Schuhe, dieses Haar, diese Öfen auf Fotos zu sehen, ein anderes aber, vor den wirklichen Schuhen, den wirklichen Öfen zu stehen, in denen wirkliche Menschen verbrannt wurden, vor Haar zu stehen, das Teil einer Frau war. Und da begann etwas in mir zu zittern, tief unten, sehr tief unten. Etwas würde dort an jenem Ort mit mir geschehen, wusste ich. Ich wusste nicht und weiß es auch jetzt nicht, was es sein würde. Aber es würde schrecklich sein. Vielleicht würde man einen Krankenwagen rufen müssen oder die Polizei.

In der Nacht wache ich auf. Leute gehen durchs Zimmer. Ich sehe nur die Schuhe, die sie an den Füßen haben. Halbschuhe, Damenschuhe, flach, Pumps mit hohen Absätzen, Kinderschuhe, Arbeitsschuhe, Turnschuhe. Neu, alt, abgetragen, schmutzig, gewienert. Sie kommen durch die Stirnwand, stauen sich im Zimmer, verschwinden durch die gegenüberliegende Wand, während durch die andere Wand ein neuer Schub hereinwandert, ein endloses Vorbeiwandern, von dem ich ganz schläfrig werde und irgendwann auch einschlafe.

Sofort nach dem Frühstück will ich einen der Busse nehmen, die hinausfahren, aber Touristen werden oft von unerklärlicher und völlig ungerechtfertigter Essgier heimgesucht, und so esse auch ich, als müsste das Frühstück für den ganzen Tag reichen. Benommen gehe ich schließlich auf mein Zimmer, um meinen Mantel zu holen. Nur einen Augenblick will ich mich auf dem Bett ausruhen, aber als ich erwache, ist es dunkel, wird es unten laut, ist die Besatzung des Mittagsbusses schon wieder zurück. Ein Paar nach dem andern kommt die Treppe herauf. Türen schlagen, Wasser rauscht; jetzt ziehe ich mich aus und krieche unter die Decke. Weit weg in der Nacht das Rollen von Güterzügen. Endlos rollen sie. Rollen, rollen.

Gegen Morgen wache ich auf. Jemand geht im Zimmer umher. Es ist noch dunkel, doch der, der da umhergeht, bewegt sich, als wäre das Zimmer taghell erleuchtet. Er öffnet den Schrank, zieht Schubladen heraus und schiebt sie wieder zurück. Dabei summt er vor sich hin. Dunkelrote Rosen schenkt man schönen Fraun. Und was das bedeutet, wissen sie genau. Ich will Licht machen, ich will schreien. Doch ich kann mich nicht bewegen, und aus meiner Kehle kommt kein Ton.

Plötzlich grellweißes Licht und ein Geprassel. Ein Platzregen von Goldklümpchen. Beim Aufprall auf dem Fußboden springen sie umher. Doch so plötzlich, wie er eingesetzt hat, hört der glitzernde Guss auch wieder auf. Ich blinzele in das Licht, das durch den Vorhangspalt ins Zimmer fällt, ein blasses Dreieck. Ich bin sterbensmüde. Doch plötzlich füllt Rauch das Zimmer und nimmt mir den Atem. Ich ringe nach Luft. Ich stürze auf den Flur, die Treppe hinunter. Ich gehe in einem Aschesturm. Fettige Flocken verkleben Nase und Mund. Ein Sturm heult, ein grauweißes Wirbeln, in dem ich mich vornübergebeugt vorwärts kämpfe. Ich arbeite mich zu einem Taxistand vor. Zum Flughafen, schreie ich. Airport. Aeroporto, schreie ich und werfe die Arme, während meine Füße bei jedem Schritt tiefer in den schwarzgrauen Schlamm einsinken.

London

Der Friedhof von Menton liegt am Berghang hoch über der Stadt, und der Blick geht weit über absteigendes Dächergewirr hinweg in die Weite der Bucht und auf die tiefe Bläue des Meers. Es war das erste Mal, dass ich an der Côte d'Azur war, und der Anblick des Meeres erschütterte mich wie ein Stoß vor die Brust. Ungläubig blickte ich auf die weißen Hauskuben unter mir und ihre Dächer, deren Ziegel von unzähligen Sommertagen zu einem müden Rosa ausgebleicht waren. Auch die Erde schien leicht wie der Wind, der über sie hinwegging, und von Eidechsen überhuscht.

Der Friedhof war längst aufgegeben. Hier und da lagen Grabplatten wie verrutscht und gaben Spalten ins Innere der Gräber frei. Zikaden schrillten, und lange saß ich auf dem Rand einer Grabeinfassung, und ich empfand ein Glück wie selten wieder danach. Eidechsen, Zikaden, Wind, die Gräber, das Meer, alles durcheinander. Kleider schienen überflüssig.

Es fiel mir dann auf, dass auf vielen Grabsteinen englische Namen standen, und da erinnerte ich mich, auf einem Werbeprospekt für die Stadt gelesen zu haben, dass Menton, oder Mentone, wie die Stadt hieß, als sie noch zu Italien gehörte, Ende des 19. Jahrhunderts in England als Luftkurort gegolten hatte, so dass ich auf die Lebens- und Sterbedaten auf den englischen Grabsteinen aufmerksam wurde und sah, dass kaum einer von denen, die hier begraben lagen, älter als fünfundzwanzig geworden war, also so alt wie ich damals.

Hierher hatte man sie gebracht, wenn alle Mittel versagt hatten. Achtzehnjährige Herzöge, siebzehnjährige Barone hatten sich hier hinaufgeschleppt, um das Grab eines Freundes oder der Braut zu besuchen und wohl auch um zu sehen, wo später ihr oder sein Platz sein würde.

Wieder sehr viel später erfuhr ich, dass jemand, dem ich viel verdanke und der mir sehr geholfen hatte, die erste Zeit in London zu überstehen, ebenfalls hier begraben lag: Aubrey Vincent Beardsley, ein Zeichner und Buchillustrator. Seine Zeichnungen zu betrachten war geradezu eine Wohltat gewesen, denn die Stadt London ängstigte mich von Anfang an.

Es begann zu dunkeln, als der Zug abbremste, die ersten Häuser auftauchten, verlassene Fabrikgebäude vorbeizogen, Schrottplätze, Müllkippen, als die Abstände zwischen den Häusern kleiner wurden, als sie erste Straßen bildeten, als die Straßen sich verdichteten, Plätze sie ordneten, als Verkehr sie durchströmte, als die ersten Straßenlaternen aufleuchteten, als ganze Straßenzüge sich erhellten, die fahrenden Autos die Scheinwerfer einschalteten und eine erste Ahnung von der Größe der Stadt aufkam, die Ahnung, die sich bis zu einem Anflug von Panik vertiefte, dass diese Stadt genannte Wüste bis hinter den Horizont reichte, praktisch endlos war, dass es nirgendwo mehr ein Stück Ackerland gab, und dass ich aus dieser Steinwüste nie mehr hinausfinden würde.

Ich kam in einer Pension am Marble Arch unter in einem schmalen Zimmer, dessen enorme Deckenhöhe vermuten ließ, dass es von einem Raum abgetrennt worden war, der saalartige Ausmaße gehabt haben musste. In einen riesigen Kamin war ein winziger Gasofen eingebaut. Er musste mit

Sixpencestücken gefüttert werden. Welcher Narr glaubte, damit den enormen Raum erwärmen zu können, fragte ich mich frierend. Die Etage, von der dies Zimmer nur ein kleiner Teil war, muss mehrere hundert Quadratmeter groß gewesen sein. Später auf der Straße überall der Eindruck von schmutzüberkrusteter Grandiosität.

Die Stadt schüchterte mich ein mit der Unermesslichkeit ihrer seit Jahrhunderten hinterlassenen Ablagerungen, mit ihren von Ruß überkrusteten Fassaden, die mit der finsteren Gewalt ihres viktorianischen Schwulstes schweigend vor sich hin starrten, über einer Vergangenheit brütend, die allerdings von betäubender Großartigkeit war. 1895, als das Empire auf der Höhe seiner Macht war, gehörten der Regierung des Ministerpräsidenten Lord Salisbury, der ein Marquis war und in direkter Linie von den beiden Staatsministern abstammte, die der Königin Elisabeth und James I. gedient hatten, fast nur Mitglieder des Hochadels an. Der Kriegsminister – ebenfalls ein Marquis – entstammte einer Familie, die bereits seit 1181 den erblichen Titel des Barons führte; sein Großvater hatte unter drei verschiedenen Herrschern in sechs verschiedenen Kabinetten amtiert. Der Präsident des Geheimen Staatsrats – ein Herzog – besaß über 7000 Hektar Land in elf verschiedenen Grafschaften, und seine Familie stand seit dem 14. Jahrhundert im Dienst der englischen Krone. Er selbst war vierunddreißig Jahre Mitglied des Unterhauses gewesen und hatte dreimal die Berufung zum Ministerpräsidenten abgelehnt. Die Familie des Staatssekretärs für die Kronkolonie Indien hatte ihren Stammsitz 1315 von Robert Bruce als Lehen erhalten. Der Staatssekretär selbst war der Sohn eines Herzogs, und seine eigenen vier Söhne saßen ebenfalls allesamt im Parlament. Der Präsident des für die Koordination der Gemeindeverwaltungen zuständigen Amtes (Local Government Board) war ein sehr bekannter Landedelmann, der einen Herzog zum Schwager und einen Marquis zum Schwiegersohn hatte. Einer seiner Vorfahren war in der Regierungszeit Charles II. Lord Mayor von London gewesen; er selbst war schon seit siebenundzwanzig Jahren Parlamentsmitglied. Die Vorfahren des Lordkanzlers waren im normannischen Gefolge von Wilhelm dem Eroberer nach England gekommen. Außerdem gehörten dem Kabinett ein Viscount, drei Barone und zwei Baronets an. Von den sechs nichtadeligen Kabinettsministern war einer der Präsident der Bank von England. Es waren kaum mehr als zweihundert Familien, von denen das Land seit Hunderten von Jahren beherrscht wurde.

London war damals, als ich es zum ersten Mal besuchte, unglaublich schmutzig. Pappteller und Frittenreste rund um die Fish 'n' Chips-Buden. Aber auch um die Eingänge zu palastartigen Banken und Versicherungsgebäuden sah es nicht besser aus. Auch hier Bierdosen, Zigarettenschachteln, und an all den auf Schritt und Tritt anzutreffenden Kiosken neben den Zeitungen die Magazine mit den tief und schwer herabhängenden Brüsten der Fotomodelle auf den Titelseiten, deren Anatomie ich hier zum ersten Mal so ausgestellt sah.

Doch spürte ich auch eine geheime Lust an der Rücksichtslosigkeit, mit der da Zeitungen einfach weggeworfen wurden, an der souveränen Geste, mit der einer seine leere Zigarettenschachtel fallen ließ. Dort, wo ich herkam, galt ein Einzelner nicht so viel, dass er sich das hätte erlauben dürfen. Und offenbar nahm hier niemand Anstoß. Mit schönem Gleichmut akzeptierte man die Unvollkommenheit der Welt.

Ich arbeitete in der Bibliothek des Britischen Museums, in der auch schon Karl Marx ein regelmäßiger Besucher gewesen war. Auf dem Platz neben mir hatte sich ein Obdachloser eingerichtet, ein alter, weißhaariger Mann in einem Mantel, der ihm fast bis auf die Füße herabhing und der wohl einmal einem sehr viel Größeren gehört hatte. Eingebunkert saß er zwischen Bücherstapeln, die ihm, wenn er an dem kreisrunden Pult in der Mitte des Saals seine Bücherbestellungen aufgegeben hatte, von einem Bibliotheksdiener an den Platz gebracht wurden. Schon nach einer halben Stunde hatte er in seiner Lesebucht einen kleinen Altar aufgebaut: gerahmte Fotografien seiner Frau, seiner Kinder, Federhalter, Bleistifte, Schreibblöcke, aber auch undefinierbare Gegenstände; Steine vielleicht, Erinnerungsstücke, Glücksbringer hatte er sorgfältig auf seiner Schreibplatte angeordnet. Auf einem braunen Kästchen, in dem er seine Besitztümer wohl verwahrte, thronte segnend und tröstend eine kleine Muttergottes aus Gips. Er rückte alles noch einmal zurecht, dann ging er erst einmal nach draußen, um eine Zigarette zu rauchen.

Es mochten etwa fünfzehn oder zwanzig seinesgleichen sein, die überall verteilt saßen. Wie viel es tatsächlich waren, sah man kurz vor Öffnung des Lesesaals. Sie hatten wohl schon gewartet, denn wie gerufen zog ein Trupp von ihnen über den Vorhof auf den Eingang zu, meist alte Leute, Männer wie Frauen. Zerlumpt und abgerissen, ihre Habseligkeiten in Einkaufswagen oder Kinderkarren hinter sich her ziehend, strebten sie ins Warme und in die Geborgenheit unter der kirchturmhohen Glaskuppel, in die Behütetheit der durch Zwischenwände voneinander abgeteilten Lesebuchten, in die barmherzige Stille der Bücher.

Sie waren unübersehbar, aber niemand stellte sie zur Rede, auch wenn sie sich jahrelang dieselben Bücher bringen ließen und nicht erkennbar war, dass sie Gebrauch von ihnen machten. Gleichwohl brachte man sie ihnen mit unerschütterlichem, gleichbleibendem Respekt. Und das beeindruckte mich ungemein. Man ließ sie gewähren. Solange sie einen Bibliotheksausweis vorweisen konnten, hatten sie das Recht, sich im Lesesaal aufzuhalten, auch Bücher gebracht zu bekommen ungeachtet des Zustands ihrer Kleidung oder Frisuren, denn viele trugen Bärte oder schienen sich das Haar selbst zu schneiden. Undenkbar in Deutschland damals, undenkbar vielleicht auch noch heute.

Mein Bedürfnis zu schlafen war groß, und es wuchs. Etwas lag nämlich wie ein Stein in mir. Misstrauisch witternd, doch auch neugierig hatte ich am Tag nach meiner Ankunft die Straße betreten. Ich suchte ein Café, doch als ich an dem Kiosk, der davorstand, vorbei wollte, hielt ich inne. Die Titelseiten aller Zeitungen zeigten ein und dasselbe Bild: eine Tür, auf die mit weißer Farbe ein riesiges Hakenkreuz gemalt war. Und in allen Schlagzeilen kam das Wort Cologne vor. Die Tür war die der Kölner Synagoge.

Ich kaufte die erstbesten drei Zeitungen. Ungläubig las ich, was geschehen war, und so wie die nächsten beiden Stunden in diesem Café sollte ich die nächsten Wochen verbringen, über Zeitungen gebeugt. Ich sah Fotos, die Gräuel zeigten, von denen ich bisher noch nicht einmal etwas geahnt hatte. Es kamen Augenblicke, in denen ich nicht mehr wusste, wer ich war. Denn mindestens ebenso schmerzhafte Verletzungen wie die Fotos fügten mir die Berichte und Kommentare zu, die sie begleiteten. Der Hang, solche Verbrechen wie die dokumentierten zu begehen, scheine etwas den Deutschen tief und unausrottbar Eingepflanztes zu sein und verliere sich offenbar auch in Friedenszeiten und nach gutem Zureden nicht. Zum ersten Mal traf mich die Verachtung der Welt. Ich musste mich überwinden, mein Zimmer zu verlassen und auf die Straße hinunterzugehen. Sah man mir an, wer ich war? Zumindest hörte man, woher ich kam. Und da stieß ich auf einen Band mit Zeichnungen jenes Aubrey Beardsley, der in Menton starb und dort begraben liegt.

Es war mir klar, dass die Beschäftigung mit diesen Zeichnungen ein Ablenkungsmanöver und ein Augen- und Ohrenverschließen war, aber ihr Anblick war, als würde mir ein nasses, kühlendes Tuch auf eine verbrannte Stelle gelegt. Schönheit als schmerzlinderndes Antidotum. Denn um Schönheit ging es diesem viktorianischen Ästheten wie um nichts sonst.

Auf dem Schoß einer auf einer Liege hingegossenen Mädchengestalt lehnt ein nackter Zwergenputto mit dem übergroßen kahlen Schädel eines grämlichen Bankdirektors. *Der Kuss des Judas* lautet enigmatisch der Titel. Salome betrachtet den Schädel Johannes des Täufers, der ihr auf einem Tablett präsentiert wird, eine der vielen Zeichnungen, mit denen Beardsley Oscar Wildes Stück *Salome* illustriert hat. Ein Satyr und ein Harlekin bestatten die nackte Salome in einer Puderdose. Marionetten und Zwerge und zornig ausschreitende Matronen bevölkern Boudoirs und pompöse Terrassen. Wagnersüchtige Opernbesucher erwarten regungslos wie in Trance die musikalische Narkose. Tannhäuser tastet sich zurück in den Hörselberg, Isolde schlürft den Liebestrank. Das Rheingold lockt. Alberich droht.

Wie schweres Parfüm liegt Lüsternheit über diesen Zeichnungen, und sie entsteht aus dem Kontrast zwischen der japanisch anmutenden Keuschheit der Linie und der Unkeuschheit dessen, das sie umspielt. Eine wild dahinstürmende Messalina mit nackten, vor der Schwärze des Hintergrunds grellweiß leuchtenden, riesigen, wie von ihrem Zorn aufgeblasenen Brüsten. In einem leeren, betont keuschen und schmucklosen Saal steht eine schlanke Schöne und hält mit der einen Hand das ihr von den Brüsten herabrutschende Kleid und schwingt mit der anderen mit einer gezierten Bewegung eine Peitsche über dem nackten Rücken eines vor ihr knienden Jünglings. Eine üppige Schöne präsentiert einem Jüngling ihre Scham, der jedoch kehrt ihr masturbierend den Rücken. Zwei Frauen, eine mit einem durchaus muskulösen und ausgesprochen drallen Hinterteil und eine Schlanke umspielen einen riesigen Penis, wie auch Zwerge mit vor Zorn dunklen Gesichtern ihre monströsen Phalli wie gigantische, über ihre Köpfe hinausragende Kerzen vor sich her tragen.

The Savoy und *The Yellow Book* hießen die Zeitschriften, für die Beardsley arbeitete, viel geschmähte, aber heiß begehrte Lektüre für den Gentleman, wenn er zu Beginn der Saison dem Landleben und der Kontrolle der Gattin entfliehen und sich in den Trubel der Londoner Society stürzen konnte.

»Um die Mitte des Sommers erreichte die Londoner Saison ihren Höhepunkt«, schreibt die amerikanische Publizistin Barbara Tuchmann, »und zeigte sich in ihrem strahlendsten Glanz ... Im Kielwasser des Prince of Wales schwamm eine graziöse Flotille weißer Schwäne mit langen, zierlichen Hälsen und funkelnden, juwelengeschmückten Köpfen, darunter beispielsweise Lady Glenconnor, Herzogin von Leinster und Lady Warwick. Die Herzogin, die in den achtziger Jahren sehr jung starb, war, wie Lord Ernest Hamilton berichtet, eine göttliche Erscheinung und von einer unglaublichen, überwältigenden Schönheit. Die Flügel der mächtigen, mit barocken Schnörkeln überladenen Portale der Häuser Berkeley und Belgravia Square standen keinen Augenblick still, denn hier herrschte ein ständiges Kommen und Gehen. Niemanden hielt es zu Hause. Der Tag begann gewöhnlich morgens um zehn mit einem Ritt im Park und endete am darauffolgenden Morgen um drei bei einem Ball. An einem bestimmten Ort im Hyde Park, zwischen Albert Gate und Grosvenor Gate, trafen sich die Mitglieder des exklusiven, tonangebenden Zirkels der Gesellschaft beim morgendlichen Ausritt oder bei der nachmittäglichen Spazierfahrt zwischen Tee und Dinner.«

Ein Foto zeigt Aubrey Beardsley, wie er in einem Sessel lehnt. Seine Ponyfrisur ist auf der Stirn kurz und rund geschnitten. Er trägt eine graue Hose, ein schwarzes Jackett und eine Fliege, und sein Gesicht ist so englisch wie nur möglich. Es weist den immer wieder zu beobachtenden vorspringenden, an einen Pferdeschädel erinnernden Unterkiefer der Upperclass auf. Der rechte Arm liegt lässig über einer Sessellehne, dort findet sich auch der außer dem Gesicht wichtigste Blickfang, seine rechte Hand, die Hand des Zeichners. Sie ist schmal und lang und von unendlicher Sensibilität. Der kleine Finger ist ganz leicht abgespreizt.

Es gibt eine Zeichnung von ihm, die ein riesiges Himmelbett zeigt. Zwischen den Kissen ein winziges, wie frierend zusammengekrümmtes Etwas, vielleicht ein Kind. Beardsley hat die Zeichnung *Selbstportrait* genannt. Tatsächlich hat er die meiste Zeit seines Lebens damit verbracht, zwischen Bett und Zeichentisch zu wechseln. Zusammen mit seiner Schwester galt er als musikalisches Wunderkind. Aber schon mit neun hatte er einen ersten Blutsturz. Und die Krankheit verschlimmerte sich. Angesichts dessen ist sein Werk eine beeindruckende Leistung, umso mehr, als ihr jedes Zeichen von Selbstmitleid fehlt. Dem Tod setzte er Schönheit entgegen. Und den Heroismus der Extravaganz.

Man hat ihn schließlich nach Menton gebracht. Vor seinem Tod konvertierte er noch zum Katholizismus. Er starb mit fünfundzwanzig.

Wenn ich nicht in der Bibliothek des Britischen Museums saß, ging ich ins Kino oder lief durch die Straßen. Was hätte ich sonst tun können? Ich kannte keine Seele in diesem Labyrinth. Und so blieb ich eines Abends vor einem Kino stehen. Es regnete, und es war kalt. Ich sah mir den Schaukasten mit den Standfotos aus dem gerade laufenden Film an. Und da fasste mich plötzlich etwas Kaltes an, etwas, für das es keinen Namen gab, etwas über alle Worte Entsetzliches. Über einen Hof, der schwarz war und vollgestellt mit unbegreiflichen Teilen von Maschinen, liefen Frauen. Sie hatten die Arme vor ihren Brüsten gekreuzt und sie waren nackt. Der Film hieß *Nacht und Nebel*. Alain Resnais hatte ihn in Auschwitz gedreht. Er war nur 32 Minuten lang. Aber mehr von ihm als dieses eine Bild wagte ich nicht anzusehen.

Ich wandte mich ab. Der Anblick dieser nackten Frauen war nicht zu ertragen. Sie liefen in ihren Tod, nein, nicht liefen. Sie wurden getrieben. Denn dies gehörte wie ihre Nacktheit zu ihrer Erniedrigung: Sie durften nicht gehen. Sie mussten laufen. Nackt wurden sie in der Kälte einer Winternacht über diesen schmutzigen Hof gejagt. Und dass sie in den Tod liefen, brauchte nicht gesagt zu werden, das stand mit grauenerregender Selbstverständlichkeit fest.

Ich stand im Regen unter dem schwarzen Himmel von London und wusste, dass da ein Schatten, etwas sehr Kaltes und sehr Finsteres auf mein Leben gefallen war. Und ich wusste, dass es nicht mehr weichen würde. Ich suchte nicht mehr nach einem anderen Kino. Ich ging nach Hause und kroch ins Bett. Ich wollte nur noch schlafen, die Augen schließen.

Aber das Bild dieser Frauen sah ich auch mit geschlossenen Augen, und auch im Schlaf war es nicht vergessen. Und auch nicht, als ich aufwachte. Bevor ich überhaupt etwas sehen konnte, sah ich diese weißen Leiber in der Kälte der Nacht. Es dauerte lange an diesem Morgen, bis ich etwas anderes sah, bis die Konturen der Möbel, bis sich das matt erleuchtete Viereck des Fensters abzeichnete. Mühsam kam ich auf die Beine. Ich musste mich überwinden, hinunterzugehen und die Straße zu betreten. Sah man mir an, wer ich war? Zumindest hörte man, woher ich kam.

In den grauen Tag blinzelnd saß ich auf der Bettkante, und schon wollte ich mich wieder zurück und in den Schlaf fallen lassen, als ich aufsprang. So geht es nicht weiter, schrie ich mich an, und da riss ich meine Tasche vom Kleiderschrank, stopfte sie mit Wäsche voll, stürmte zur nächsten U-Bahn-Station und fuhr bis zur Endstation. Nach einer Stunde stand ich an einer Landstraße. Und da wurde ich wach. Es war mir, als würde ich endlich die Augen aufschlagen.

Büsche wogten im Wind und Vögel schrien, Wolkenschatten wanderten über das Land, das sich weit und hell in den Tag hinein erstreckte. Es war Frühling. Tief sog ich die kühle, reine Luft ein. Ich trat auf die Straße und ging zur Mitte. Glatt und leer und still lag sie, wie vergessen.

Doch plötzlich fuhr ich zusammen. Hinter mir stand ein Auto. Ich hatte es weder kommen hören, noch hatte ich gewinkt. Die Tür war schon geöffnet. Fröhlich rief es von drinnen, ich möge einsteigen. Und das tat ich, verblüfft und befangen, schnell aber in ein aufgeräumtes Gespräch verwickelt. Der Fahrer mochte fünfzig sein, und er brauchte ganz offensichtlich jemanden, der ihm zuhörte, und so konnte ich mich ganz der Überraschung hingeben zu fahren, der Illusion zu fliegen. Alles Schwere hatte sich verflüchtigt. Ich trieb in einer nordwestlichen Windströmung dahin, anstrengungslos und ohne Ziel auf den immer weiter zurückweichenden waldblauen Horizont zu, den kissenweißen Wolken folgend.

An einer Kreuzung wurde ich unvermutet abgesetzt. Doch kaum hatte ich am Straßenrand Aufstellung genommen, hielt der nächste Wagen. So leicht war das also, dachte ich, man braucht noch nicht einmal zu winken. Es war das erste Mal, dass ich so reiste, und ich war wie berauscht davon. Was mich aber tief erstaunte, war die Freundlichkeit der Menschen. Der Unterschied zwischen ihrer Herzlichkeit und der Kälte der Einwohner Londons war verblüffend und machte mich anfangs misstrauisch.

Noch mehr erstaunte mich die Tatsache, dass da kein Befremden war, wenn ich sprach. An meinem Akzent musste ich doch erkennbar sein als Deutscher, dachte ich und wartete darauf, dass der Fahrer abrupt am nächsten Haus oder an der nächsten Kreuzung anhalten und barsch sagen würde, er habe in jenem Haus oder in dieser Ortschaft noch zu tun, und über mich hinweglangen und die Tür öffnen und mich praktisch hinauswerfen würde. Nichts dergleichen geschah.

Ich brauchte lange, bis ich dieser Freundlichkeit vertraute und zu sprechen begann. Mein Englisch war miserabel gewesen, als ich kam. Was ich konnte, hatte ich aus Büchern. In London hatte ich Zeitungen gelesen, Radio gehört. Jetzt aber musste ich sprechen. Ich musste Auskunft geben, woher ich kam, was ich in England wollte, was ich während des Krieges getan hatte, wie ich das englische Bier fände. Und plötzlich merkte ich, dass mir dieses Sprechen ein intensives Vergnügen bereitete. Es war eine Lust, die Umwege, Schlupflöcher und Varianten zu erkunden, die die Sprache bot, ihren Reichtum auszuloten, ihren Klang zu spüren, ja und ihn nachzuahmen und zwar durchaus als Papagei.

Gelegenheit, die verblüffende Freundlichkeit der Bewohner des mittleren und südlichen Englands für echt zu halten, hatte ich schließlich nach ein paar Tagen. Es war später Nachmittag, und plötzlich hielt ein Wagen neben mir, ein veritabler Jaguar. Ich stieg ein und lehnte mich zurück. Sanft wurde ich in den Sitz gedrückt, als der Fahrer beschleunigte. So fühlte sich also Luxus an.

Das Land breitete sich vor mir aus als ein einziger Garten, gemustert von Hecken, durchzogen von Alleen, die von jahrhundertealten Bäumen beschattet wurden und die sich über die Hügel wanden, wie es Pferdekutschen gemäß war, doch nicht Autos. Und die Weiler und Städtchen lagen wie vor Jahrhunderten. Ihr Friede schien seit Generationen nicht gestört. Den Krieg kannten sie nicht. Ich betrachtete sie gebannt, und heftiges Selbstmitleid und sogar Neid erfasste mich. Wie müsste es sein zu leben ohne Schuld und seiner selbst gewiss und sicher, dachte ich.

Den Jaguarfahrer schätzte ich auf Anfang vierzig, aber seiner Fahrweise nach hätte er erst fünfundzwanzig sein dürfen, und eine ganze Weile war ich nicht sicher, was er mit mir vorhatte. Doch dann bog er halsbrecherisch ab, und nach einer kleinen Strecke, während der Haselnusszweige gegen die Wagenfenster schlugen, bog er abermals ab und hielt vor einem niedrigen weißen Haus. Eine junge Frau trat aus der Tür und begrüßte mich, nachdem ihr Mann mich vorgestellt hatte, und nun begann ich zu ahnen, was Gastfreundschaft heißt. Den Rest des Nachmittags und den frühen Abend verplauderten wir, und als ich mich ins Bett sinken ließ, sank ich in einen Frieden, wie ich ihn seit Kinderzeiten nicht erfahren hatte.

Meine Gastgeber hatten einen Urlaub im Schwarzwald verbracht, und als ich wieder in Deutschland zurück war, begab ich mich auf die Suche nach einer jener Puppen, die in schwarzes Dirndl gesteckt einen großen Hut auf dem Kopf tragen, auf dem dicke rote Pompons thronen. Ich verpackte sie sorgfältig und schickte sie den beiden zusammen mit Grüßen und Dank für ihre Gastfreundschaft, die ihren Gipfel indessen erst am frühen Morgen erreichte, als sich nämlich die Tür öffnete, die Hausfrau eintrat und eine Tasse auf den Nachttisch stellte. Dampf stieg aus ihr auf: Es war der Early Morning Tea, der dem Gast traditionellerweise ans Bett serviert wird, wie ich bei dieser denkwürdigen Gelegenheit erfuhr.

Wie riecht London, wenn einer aus dem Frühling kommt?

Ich war verblüfft, es roch vertraut. Es war der alte, abgestandene U-Bahn-Mief, der mich willkommen hieß und warm und atembeklemmend einhüllte wie eine fadenscheinige schmutzige Decke, die man über den Kopf geworfen bekommt, die wohlige mausgraue Mischung aus ersterbenden Seufzern und keuchenden Hustenanfällen, der Ausdünstung nasser Mäntel und scharfer Desinfektionsmittel sowie der Gestank der längst gegen Gifte aller Art resistenten Mäusepopulation. Wie einer, der aus großer Entfernung heimgekehrt ist, schlenderte ich im Rausch des Wiedererkennens durch die Säle des Britischen Museums, vor allem durch jenen, der die Elgin Marbles beherbergt, suchte in der altägyptischen Abteilung jenen Sarkophag, auf dessen Grund, damals jedenfalls, eine derart wohlerhaltene Mumie lag, dass ihr rötliches, kurzes und wolliges Haar noch vollkommen intakt war. Dauerbesucher aber wurde ich in einer Ausstellung, die alte Bücher zeigte. Geblendet, ja verzückt wanderte ich zwischen den Vitrinen mit griechischen Papyri, französischen Stundenbüchern und Psaltern, zwischen Schaukästen mit arabischen Folianten, indischen Palmblattbüchern, mittelalterlichen Bibeln und Mainzer Wiegendrucken umher.

Ich machte mir keine Illusionen. Das Bild von den Frauen, die ins Gas getrieben wurden, löste zwar keine panischen Reaktionen mehr bei mir aus, aber es verschwand auch nicht, und ich vermute, dass es unterirdisch fortwirkt. Gewisse Verhaltensweisen kann ich mir nämlich nur durch diese Wirkung erklären. So bin ich von einem Freund damals nach Oxford eingeladen worden. Stanley wollte mir sein College zeigen.

Er zeigte mir Christ's College, er zeigte mir Magdalen's, zeigte mir die Bodleian, die damals 2 ¼ Millionen Bände und 50 000 Handschriften besaß. Er zeigte mir den Speisesaal seines Colleges mit den altersdunklen Portraits an seiner Stirnwand, die alle Premierminister darstellten, die das College hervorgebracht hatte, und schließlich zeigte er mir sein Zimmer, genauer, die Zweizimmerwohnung, die jeder Student beanspruchen konnte und in die morgens der Butler des Colleges trat, die Vorhänge vor den Fenstern aufzog und dem achtzehnjährigen Schnösel da im Bett ein munteres *Good Morning, Sir* zurief. Das allerdings sei eine Sitte, von der man inzwischen abgekommen sei.

Und schließlich tranken wir Tee und plauderten. Inzwischen war auch Stanleys Freundin erschienen, und von da an war irgendetwas anders. Es war nicht die Tatsache, dass sie dazu gekommen war. Vielleicht lag es daran, dass sie neben Stanley saß. Dass sie beide mir gegenübersaßen oder ich ihnen als ein Angeklagter, als der ich mich plötzlich fühlte.

Wir hatten uns erzählt, wie es uns seit der Kölner Zeit ergangen war, in der wir uns kennengelernt hatten. Wir hatten gelacht und Witze gemacht. Doch jetzt fiel mir auf, dass Stanley nicht gesagt hatte, warum er auf meine Briefe aus London nicht geantwortet hatte, nachdem er nach London zurückgekehrt war. Plötzlich fand ich, dass die Episode, die ich in einer schottischen Jugendherberge erlebt hatte und die ich gerade erzählte, keineswegs so witzig war, wie ich dachte. Plötzlich fand ich, dass die beiden etwas bemüht lachten, dass sie mich sehr sonderbar anblickten, dass sie nicht über meine kleine Geschichte lachten, sondern über mich.

Und da kam mir ein Gedanke, der mir in diesem Augenblick furchtbar wie ein Urteil erschien. Könnte es sein, dass Stanley Jude war? Hatte er mich die ganze Zeit über in Köln und auch an den Wochenenden bei meinen Eltern beobachtet wie durch einen venezianischen Spiegel, durch den er mich sehen konnte, ich aber nicht ihn? Hatte er mich studiert, wie man die Lebensäußerungen eines Insekts studiert? In meinem Fall die Lebensäußerungen eines Nazis? Wie isst ein Nazi, worüber lacht er, kann er überhaupt lachen? Was macht ihn traurig? Und musste er dann, nachdem er mich so studiert hatte, so lachen, wie er an diesem Sonntagnachmittag in Oxford zusammen mit seiner Freundin lachte? Warum hatte er auf meine Briefe nicht geantwortet? Warum war er auf meine Vorschläge für ein Treffen nicht eingegangen? Hatte er genug von diesem Deutschen? Wusste er genug über mich und konnte meinen Anblick nun nicht mehr ertragen?

Weder wusste ich damals, noch weiß ich heute, was mich veranlasste anzunehmen, Stanley sei Jude. Sah er aus wie einer? Aber wie sieht ein Jude aus? Ich wusste es damals nicht und weiß es bis heute nicht. Ich kenne nur die Klischees und die Karikaturen. Aber der Verdacht blieb und die Scham, und die war doppelt. Einmal so beobachtet worden zu sein, ohne es zu wissen, und außerdem als das erkannt worden zu sein, als was er mich erkannt hatte und was ich nicht war. Aber mein Verdacht war nicht abzuweisen, genauso wenig wie die paranoiden Folgerungen, die ich daraus zog. Ich saß plötzlich wie auf Kohlen. Gut, dass mein Zug zurück nach London schon in einer Stunde ging.

Und gut auch, dass mein Stipendium auslief. Ich hatte plötzlich viel Zeit, und an einem dieser langen grauen Sonntagnachmittage fand ich mich im Imperial War Museum wieder, wie ich durch die Glasscheiben einer Vitrine auf das Seitenleitwerk einer Messerschmitt 109 starrte. Ich betrachtete dieses Stück Blech, das in einer gläsernen Vitrine wie eine Reliquie aufgebahrt lag, und jetzt stieg eine kleine hämische Befriedigung in mir auf. Denn neben den Einschusslöchern befanden sich auch sieben schwarze Streifen auf dem Seitenleitwerk, die besagen, dass der deutsche Pilot, bevor er abgeschossen wurde, seinerseits sieben englische getötet hatte, und während ich diese sieben schwarzen Streifen betrachtete, konnte ich ein schwaches Grinsen nicht unterdrücken, und da gelobte ich mir, dass ich in dieses Land nie mehr zurückkehren würde. Was ist das für eine Logik, fragte ich mich. Was hat das eine mit dem anderen zu tun? Aber tief innen wusste ich, dass dieser Entschluss endgültig war.

Wir werden ja sehen, was von deinem kindischen Entschluss übrig bleiben wird, dachte ich damals. Aber Jahre später, nach so vielen Reisen in so viele Länder, wurde mir an einem Abend in einem Hotelzimmer, von dem ich längst nicht mehr wusste, in welcher Stadt es sich befand, klar, dass ich mein Gelöbnis gehalten hatte. In das Land, dem ich so viel verdankte, das mich wohl mehr geprägt hat, als mir bewusst ist, hatte ich keinen Fuß mehr gesetzt.

Dagegen, dass ich meinen Entschluss damals ernst genommen hätte, spricht auch, dass mich zur gleichen Zeit ein wilder Abschiedsschmerz erfüllte. Absurderweise galt meine Wehmut besonders den Londoner Kinos. Sie spielten die drei oder vier Filme, die sie jeweils im Programm hatten, nonstop hintereinander weg, und man konnte beliebig lange sitzen bleiben, so wie man auch hereinkam, wann man wollte, und oft war das in der Mitte des Hauptfilms, dessen Anfang man dann eben später zu sehen bekam, ein Effekt, der eine allzu große Identifizierung zuverlässig verhinderte und der Bertolt Brecht sicher gefallen hätte. Diese Londoner Kinos waren zudem mit Spannteppichen ausgelegt, die die Schritte zwar dämpften, aber den Nachteil hatten, dass sie auf eine ganz spezifische Art stanken, weil sie jahrelang nicht gereinigt worden waren und man im Kino rauchen konnte, was nicht wenig zur Gemütlichkeit beitrug. So wohnte man denn an manchen Regennachmittagen geradezu im Kino, eingehüllt in Zigarettenqualm, wohl versorgt mit Popcorn in einem Sessel liegend, träumend in einer dunklen, warmen Höhle, während an deren vorderen Wand die Bilder der Wirklichkeit vorüberflimmerten.

Aber auch jenen armen Seelen, die man spätabends fast in jedem Omnibus fand, galt meine Wehmut, zerlumpte Gestalten, denen das graue Greisenhaar wirr um den Schädel stand und die aus zahnlosen Mündern endlose Gespräche mit sich selbst oder mit anderen abwesenden toten Seelen führten. Sie wussten, dass sie von dieser Stadt kein Mitleid zu erwarten hatten. Millionen ihresgleichen hatte sie vernutzt und weggeworfen wie Lumpen, an denen man sich die Stiefel abwischt, und jeder in dieser ungeheuren Stadt wusste und sie selbst wussten es auch, dass sie vergehen würden wie ein Schmutz, den der Regen wegspült.

Die letzte Woche verbrachte ich fast ausschließlich in der Bibliothek des Warburg-Instituts, und das nicht wegen ihrer Buchbestände, auch nicht, weil ich mit dem Namen Warburg etwas verbinden konnte, sondern weil jedem Besucher, wenn es vier schlug, von einer freundlichen Sekretärin eine Tasse

Tee und drei äußerst wohlschmeckende Kekse gebracht wurden. Abgesehen von der Tasse Early Morning Tea, die mir vor ein paar Wochen in jenem Haus in Cornwall die Frau des freundlichen Jaguarfahrers kredenzt hatte, war dies die einzige bargeldlose Wohltat, die mir seit fast zwei Jahren erwiesen worden war, und so war ich geneigt, das große Lesezimmer oder den kleinen Lesesaal des Instituts für so etwas wie ein Wohnzimmer anzusehen, in dem ich es endlich einmal gemütlich hatte, mit Tee und Keksen versorgt wurde und beinahe zu so etwas wie einer kleinen Familie gehörte.

Mit dem Namen jenes Herrn Warburg, nach dem das Institut und die Bibliothek benannt war, wusste ich wenig anzufangen, gleichwohl beschlich mich, da der Name unverkennbar deutschen Ursprungs war, eine Ahnung, dass ihn ein Emigrant, der vor den Nazis fliehen musste, getragen hatte, also ein Jude.

Umso unverständlicher deshalb, dass ich die Nachmittage der letzten Woche mit der Lektüre eines Romans verbrachte, dessen Verfasser nicht gerade ein Gegner des Naziregimes war. Er hieß *Die sterbende Jagd* und stammte von einem Autor namens Gerd Gaiser. Er war Angehöriger eines in Norwegen stationierten Jagdgeschwaders gewesen und beschreibt, wie von seiner Einheit einer nach dem andern von dem Einsatz nicht zurückkehrt, verwundet in einem Schlauchboot treibend aufgegriffen wird oder über Land abspringt und sich zu Fuß zurück zum Flugplatz durchschlägt. Die Schwarte troff von Schwulst und Selbstmitleid und war inzwischen wahrscheinlich wegen der beharrlichen Weigerung des Autors, darüber nachzudenken, was das denn für eine Sache war, für die die jungen Männer Kopf und Kragen riskierten, ein regelrechter Bestseller geworden, hoch geschätzt in den Feuilletons.

Aber wenn ich denn wusste, dass dieses eine vor Selbstmitleid triefende Nazischwarte war, warum las ich es so gierig? Wegen des schneidigen Heldentums der jungen Himmelsstürmer? Oder könnte es sein, dass ich immer noch der Rachefantasie des kleinen Jungen anhing, der in ohnmächtiger Wut die alliierten Bomberströme über sich hinweg zu den großen Städten ziehen sah und sich deutsche Jäger herbeiwünschte, die dazwischenfahren könnten, ja sich selbst in eine Me 109 hineinfantasierte, ein Rächer, der eines dieser todbringenden Ungetüme nach dem andern in einen grellen Feuerball verwandeln würde? Oder wirkte da vielleicht der Besuch im Imperial War Museum und der Anblick des zerschossenen Seitenleitwerks nach?

Und schließlich kam der letzte Nachmittag, die letzte Tasse Tee und die Stunde, in der das Institut schließen musste, und da packte mich das heftige Bedürfnis, mich zu verabschieden, nur dass ich nicht wusste von wem. Es gab niemanden, der zur Kenntnis nehmen wollte, dass ich gehen würde. Und so trat ich in Ermangelung eines Menschen, dem ich dies mitteilen konnte, zu dem weißhaarigen alten Herrn, der immer bei offener Tür in einem kleinen Büro neben dem Eingang saß, und erklärte, dass ich jetzt wieder zurück nach Deutschland müsse, für die Gastfreundschaft des Instituts danke und ihm Auf Wiedersehen sagen wolle. Doch statt ebenfalls Auf Wiedersehen zu sagen, sagte der freundliche kleine Herr etwas, das mich wie ein Stich ins Herz traf.

Er wollte mich nicht wiedersehen, er war offenbar erleichtert, diesen seltsamen *kraut* los zu sein, denn er reichte mir die Hand und sagte freundlich lächelnd Adieu.

Ich habe viel Zeit gebraucht, um über dieses Adieu hinwegzukommen. Lange danach noch war mir, als wäre ich hinausgeworfen worden. Aber wenn mich dieses Adieu denn so verletzte, hieß das dann nicht, dass ich wiederkommen wollte?

Kurz bevor der Zug Aachen erreichte, riss krachend ein Zöllner die Tür auf. Er nahm die Pässe, die er gefordert hatte, entgegen, ohne Danke zu sagen, und auf dieselbe Weise gab er sie auch wieder zurück. Mit einer knappen Bewegung schmetterte er die Abteiltür schließlich wieder ins Schloss. Jetzt sind wir wieder in Deutschland, sagte die Frau, die mir gegenübersaß.

Stallhasen schlachten

Es war ein eisig kalter Winterabend und schon dunkel, als ich in der pompösen Villa am Berliner Wannsee ankam, in der die Tagung der Gruppe 47 stattfinden sollte. Vor ungefähr einem Jahr hatte ich eine Erzählung geschrieben, die ich einem Redaktionskollegen gezeigt hatte. Danach vergaß ich sie. Der schickte sie ohne mein Wissen einem Kritiker, der wieder reichte sie seinerseits weiter, und plötzlich stand sie, ohne dass man mich um Erlaubnis gefragt hätte, zu meiner Verblüffung in der Zeitschrift *Die Neue Rundschau*, und kurz darauf hatte ich eine Einladung zur Tagung der Gruppe 47.

Nur eine schattenhafte Ahnung vom Literaturbetrieb hatte ich, als ich die schwere eichene Tür der Villa aufzog, in der die Tagung stattfinden sollte, kaum mehr als das, was die Lektüre der Feuilletons hergab. Weder hatte ich nennenswerte Schreiberfahrung noch Kontakte zur Literaturszene, und in meiner Umhängetasche trug ich alles bei mir, was ich bisher geschrieben hatte. Es waren nicht mehr als fünf oder sechs Erzählungen. Ich kannte keinen Autor und auch keinen Verlagslektor.

Die Frühjahrs- und Herbsttagungen der Gruppe 47 waren nationale Ereignisse und literarische Gerichtstage, olympische Götterversammlungen, auf denen über Tod oder Leben entschieden wurde. Und nun sollte ich, ein Niemand und ein Nichts, diese Richtstätte betreten, hatte die Stirn, mich dem Urteil der bereits wartenden Scharfrichter auszusetzen, das zweifellos vernichtend ausfallen würde. Es würde mir recht geschehen, denn nichts weniger als ein Hochstapler und Fraudulant war ich, als ich die Schwelle zum Sperrbezirk überschritt. Aber hätte ich die Einladung ausschlagen sollen?

In der riesigen eichengetäfelten Halle der schlossartigen Villa befand sich an der linken Seite ein langer Bartresen. An ihm hatten sich die literarischen Gottheiten schon versammelt, wobei sie unter Erzeugung ohrenbetäubenden Lärms gestikulierend aufeinander einschrien. Unbeachtet stahl ich mich an einen Tisch im Halbdunkel gegenüber. Dort saß noch ein anderer Neuling, eingeschüchtert wie ich und wohl auch mit dem Impuls kämpfend, aufzustehen und einfach davonzulaufen. Der Anblick der Autoren und ihrer Gattinnen sowie der wenigen Autorinnen war ein Schock. Sie wirkten wiedergängerhaft und seltsam unwirklich. Die Fotos von ihnen in den Zeitungen erschienen mir realer als sie selbst. Doch auch die Vertreter der wichtigen Verlage waren anwesend, die Feuilletonchefs aller großen Zeitungen und Funkredaktionen. Ich kannte keinen von ihnen, und ich war sicher: Diesen Ort verließ man nur als Sieger oder als Vernichteter, und ich würde nicht zu den Siegern gehören.

Wortlos starrten wir auf die diskutierenden und gestikulierenden Gestalten dort an der Theke, bis sich aus einer Gruppe ein kleiner Mann löste, auf uns zu kam und sich an unseren Tisch setzte, Siegfried Lenz. Zweifellos wollte er uns Mut zusprechen, wie er versicherte, erreichte bei mir allerdings das Gegenteil, denn er berichtete, dass Peter Weiss einen Tobsuchtsanfall gehabt habe und man ihn nur mit Mühe habe beruhigen können. Er habe es als ganz unerträglich bezeichnet, dass Hans Werner Richter einen Springer-Journalisten eingeladen hatte: Der Springer-Journalist war ich.

Der Einladung von Siegfried Lenz, der übrigens ebenfalls Redakteur in Springers *Welt* gewesen war, doch mit an die Bar zu kommen und ein Glas zu trinken, hatte ich keine Lust zu folgen, und so blieb ich finster brütend sitzen. Doch nicht lange, denn irgendwo hatte irgendjemand eine Schallplatte aufgelegt und die Lautstärke hochgedreht, und die ersten Paare begannen, sich auf dem Parkett der Halle zu drehen. Ich sah ihnen eine Weile zu, doch dann stand ich in einem Anfall von Trotz auf, oder vielleicht auch, um zu provozieren, ging auf eine hübsche junge Frau zu und bat sie um den nächsten Tanz. Wir tanzten, und ich brachte sie an ihren Platz zurück. Der nächste Tanz kam, und ich ging und holte sie erneut. Sie lachte. Es schien ihr zu gefallen, mit mir zu tanzen. Ich holte sie zum dritten Mal. Wir wirbelten kreuz und quer durch den Saal. Und als wir nach dem vierten Tanz innehielten, tippte mir ein leibarmer kleiner Mensch auf die Schulter, der, wie sich später herausstellte, Reinhard Lettau hieß. Ob ich nicht auch einmal mit einer anderen Dame tanzen könnte als mit Frau Grass.

An den Rest des Abends habe ich keine Erinnerung mehr. Wahrscheinlich bin ich auf mein Zimmer gegangen. (Wo übernachtete ich überhaupt?) Mit Sicherheit hatte ich mich ins Dunkel und in ein Bett geflüchtet, weil ich vor all den Geistesriesen schlichtweg Angst hatte, insbesondere vor diesem Peter Weiss, der ein Wüterich zu sein schien, vor allem aber, weil morgen der Tag meiner Hinrichtung sein sollte und ich auf den elektrischen Stuhl musste, wie die Sitzgelegenheit genannt wurde, auf der der Delinquent Platz zu nehmen hatte. An der anderen Seite des Tischchens saß Hans Werner Richter, der Organisator der Tagungen, der auch die Einladungen aussprach und die Diskussion leitete. Zu seinen Füßen und auch zu Füßen des Lesenden saßen die Autoren, die Kritiker, Zeitungsredakteure, Verlagslektoren und Rundfunkgewaltigen, also die gesamte literarische Öffentlichkeit. Wer vor diesen Augen keine Gnade fand, der konnte alle Träume fahren lassen.

Ich wollte aus einer Erzählung lesen, der ich den Titel »Egon« gegeben hatte. So hieß ein Schulkamerad, und ich vermute, ich habe ihm, der mich zum ersten Mal ahnen ließ, was Freundschaft sein könnte, in meiner Erzählung ein kleines Denkmal zu setzen versucht. Ich vermute es, denn ich widerstehe der Versuchung, die Erzählung nach so vielen Jahrzehnten erneut zu lesen. Eine eigenartige Scheu hält mich davon ab. Natürlich fürchte ich, meiner frühen Unbeholfenheit und Naivität zu begegnen. Stärker aber ist eine Angst, die, wie ich mir vorstelle, bei der Exhumierung einer Leiche auftritt: Was kommt da zum Vorschein? Doch wie immer auch: Ich hatte keine Wahl, und als Hans Werner Richter meinen Namen rief, stand ich auf, ging zum Podium und setzte mich auf den Stuhl an der linken Seite des Tischchens. Bis dahin war ich ganz kalt und gefasst gewesen. Doch noch während ich den Titel meiner Erzählung las, war es damit vorbei.

Es war, als würde ein Vorhang, der mich verborgen hatte, plötzlich weggezogen, und ich stünde überrascht da und entdeckte erst jetzt, dass ich nackt war. Nie hatte ich mich vorher so geschämt und nie sollte ich mich später so schämen. Erst einmal schämte ich mich vor meinem Freund. Ich hatte ihn bloßgestellt und zur Besichtigung freigegeben. Das war ein Verrat an unserer Freundschaft, eine feige Ausnutzung. Aber ich schämte mich auch für das, was ich damit von mir selbst preisgab.

Besonders peinigend die Episode, in der ein Kaninchen geschlachtet wird, in der es auf dem Tisch im Schuppen sitzt, den Schlag ins Genick empfängt, zusammenzuckt und zappelnd auf die Seite fällt, nach dem Schnitt in die Halsschlagader aber ruhig wird. Ich beschrieb, erinnere ich mich, wie es an den Hinterpfoten im Türrahmen aufgehängt und ihm von oben, zwischen den Beinen beginnend, das Fell herunter und knisternd über die Ohren gezogen wird und wie sodann das Messer erneut zwischen den Hinterbeinen ansetzt und langsam die Bauchdecke aufschlitzt, während Eingeweide, Lunge, Herz usw. herausquellen und in einen Eimer klatschen. Wie ihm mit dem Messer schließlich hinter die Augen gefahren wird und sie ihm mit einer kreisenden Bewegung herausgenommen werden – fertig.

Nie habe ich eine schrecklichere Peinlichkeit empfunden. Da saß ein Saal voll ausgebuffter und mit allen Wassern gewaschener Literaturkenner, da saßen Doktoren, Professoren und Berühmtheiten aller Art, und ich las über etwas so Treuherziges wie die Schlachtung eines Stallhasen. Die Buchstaben tanzten vor meinen Augen, und diese verfluchte Kaninchen-Passage wollte und wollte kein Ende nehmen.

Aber einem Verrat gleich kamen jene Passagen, in denen ich meinen Freund beschrieb, seine freie kraftvolle Art, sich zu bewegen, sein sorgloses Lachen. Wir waren fünfzehn damals. Wir waren schön und stark, und die Welt war groß, und wir waren sicher, sie würde uns gehören. Und vor all diesen unbekannten Leuten da unten breitete ich etwas aus, das so geheim gewesen war, dass wir es noch nicht einmal vor uns selbst eingestanden hätten, etwas, das sich allen Worten entzog, eine pubertäre Seligkeit und später ein Höllensturz in einen Abgrund von Trauer, als er von seinen Eltern in sein Heimatdorf zurückbefohlen wurde und unerreichbar war und für immer verschwand.

Eigenartigerweise war ich ganz kalt geblieben, als ich das schrieb. Aber jetzt, als ich es las, waren Trauer und Verzweiflung plötzlich wieder da. Meine Stimme drohte zu brechen, ich kämpfte mich weiter von Wort zu Wort, bis ich mich plötzlich fragte, wer sind denn die, vor denen du dich schämst? Was sind das eigentlich für Leute?

Es waren vor allem drei, und sie saßen direkt unter mir zu meinen Füßen. Der eine hatte dichtes schwarzes Haar, ein hübscher Kerl, schlank mit sehr auffälliger Körpersprache und einer bewussten, gezierten Diktion, der allerdings unmissverständlich die Härte einer Peitsche unterlegt war. Er lachte viel und mit offenem Mund und wie gekitzelt, wobei er sich, über seine eigene Pointe entzückt, immer wieder mit offenem Mund lachend und Zustimmung heischend den anderen zuwandte. Der zweite hatte die Statur eines sehr großen und dicken Froschs. Das kreisrunde, vor Schweiß glänzende Gesicht erinnerte an einen Boxer, wahrscheinlich wegen der provozierend ungeniert herabhängenden Unterlippe und des offen stehenden Munds, in dem er augenscheinlich einen Knödel verwahrte, den er beim Sprechen hin und her wälzte. Der dritte war groß und schlank und wollte offensichtlich mit den Models aus den Anzeigen in Herrenmagazinen verwechselt werden. Er sprach mit elegant vornübergebeugtem Oberkörper, huldvoll und demonstrativ geduldig seinem Gegenüber ein Ohr leihend.

Noch während ich las, hatten die drei ungeniert feixend und gackernd wie Teenager sich ihre Meinung über meinen Text gebildet, und ich brauchte nicht lange zu raten, wie sie ausgefallen war. Ich war der am Abend zuvor von Weiss an den Pranger gestellte Springer-Knecht, also nicht nur charakterlich, sondern auch journalistisch minderwertig, während sie sich natürlich als Edelfedern verstanden, zukünftige Ressortfürsten. Mein Verbrechen bestand aber in noch etwas anderem. Natürlich wollten alle drei Literatur machen und Romane schreiben. Und sie taten es Jahrzehnte später ja auch, erwartungsgemäß mit entsetzlichsten Ergebnissen, alle hatten sie ja jetzt schon die Schubladen voll mit Manuskripten. Sie trauten sich nur nicht, sie der Beurteilung auszusetzen. Vor ihnen aber saß einer, der etwas wagte, vor dem sie ihrerseits zurückschreckten. Das würden sie ihm nie verzeihen.

Die Diskussion über meinen Text begann, und natürlich wurde sie dominiert von den dreien. Was sie sagten, habe ich vergessen, bis heute aber sehe ich diese drei feixenden und höhnenden Gesichter vor mir. Schon nach kurzer Zeit kam ich mir vor wie das Kaninchen, das ich beschrieben hatte, gehäutet und ausgenommen, ein leerer, langsam erkaltender Kadaver. Nahezu taub und gefühllos war ich, und so nahm ich kaum noch wahr, dass da auch Stimmen waren, die mich verteidigten. Wie durch einen Nebel sah ich Günter Grass aufstehen und Siegfried Lenz, und ich hörte, wie sie die Polemik zurückwiesen, wie sie einzelne Aspekte meines Textes lobten, mit Einschränkungen zwar, aber im großen Ganzen doch lobten. Nahezu blind stolperte ich vom Podium herunter. Unten schlug mir Günter Grass auf die Schulter. Sie sind durch. Sie sind durch, rief er.

Das Mittagessen verlief angenehm. Auf die beiden Erzählungen hin, auf die in der *Rundschau* publizierte und auf die hin, die ich gelesen hatte, bekam ich zwei Verlagsangebote.

Für den Abend war Wolfgang Neuss für einen Auftritt gewonnen worden. Schon damals war er eine legendäre Figur. Noch galt er als Kabarettist. Was er aber in seinen inzwischen legendären Vorstellungen gestaltete, hatte immer weniger mit Kabarett im alten Sinn zu tun. Es wurde Anklage, bitterer, verzweifelter, Hilfe suchender Protest. So auch an diesem Abend.

Er war allein gekommen, und allein hatte er auch sein Schlagzeug aufgebaut. Schließlich nahm er auf dem Hocker hinter der großen Trommel Platz. Im Saal wurde es ruhig. Man wartete. Aber Neuss schien uns vergessen zu haben. Er blickte vor sich hin. Dann endlich ein Wort. Es fiel wie ein Stein in einen Brunnen, wie ein kleiner Stein, denn es machte fast kein Geräusch, und fast hätte man es überhört. Doch es folgte ein zweites, geflüstertes, dann ein drittes, das schon deutlicher war und auch akzentuiert wurde mit einem kleinen, trockenen Schlag eines Schlägels. Mit ihm begann er die Wörter, die sich jetzt schon schneller aneinanderreihten, zu rhythmisieren. Plötzlich ein erschreckend massiver Schlag der Trommel. Die Wortreihe hatte sich jetzt zu einem Sprechgesang entwickelt, der langsam Fahrt aufnahm. Der lauter wurde, manchmal in Singen umschlug, dann aber wieder zurück ins Sprechen, ja ins Schreien kippte. Und Namen rollen darin wie polternde Steine. Kiesinger und Schleyer, Filbinger, der Marinerichter und Franz Josef Strauß. Immer öfter wummerte die große Trommel, immer lauter intonierte Neuss. Er kam in Fahrt dort oben auf seinem Hocker. Er arbeitete, sein ganzer Körper war in Bewegung. Er sprühte Zorn und Verachtung, er schwitzte. Und er wurde immer lauter. Und jetzt schrie er. Sein Mund stand offen, sein Gesicht war verzerrt.

Er schrie gegen diese Gesellschaft an, gegen ihre Dummheit, ihre Selbstgerechtigkeit, ihre Brutalität, gegen die Unbekümmertheit, mit der sie nach all dem Morden zur Tagesordnung überging. Das war kein Kabarett mehr, was wir da sahen. Und das war auch der witzige, unbekümmerte Wolfgang Neuss nicht mehr, den wir aus so vielen Filmen kannten. Das war ein Verzweifelter, der seine Wut, seine Trauer, seine Anklage hinausschrie und der gleichzeitig wusste, dass er umsonst schrie, und der wusste, dass er am Ende seines Weges war.

Als ich nach Hause fuhr, hatte ich, wie gesagt, Angebote von zwei Verlagen, aber das beruhigte mich nicht, denn ich wusste, dass ich den dreien, die für die nächsten dreißig Jahre die Feuilletons dominieren würden, nicht entkommen würde. Was immer ich schreiben und veröffentlichen würde, sie würden es verreißen, nein schlimmer, sie würden es totschweigen.

Die Kritik an der Prozedur der Gruppentagungen, ihre Verwandlung zum Laufsteg für die sattsam bekannten Diven aus den Feuilletons und Verlagen, überhaupt an ihrer autoritären Struktur wurde immer lauter. Der erste Riss aber, der den Zusammenbruch des ganzen Konstrukts ankündigte, zeigte sich bei der von der Ford Foundation, also von der CIA, finanzierten Tagung im amerikanischen Princeton. Große Aufregung entstand, als in der *New York Times* ein Interview erschien, in dem Peter Weiss den Krieg in Vietnam verurteilte. Er hätte nicht im Namen der Gruppe 47 sprechen dürfen, hielt man ihm vor. Das hatte Weiss auch keineswegs getan. Der Protest gegen den Vietnamkrieg passte einigen nicht. Die CIA hatte sich wohl beschwert.

Das war eine politische Bruchstelle. Eine ganz anderer Natur zeigte sich am nächsten Vormittag. Ein konfirmandenhaft schmächtiger Teilnehmer der Tagung, den niemand kannte, meldete sich zu Wort. Das ist doch alles Beschreibungsliteratur, rief er verächtlich und mit österreichischem Schmelz in der Stimme.

Ich war beeindruckt. Doch nicht, weil ich seine Auffassung teilte, sondern weil mich das Selbstbewusstsein und der Mut beeindruckten, die es brauchte, um eine solche Versammlung so ungeschützt anzugreifen. Der Name des jungen Mannes war Peter Handke.

Also wieder einmal der alte Zank: Kann man noch erzählen oder nicht. So war es seit Jahren gegangen. Sollte das denn nie ein Ende haben, dachte ich. Mit dem Text, den ich vorgelesen hatte, hatte ich mich fürs Erzählen entschieden, für eine Literatur, für die Handke nur Verachtung übrig hatte. Und erzählen, das hieß, dass von der Vergangenheit die Rede sein würde. Und die Vergangenheit war der Faschismus, war der Krieg, denn wie sollte man einen Menschen verstehen, wenn man nicht verstand, was er in Russland getan hatte oder in Oradour-sur-Glane oder Lidice oder Auschwitz? Ich spürte, dass sich der Wind längst gedreht hatte. So wollte man nicht gefragt werden.

Das wurde mir zwei Tage später in einer Bar in Manhattan klar. Es regnete, die Straßen lagen wie ausgestorben, und da sah ich Licht. Drei Männer saßen im Halbdämmer an einer langen Theke. Der alte Mann dahinter mit dem zerknitterten Gesicht schob mir einen Gin and Tonic herüber. Ich war in einem *film noir*. Im Fernseher über dem Tresen lief die Übertragung eines Boxkampfs. Ich fragte mich, ob ich mir eine dritte Tagung der Gruppe 47 antun sollte, und ich beschloss, die nächste Einladung abzulehnen.

Es war ein Kampf im Mittelgewicht dort oben. Die beiden hatten ein enormes Tempo. Sie waren erstklassig. Doch plötzlich flog der Kopf des einen hin und her im Schlaghagel, bevor er in die Seile fiel. Ich war wie elektrisiert. Ich hatte damals ständig Gewaltfantasien. Ich litt förmlich darunter. Immer wieder stellte ich mir jemanden zurecht und prügelte auf ihn ein mit harten, genau sitzenden Geraden und Haken. Manchmal musste ich mich gewaltsam in die Wirklichkeit zurückholen.

Nach dem zweiten Gin and Tonic ging ich in mein Hotel. Doch sollte der Abend damit noch nicht zu Ende sein. Im Halbschlaf fuhr ich hoch. Jemand schien die Tür eintreten zu wollen. Sie flog krachend auf und fluchend drängte sich mit zwei Koffern der Portier vom Empfang ins Zimmer. Hinter ihm eine Dame, die rief, dass dies ihr Zimmer sei, und sie heiße Hildegard Hamm-Brücher.

Die Frage, ob ich mir noch einmal die Gruppe 47 antun wolle, entschied sich im Herbst siebenundsechzig. Ich konnte nicht widerstehen. Ich fuhr, und ich bereute es nicht, denn ich wurde Zeuge ihres Untergangs.

Schon der erste Abend in dem abseits gelegenen Gehöft namens Pulvermühle im Fränkischen war anders. Irgendetwas war im Gange, eine kleine Gruppe beriet im Geheimen, und ich, *Spiegel*-Redakteur inzwischen und vorläufig vom Springer-Aussatz geheilt, wurde hinzugezogen.

Am nächsten Morgen sollte sich zeigen, worum es ging. Ich hatte Nicolas Born lange nicht gesehen, und so war es ein schöner, wenn auch sehr langer Abend geworden. Verkatert und etwa eine Viertelstunde zu spät zogen wir vorsichtig die Eingangstür zum Tanzsaal der Pulvermühle auf. Eine friedliche Szene bot sich uns dar. Oben auf dem Podium las Lars Gustafsson aus einer Paraphrase auf Bakunin, den großen Anarchisten. Alle hörten still und ergeben zu, als sich das Gesicht Hans Werner Richters auf besorgniserregende Weise veränderte. Es lief rot an, sein Mund öffnete sich und schnappte nach Luft. Richter sprang auf. Mit einer geradezu biblischen Ausweisungsgeste rief er, während er seinen Arm immer wieder in Richtung des Ausgangs schnellen ließ: Hinaus! Hinaus!

Und jetzt bemerkte ich auch die Gruppe junger Männer, die durch den Mittelgang hindurch zum Podium gingen, auf dem Richter und Lars Gustafsson an einem Tisch saßen. Offenbar folgten sie Richters Aufforderung, denn sie drehten sich um und begannen, den Mittelgang entlang zum Ausgang zurückzugehen. Und erst jetzt, als sie sich umwandten, sah ich, dass einer an einer Dachlatte ein Transparent trug. Und als er sich umwandte, konnte ich auch lesen, was darauf geschrieben stand:

HIER TAGT DIE FAMILIE SAUBERMANN.

Alles sprang jetzt auf. Man drängte zum Ausgang, denn von dorther kamen seltsame Laute. Im kalten Aprilwind stand ein Häuflein junger Männer, der Erlangener SDS, wie sich später herausstellte, und sie skandierten im Chor das schlimmste Schimpfwort, das sie sich hatten ausdenken können:

DICHTER! DICHTER! DICHTER!

Doch hatte man am Abend zuvor nicht umsonst zusammengesessen. Reinhard Lettau verlas hurtig und routiniert eine Erklärung, die den Studenten bereits im Voraus präsentierte, was sie uns möglicherweise mit Gewalt abzupressen gedacht hatten. Darin verpflichtete sich eine Reihe von Autoren, die Springer-Presse zu boykottieren. Sie würde im Saal ausliegen, wo man sich ihr durch Unterschrift anschließen könne. Das taten fast alle und auch ich, und so ging man endlich zum Mittagessen. Es wurde in der Loggia serviert, von wo man einen guten Blick auf die Studenten hatte, die dort unten standen und froren und *Bild*-Zeitungen verbrannten.

Zusammenbrüche

Der Abend begann um halb neun und endete gegen elf. Eine halbe Stunde später lag ich im Bett meines Hotelzimmers und starrte in die Dunkelheit. Ich stand damals am Anfang meines Weges als Journalist, und obwohl ich erst wenige Proben meines Schreibtalents vorzuweisen hatte, lud mich Jost Nolte, der Leiter der soeben gegründeten Literaturzeitschrift *Welt der Literatur*, ein, ihn zu einem Besuch bei Helmut Heissenbüttel, dem sehr einflussreichen Leiter des dritten Programms von Radio Stuttgart, zu begleiten. Das war eine große Freundlichkeit, aber ebenso eine enorme Chance, denn Heissenbüttel hatte nicht nur außerordentlich gut bezahlte Sendeplätze zu vergeben, für ihn zu schreiben war auch prestigeträchtig und garantierte Anschlussaufträge.

Ich hätte also allen Grund gehabt, fein stille den beiden Berühmtheiten zu lauschen und zu hören, wie sie die Weltlage beurteilten, intellektuelle Einflusszonen absteckten und Kollegen und Artikel und Sendungen benoteten. Heissenbüttel war ein jovialer und freundlicher Mann, der im Krieg die linke Hand verloren hatte, und es gehörte zu seiner Bonhomie, dass er das Gespräch mit Jost Nolte und mir, dem absoluten Nobody, nicht in der Redaktion, sondern bei sich zu Hause führen wollte.

Ich weiß nicht, ob mir damals klar war, was es bedeutete, dass man mich dazu eingeladen hatte. Heute ist die Situation für mich eindeutig. Man betrachtete mich nicht als kleinen Allerweltsschreiber, sondern als ein Talent, mit dem Zeug zu Führungsaufgaben. Ich sollte wohl in den sehr kleinen und sehr exklusiven Kreis derer aufgenommen werden, die an den Schalthebeln des Kulturbetriebes sitzen. Heissenbüttel war geradezu berühmt und zwar unter anderem für ein Gedicht, das viele auswendig konnten und das für manche Queen des Oberseminars die Grundlage ihrer Dissertation bildete, mit der sie sich später um den Posten einer Kulturstaatssekretärin oder Leiterin eines Literaturhauses oder Kulturressorts einer Zeitung bewarb, in den meisten Fällen mit Erfolg:

das Sagbare sagen
das Erfahrbare erfahren
das Entscheidbare entscheiden
das Erreichbare erreichen
das Wiederholbare wiederholen
das Beendbare beenden

das nicht Sagbare
das nicht Erfahrbare
das nicht Entscheidbare
das nicht Erreichbare
das nicht Wiederholbare
das nicht Beendbare
das nicht Beendbare nicht beenden

Sehr viel später wird er sein Publikum mit einem überraschend handfest heruntererzähltem Stück Prosa verblüffen, in dem ein Chef mit seiner Sekretärin ins Wochenende fährt, in dessen Verlauf er sich in ihrem Hotelzimmer auf den Rücken legt, sie ihre Unterhose herunterzieht und sich auf das Gesicht ihres Chefs setzt.

Doch was tat ich an jenem Abend, bequem auf einem

skandinavischen Möbel sitzend und mit Wein versorgt? Statt den Mund zu halten und zuzuhören und die kühnen Abstraktionen auf den Gemälden an der Wand zu betrachten, riss ich das Gespräch an mich. Ich holte weit aus. Ich setzte mich behaglich zurecht. Ich zündete mir ausführlich eine Zigarette an, nahm einen bedeutungsvollen Schluck aus meinem Glas und hob an. Plötzlich parlierte ich und das mit unüberhörbarem Genuss.

Während Jost Nolte gutmütig und beifällig lächelnd zuhörte, saß Heissenbüttel stumm da und sah zum Fenster hinaus. Ich schwadronierte. Ich geriet in Fahrt. Ich lachte über meine eigenen Scherze. Und wovon schwadronierte ich im Wohnzimmer jenes so außerordentlich wichtigen Mannes, jenes sensiblen und allseits bewunderten Feingeists, jener so verwöhnten und wählerischen Redakteursnatur?

Ich erzählte von meiner Ziege.

In den Hungerjahren 1946 und 1947 hatte meine Mutter zwecks Aufbesserung unserer Versorgungslage beschlossen, einen wertvollen Anzugstoff gegen eine Ziege einzutauschen. Und diese Ziege wurde mir anvertraut oder man könnte auch sagen aufgehalst. Ich hatte für ihr Futter zu sorgen, ich hatte sie zu melken und ich hatte ihren Stall auszumisten. Ich war ganze vierzehn damals.

Noch heute bekomme ich heiße Ohren, wenn ich an jenen Abend bei Heissenbüttel denke, und bis heute begreife ich nicht, was mich da geritten hatte. War ich betrunken? Mein Weinglas war noch halb voll. Trotzdem, ich war wie im Rausch. Unbedingt musste ich erzählen, wie sie mir einmal beim Melken den Milchtopf umgetreten hatte, der schon halb voll war, und ganz wichtig war auch mitzuteilen, wie meine Eltern und meine Schwester mich, nachdem ich gemistet und sie gefüttert hatte, jeden Morgen mit der Milch in der Küche schon erwarteten, damit sie zusammen mit dem in der Kaffeemühle bereits gemahlenen Roggenschrot zu einer Art Porridge verkocht werden konnte, derweil Kartoffelscheiben auf der heißen Herdplatte rösteten.

Natürlich habe ich gewusst, dass mein hemmungsloses Schwatzen eine grobe Unhöflichkeit war. Und auch dass ich mich um alle Sympathie und Chancen damit brachte, und dennoch konnte ich nicht aufhören, von dieser verdammten Ziege zu erzählen, diesem Unglücksvieh, dem ein Metzger eines Abends endlich den Hals abschnitt und das ich, nachdem er es gehäutet und ausgenommen hatte, nicht ohne Befriedigung in handliche Portionen zerteilte. Noch heute ist mir unerklärlich, auf welch abenteuerlich verschlungenen Assoziationswegen ich in jenem skandinavisch kühl eingerichteten Wohnzimmer und unter den gewiss unendlich kostbaren abstrakten Gemälden und in Anwesenheit jener beiden soignierten Herren auf etwas so Banales wie eine Ziege kommen konnte.

Sah ich denn nicht, wie angelegentlich der so außerordentlich wichtige Funkfürst abwechselnd auf seine Fingernägel und auf die Büsche draußen im Garten blickte? Hätte ich denn nicht wenigstens ein wenig leiser lachen können? Meine Ziege, rief ich, ist ja auch nicht mehr die Jüngste gewesen, was man allein schon an ihrem Euter sehen konnte, das extrem lang und ausgeleiert fast bis zum Boden hing. Allein schon der Gedanke an dieses Euter erheiterte mich dermaßen, dass ich vor Lachen in meinem Sessel auf und ab hüpfte, so dass auch Heissenbüttel nicht umhin konnte, ein wenig zu schmunzeln, wobei nicht klar war, wie mir plötzlich dämmerte, ob er über das Euter schmunzelte oder über die bizarre Figur, die von diesem Ziegeneuter erzählte?

Doch auch das vermochte mich nicht zu bremsen. Unbedingt musste ich noch erzählen, dass ich angehalten war, das Geschlechtsteil der Ziege zu beobachten. Es begann sich nämlich zu röten, wenn sie bockig, also empfängnisbereit war, wobei sie unaufhörlich meckerte und mit dem Schwanz wedelte. Dann war es Zeit mit einem Säckchen Hafer ... Ich brach ab. Endlich war es mir gelungen zu schweigen.

Ich hörte die beiden lachen, und plötzlich wusste ich, dass sie nicht über meine Ziegengeschichten lachten, sondern über mich, der ich sie erzählte. Kurz darauf brachen wir auf. Der Hausherr brachte uns zur Tür, und ich war sicher, dass ich bei ihm verschissen hatte bis in die Steinzeit. Was sich übrigens später bestätigte, als ich ihm ein Thema vorschlug. Sehr hochnäsig lehnte er ab.

Nicht lange nach meinem Nachruf auf meine Ziege bot mir Nolte eine Redakteursstelle in der *Welt der Literatur* an. Ich war sprachlos. Ich verstehe die Welt nicht mehr, hätte meine Mutter jetzt gesagt. Natürlich akzeptierte ich. Was für eine Zeitung *Die Welt* war, erfuhr ich leider erst später, ein Versäumnis, das ich dann nur noch durch eine Kündigung korrigieren konnte.

Sehr viel später und nach einer Vagabondage durch verschiedene möblierte Zimmer, Apartments und Wohngemeinschaften wurde ich eines Abends in meinem möblierten Zimmer durch zwei junge Frauen aufgescheucht, von denen die eine Eva Rühmkorf und die andere Ulrike Meinhof hieß. Sie waren auf dem Weg zu einer Party, und sie wollten, dass ich mitkomme. Von dieser Party ist mir nichts geblieben als die Erinnerung an die Heimfahrt. Ich teilte mir das Taxi mit einem jungen Herrn, der sich als Rolf Becker, Redakteur beim *Spiegel,* bekannt machte und der, als er hörte, ich sei nach meiner Kündigung bei der *Welt* frei, mir anbot, zu ihm zu kommen, er sei überlastet.

Nach einer Bedenkzeit, deren Länge sich nach meinem Marktwert bemaß und nach dem Erscheinen eines Bändchens mit Erzählungen, deren eine das Fegefeuer der Gruppe 47 bestanden hatte, nahm ich an, wobei der Verlagsleiter Detlev Becker, als ich ihm vorgestellt wurde und er von meiner Promotion erfuhr, ausrief: Dann kriegen Sie 200 Mark mehr.

Es war damals Sitte und ist es wahrscheinlich auch heute noch, neu hinzugekommene Kollegen zu einem Umtrunk einzuladen. So auch bei mir. Er sollte indes nicht in meinem Zimmer kredenzt werden, das war zu klein, sondern in dem meines Chefs Rolf Becker. So wartete ich in meinem Zimmer bei offener Tür, bis es Zeit war, hinüber zu meinen Gästen zu gehen. Beklommen sah ich die Kollegen den Gang entlang zu der Tränkung eilen, darunter auch den Chef des Büros Augstein.

Dieser Büroleiter nun rief mir im Vorbeieilen gut gelaunt etwas zu. Was es war, weiß ich nicht mehr, wusste ich auch damals schon nach kaum einer Minute nicht mehr. Sehr wohl aber kann ich mich an das erinnern, was ich selbst dem alten Herrn zurief. Wenn Sie nicht anders mit mir sprechen können als frotzelnd, rief ich ihm zu, dann lassen Sie es doch bleiben.

Wahrscheinlich dachte der Mann, er hätte nicht richtig gehört, vielleicht hatte er aber auch überhaupt nichts verstanden, denn er eilte weiter. Ich aber riss meinen Mantel vom Haken, ließ meine Gäste stehen, wo sie standen, stürmte den Flur entlang zu den Aufzügen, hielt unten ein Taxi an und fuhr nach Hause.

Wahrscheinlich sank ich in einen Sessel und starrte ins Leere. Was hatte mich da gepackt? Man nennt den Vorgang wohl einen Nervenzusammenbruch.

Irgendwann rief Doris an.

Hast du geweint?

Ich war unfähig zu antworten.

Ich komme sofort.

Das tat sie, und sie tat das einzig Richtige, sie ging mit mir ins Bett und ließ mich danach einschlafen. Ich erwachte am nächsten Tag, nach zwölf Stunden.

Es hat mich niemand gefragt, wo ich denn gesteckt hätte bei meinem Einstand und warum ich weggelaufen sei, wie mich auch zuvor weder Heissenbüttel noch Nolte auf meine Ziegensuada hin ansprach. Eine neue Duldsamkeit war aufgekommen. Man entdeckte die Psychologie. Statt Kommandos waren Analysen gefragt, und ein Nervenzusammenbruch wurde jedem zugestanden. Aber der Innendruck stieg. Ehen explodierten, Studienräte wurden Pflastermaler, achtzehnjährige Abiturientinnen standen mit fünf Mark Reisegeld in der Tasche an den Autobahnauffahrten und wollten in die Türkei trampen. Kommunen bildeten sich, Springer ließ dazu aufrufen, das studentische Ungeziefer »auszumerzen«, und dann fiel der Schuss, lag Benno Ohnesorg auf dem Pflaster, sein Mörder wurde freigesprochen, und ein Schrei der Wut und der Trauer erhob sich und auch einer der grimmigen Genugtuung. Der Feind hatte sich endlich gezeigt. Feuer und Flamme für diesen Staat.

Epitaph

Nie ist es stiller, und auf eine ganz bestimmte Weise still, als an einem frühen Winterabend, wenn die Luft zum Stillstand gekommen ist und der granitgraue Himmel sich langsam absenkt. Ansatzlos beginnt ein feiner eisiger Regen zu fallen.

Mein Freund ist gestorben. Mein Thomas ist tot.

Es ist, als würde der Regen in der Luft stehen, doch plötzlich mischen sich einzelne Flocken hinein, eher Schneefetzen, markstückgroß. Sie fallen nicht, sie stürzen eher und so schnell, als würden sie herabgeschossen. Die Erde erreichen sie nicht.

Er starb, kurz bevor er hätte in Rente gehen können, kurz bevor er endlich Zeit gehabt hätte für seinen Garten, für Pflanzen, also viel zu früh.

Gegen das schwarze Astgewirr der Parkbäume wirken die Flocken wie weiße, linealgerade herabfahrende Striche, eine immer dichter werdende Schraffur. Den Passanten, die mit gesenkten Köpfen durch den Park zur U-Bahn wollen, kleben die wässrigen Fetzen an Mänteln und Hüten.

Er hatte eine Wohnung im dreizehnten Stock eines Hochhauses. Wohnzimmer und Schlafzimmer lagen, getrennt durch einen Flur, einander gegenüber. Die Türen zu beiden Zimmern standen immer offen. So konnte man weit über die Stadt hinwegsehen. Es war sehr hell in seiner Wohnung und sehr leer. Es gab keine Bücher. Das war verblüffend für einen Menschen wie ihn, der sein Leben lang mit Büchern umgegangen war, selber welche geschrieben hatte, sogar von ihnen lebte. Nach einer Weile aber spürte man beim Anblick der weißen, klösterlichen Wände etwas wie Befreiung. Man konnte sich endlich konzentrieren.

Allmählich werden die Flocken kleiner. Zwar sind sie immer noch groß, aber doch schon Flocken zu nennen, und sie fallen auch langsamer und dichter. Auf dem braungelben Rasen des Parks bleiben sie noch nicht liegen, bilden aber schon eine glasige, weißliche Schmelze. Die matschigen Parkwege und das Auge des kleinen Weihers stechen tiefschwarz dagegen ab.

Im Flur, kurz vor der Tür seines Wohnzimmers, lag ein Stein. Doch das ist kein Ausdruck. Da lag ein Findling. Ein graubrauner Klotz von mindestens drei Zentnern. Thomas grinste, als ich vor ihm stehen blieb. Er hatte ihn an einem Waldrand nahe unserem Haus auf dem Land entdeckt. Zusammen mit Bernhard hatte er ihn auf einer Decke die Treppen hinauf zum Aufzug geschleift und dann in die Wohnung.

Der Druck seiner Rechten war eisern. Er war eher klein, aber dieser Hand nach zu urteilen, muss er früh gewusst haben, wie sich der Stiel einer Schaufel oder einer Axt anfühlt. Das war ein Widerspruch zu seinem Leben mit Büchern und Zeitungen und aus dem Kopf heraus. Ich lernte ihn kennen, als er mir das Manuskript meines ersten Romans mit spitzen Fingern wortlos zurückgab, so, wie ich glaubte, seinen Abscheu ausdrückend über eine Szene darin, wo der Held in der Badewanne liegend seinen Körper bewundert. Ich wusste damals noch nicht, dass er bei den Kommunisten war, aber so stellte ich mir einen vor. Er war Assistent von Helmut Schelsky gewesen, der ihn auch promoviert hatte. Ein halbes Jahr nach der Promotion fand ich mich auf der Straße in einem Demonstrationszug wieder, erzählte er einmal. Es war damals, als wäre man in eine reißende Strömung geraten. Johannes Rau erteilte ihm Berufsverbot. Mit den Kommunisten war Thomas aber nach drei Jahren fertig.

In den Straßen Gehupe und Staus. Die Reifen schmatzen in der eisigen Sülze. In dem Gestöber geht man gesenkten Kopfs und, obwohl man in dem Matsch immer wieder ausrutscht, schnell. Wenn die Autokolonnen vorrücken, drehen Reifen durch. Beim Abbremsen geraten Wagen ins Schlingern. Die Straße ist mit ungewohntem Lärm erfüllt. Darüber das weinerliche Gedudel eines Leierkastens. Dick verpackte Männer, die vor ihren Tannenbäumen auf Käufer warten, treten von einem Fuß auf den andern und schlagen die behandschuhten Hände aneinander, als wollten sie die noch zögernden Käufer zur Eile antreiben.

Der Findling lag urzeitlich fremd in dieser Wohnung, herausfordernd schweigend und provozierend stumm, ein Stück Natur als das ganz Andere. Er lag einfach da, so wie Thomas ein Faktum oder die Äußerung eines Politikers in den Raum zu stellen pflegte oder auf den Tisch brachte und abwartete. Er hatte ja die Arbeit geleistet, das Faktum oder die Äußerung des Politikers zu finden, die weitere Arbeit musste sein Gast leisten, so wie er auch diesen Findling entdeckt hatte, was gar nicht so leicht gewesen war, unter den Haufen von faustgroßen Steinen, die die Bauern im Laufe der Zeit aus dem Acker gesiebt und am Waldrand abgeschüttet hatten. Und darin lag sein Genie und die Faszination, ihm beim Denken zuzuhören, dieses Faktum oder diese Äußerung eines Politikers unter dem Schutt der Banalitäten zu entdecken als bemerkenswert, bezeichnend oder bedenkenswert. Die eigentliche Arbeit lag also in diesem Finden. Dazu gehörte aber ein fremder Blick, und mich hatte nie das Gefühl verlassen, dass er sich nicht sehr heimisch gefühlt hatte unter uns.

Der Rasen des Parks ist jetzt weiß, wie auch die Wege weiß sind, obwohl noch durchzogen von schwarzen, matschigen Trampelpfaden. Auf den Zweigen und Astgabelungen von Bäumen und Büschen haben sich die bewussten, gern fotografierten Schneepolster gebildet. Dicht und weich sinkt es jetzt herab. Die Häuser jenseits des Parks sind nur noch undeutlich zu erkennen. Die wenigen Geräusche klingen erstickt. Die Luft scheint nicht mehr zu tragen. Die Stadt ist still geworden. Es tropft von den Ästen.

Das mutet ein wenig theatralisch an. Aber es vertieft die Stille. Dagegen hat das Schneien etwas Tüchtiges und – in seiner Lautlosigkeit – auch etwas Tückisches.

Ich kann nicht aufhören, auf das Wetter zu achten. Als hätte ich noch nie Schnee gesehen, starre ich aus dem Fenster. Das hat etwas Zwanghaftes. Will ich mich so von dem wütenden Schmerz ablenken, der in mir tobt? Ablenken von der Ungeheuerlichkeit, dass es ihn nicht mehr geben soll? An der Längswand seines Apartments stand ein Biedermeiersofa, bezogen mit einem grün-gelb gestreiften Stoff. Es stand vor der Wand wie ausgestellt, einzeln und sehr kostbar. Davor ein kleiner, runder Tisch. Er pflegte auf dem Sofa zu sitzen, der Besucher in dem Sessel vor dem Tisch. Sobald man saß, hatte man das Gefühl, es wurde still. Jetzt konnte man sprechen. Nicht, dass wir immer tiefgründig dahergetönt hätten. Doch selbst wenn wir Alltagsbanalitäten austauschten und lachten, taten wir es mit einer gewissen Konzentration. Im Übrigen dachte man sehr wohl nach, bevor man bei ihm ein Thema anschnitt. Es gehörte zu seiner Art, höflich zu sein, dass er dann auf das Thema einging, es untersuchte, darauf abklopfte, ob es etwas enthalten könnte, was verallgemeinerbar sein könnte. Es war faszinierend, ihm beim Denken zuzuhören. Es sprach Unerbittlichkeit daraus, die sich auch gegen ihn selbst richtete. Kaum eine Erkenntnis galt bei ihm als gesichert. Auch die er gelten ließ, mussten immer wieder überprüft werden. Der ungläubige Thomas, sagte ich öfter, und einmal zeigte ich ihm die Reproduktion eines Bildes von Caravaggio, das Thomas darstellt, wie er Christus den Finger in die Wunde legt. Als Schelsky das Wort von der skeptischen Generation prägte, muss er wohl ihn, seinen Assistenten, vor Augen gehabt haben.

Auf allen Sendern jetzt Warnungen vor Staus und überfrierender Nässe. Umleitungsempfehlungen. Ratlosigkeit in den Cockpits hinter den Multifunktionslenkrädern und den intelligenten Bordcomputern. Die temperamentvollen Ecotec-16-Ventiler-Unterflurmotoren drehen im Leerlauf, die Antiblockiersysteme sind sinnlos geworden. Hätte man jetzt Winterreifen aufgezogen, Ultragrip 4+ etwa oder Winter Contact TS 760! Aber wer hätte auch an einen Sandsack zur Gewichtsvergrößerung und besseren Griffigkeit in dem geräumigen 460-Liter-Kofferraum gedacht?

Den Frauen gegenüber war er auf eine altmodische Art scheu und dabei manchmal geradezu umständlich höflich, was wohl seine Art war, Frauen abzuwehren. Das mochten trotzdem viele sehr, und manche mag wohl auch hin und wieder den Wunsch verspürt haben, ihn in den Arm zu nehmen, denn so gut sie auch gekocht hatte, immer hatte er viel zu schnell seinen Teller leer geräumt, um möglichst bald wieder zur nächsten Zigarette und auf das Thema zurückzukommen. Die Zigaretten haben ihn denn auch zugrunde gerichtet. Anfangs, als er die Redakteursstelle bei der Zeitschrift antrat, konnte er gelegentlich mit Eleganz überraschen, durch einen langen, schmalen Mantel in grauem Fischgrätmuster beispielsweise. Den trug er manchmal sogar mit einem gewissen Übermut.

In den Lichtkegeln der Straßenlaternen tanzt der Schnee. Die Gehwege im Park sind kaum noch unterscheidbar. Es knirscht nass und dumpf unter den Sohlen. Noch steht schwärzliches Schmelzwasser in den knöcheltiefen Fußstapfen. Aber auf dem Wasser des Teichs beginnt sich von den Rändern her eine Eishaut zu bilden, die sich weiß bezieht. Der Nachthimmel über den Straßenlaternen ist voller Schnee. Schnee über Startbahnen und Fußgängerwegen und Abenteuerspielplätzen, über Schrebergärten und Rangierbahnhöfen, über Bierdosen, Einwegspritzen und Zeitungen.

Ungewohnte Stille weckt die Schläfer am Morgen. Die ersten Schaufeln kreischen auf den Betonplatten der Gehwege. Schwarz, weiß und grau ist die Welt und sehr kalt. In den Schnee eingetreten der schwärzliche Grus, der ausgestreut wurde, um das Ausrutschen zu verhindern. Gelbe Hundepisse im Schnee, eingeschmolzener Kot. Fein tänzeln winzige Flocken herab, eigentlich Eiskristalle. Der Weiher ist zugeschneit. Die Luft steht.

Die letzten zehn Jahre hatte er als Redakteur einer soziologischen Fachzeitschrift nicht schlecht verdient, so dass er in dem Dorf, in dessen Nähe auch ich ein Haus gekauft hatte, einen ehemaligen Stall auf einem großen Grundstück ausbauen lassen konnte. Und da kam bei ihm etwas zum Vorschein, was ich nie vermutet hätte. Er stellte sich als erstaunlich kundiger Gärtner heraus. Er hatte zwei Kriegsjahre auf dem Hof seiner Großeltern verbracht. Von dieser Zeit sprach er als einer Zeit des Glücks. Und in dieser Zeit hatte er wohl auch alles gelernt, was man zur Kultivierung eines Gartens wissen muss. Hinter dem Haus hatte er – auch um das Grundwasser zu sammeln – einen Teich graben lassen. Das Ufer säumte er mit Findlingen unterschiedlicher Größe, und bald leuchteten zwischen ihnen Büschel von Schwertlilien, Pfingstrosen oder Rittersporn. Eine Vorliebe hatte er übrigens für eine extrem kleine Sorte von Stiefmütterchen, mit kaum pfenniggroßen Blütenköpfen. Doch konnte er damals kaum noch nennenswert Gartenarbeit verrichten. Da war die Krankheit schon sehr weit fortgeschritten.

Ich verfluche das Wetter. Am Tag wird es nicht richtig hell, in der Nacht nicht richtig dunkel, denn auch das geringe Licht wird von dem Schnee reflektiert. Er hat aber schon einen Graustich. Feine, schwarze Körner haben sich eingefressen. Im Park ist er zerwühlt von Schlitten- und Fußspuren. Darunter und immer spürbar der gefrorene Schneematsch, betonhart erstarrt jetzt, mit höckrigen Vertiefungen und Auswölbungen, tückisch und unvorhersehbar.

Auf den eisglatten Straßen schleichen die Autos. Die Auspuffrohre dampfen. Die Radiostationen geben Smogalarm. Aber die Schneeräumgeräte haben funktioniert, und außerdem hat man ja auch Airbag. Nicht zu vergessen den neu aufgezogenen Winter Sport M 2 für mehr Grip und Traktion durch laufrichtungsgebundenes Profil, spezielle Lamellentechnik und elastische Thermo-Haftmischung.

Der Leierkasten dudelt. Der Mann, der die Kurbel dreht, hat sich einen runden schwarzen Hut aufgesetzt und ein rotes Halstuch umgebunden, was als lustiger Aufzug gelten soll. Lichterketten über den Würstchenbuden, Lichterketten über der Straße, Lichter in Wohnzimmerfenstern, Lichter in Schaufenstern. Licht der Welt. Gefragt sind jetzt Geschenkideen.

Das Trinken hatte er inzwischen wohl unter Kontrolle, obwohl immer noch Ausreißer vorkamen. Zwar gab es keine Zeugen für sie, aber sein Gesicht am nächsten Tag sagte in seiner grauen Ausgemergeltheit alles. In der Redaktion, unter all den jungen ehrgeizigen Wissenschaftlern, galt er nicht nur als alter Mann, der seine Karriere für einen politischen Wahn verspielt hatte, sondern auch als einer, der in den Wissenschaftsbetrieb nicht mehr hineingefunden hatte und jetzt obendrein auch noch zum Trinker herabgesunken war, vom

Rauchen gar nicht zu reden. Denn das betrachteten die jungen intellektuellen Athleten als die Haltlosigkeit schlechthin. Als er sich ein Fahrrad mit Hilfsmotor zulegte, um die fünfhundert Meter zu unserem Haus schneller zu bewältigen, dachte sich niemand etwas dabei. Nach und nach aber fiel uns auf, dass er hinkte, und da erst ging uns auf, dass er offenbar nicht mehr imstande war, diese fünfhundert Meter zu Fuß zu bewältigen, und da fragten wir uns auch, welchen Grund dieses Hinken haben könnte, und ob man das Bein vielleicht ein Raucherbein nennen könnte. Aber da hatte er seine Besuche bei uns schon eingestellt. Offenbar war ihm auch das Fahren mit dem Rad nicht mehr möglich.

Die Luft steht, die Zeit steht. Doch plötzlich kommen kleine, unregelmäßige Windstöße auf. Die bleigraue Wolkendecke bekommt Struktur, reißt hier und da auf. Breite Wolkenbänke treiben schnell ostwärts. Fein beginnt es herabzustäuben. Der Schnee scheint sich irgendwo oben in großer Höhe zu materialisieren, jedenfalls ist er nicht mit diesen Wolkenbänken in Verbindung zu bringen. Glitzernd tanzt er im Sonnenlicht. Doch allmählich schieben sich die Wolkenbänke wieder ineinander. Der auffrischende Wind dreht die immer noch herabstäubenden Flocken oder eher Eiskristalle zu Spiralen, die sich stiebend auflösen, dann wieder neu bilden. Die Fußstapfen werden zugeweht. Die bis jetzt unregelmäßigen Windstöße verdichten sich zu einem ziehenden Fegen. Es gewinnt Tiefe und Volumen, orgelt über die Dächer und fährt in die Bäume des Parks, dass die überfrorenen Äste splittern. Der Schnee kommt jetzt in langen, schrägen Fahnen. Dreht man den Kopf in den Wind, peitschen die Körner in die Augen.

Der Sturm johlt über den Dächern, auch am Mittag noch. Die Straßen, durch die die Schneefahnen jagen, gleichen Windkanälen. Die Sicht beträgt nicht mehr als zwanzig

Meter. Gelegentlich kämpft sich eine dick vermummte Gestalt mit eingezogenem Kopf die Straße entlang. Der Schnee fällt nicht; er wird von unten nach oben gerissen, herabgedrückt und wieder hoch über die Dächer gejagt, erfüllt wirbelnd die Luft. Gegen drei erlischt das letzte, schwache Licht. Um Mitternacht beruhigt es sich. Abrupt hört es auf zu schneien. Zwischen Wolkentrümmern treibt ein kleiner, greller Mond.

Das Eislicht am Morgen sticht durch die dicksten Gardinen. Ein blassblauer Himmel und eine kleine, unerträglich gleißende Sonne. Schneewehen haben sich an den unerwartetsten Stellen gebildet. Dicht daneben ist manchmal die Erde oder der Asphalt blankgefegt. Der feinkörnige, trockene Schnee funkelt in der Sonne. In Vertiefungen nisten bläuliche Schatten. Bus- und Bahnlinien unterbrochen, der Flugverkehr eingestellt, die Straßen unpassierbar. Abgeschnittene Siedlungen, in ihren im Schnee vergrabenen Wagen erfrorene Autofahrer, eingeschneite Höfe. Blaumeisen turnen in den Zweigen, dass fein und dünn und in der Sonne glitzernd der Schnee stäubt.

Schaufensterpuppen gestikulieren gegen eisblinde Scheiben. Die Verkehrsampeln schalten unermüdlich von Grün über Gelb auf Rot und wieder zurück. Doch es fahren keine Autos mehr. Erst jetzt merkt man, wie viel Platz sie weggenommen haben. Die Stadt ist groß geworden, eine weiträumig und luftig bebaute Landschaft, in der sich Langläufer bewegen, Schreie ausstoßend.

Es war an einem Sommerabend. Wir saßen in Liegestühlen am Rand seines Teichs. Die Sonne war dabei unterzugehen, und es war vollkommen still. Nach einer Weile und als halte er Stille und das Schweigen zwischen uns nicht länger aus, griff er zur Zigarettenpackung auf dem Tisch, der zwischen uns stand. Es durchfuhr mich, und ich setzte zu einem

Einspruch an. Vor Monaten hatte er nach einer alarmierenden Diagnose eines befreundeten Arztes versprochen, das Rauchen aufzugeben, war auch einige Wochen abstinent geblieben, doch jetzt lagen wieder Zigaretten auf dem Tisch und auch noch filterlose und die von der stärksten Sorte. Ich war hochgefahren, als er nach der Packung griff, doch als ich sah, wie er den Rauch einatmete, ja geradezu verschlang, ließ ich mich zurücksinken. Er rauchte nicht nur gierig, in der Art, wie er es tat, lag auch etwas Selbstzerstörerisches, eine abstrafende Verachtung des eigenen Körpers. Wozu er in der Hinsicht imstande war, erfuhr ich, als ich ihn einmal nach der Herkunft der weißlichen Narben auf der Innenseite seines linken Armes fragte. Als er die Partei verlassen hatte und die Leitung der *Volkszeitung* übernahm und die Aufpasser der Partei ihn auch dort nicht in Ruhe ließen, zerschlug er, als er eines Abends einmal allein an seinem Schreibtisch saß, eine halb ausgetrunkene Flasche Korn und rammte sich den zersplitterten Flaschenhals in den Unterarm. Davon erzählte er auch nur deshalb, weil es ihm nicht um sich selbst, sondern um den Aufpasser ging, der ihn kontrollieren wollte, also sozusagen unfreiwillig. Von sich selbst gab er normalerweise nichts preis. Inzwischen hatte er sich die dritte Gauloise angezündet. Das hatte etwas Wütend-Verzweifeltes, und möglicherweise war es diese Verzweiflung, die ihn plötzlich etwas in seiner Intimität vollkommen Verblüffendes offenbaren ließ. Er erzählte von seinem Vater. Er war an der Ostfront gefallen, so viel wusste ich. Jetzt aber hörte ich, dass er im Kurland-Kessel starb, also nah an der deutschen Grenze und nur wenige Tage vor dem Ende des Krieges. Und jetzt erfuhr ich auch, dass er nicht fiel, sondern Selbstmord begangen hatte.

Ich sah zu ihm hinüber. Er starrte vor sich hin. Schließlich wagte ich zu fragen, warum er das tat? Thomas lachte bitter auf. Der Herr Leutnant, im Zivilberuf Studienrat an einem Gymnasium in Weimar, war der Überzeugung, dass mit dem Sieg der Roten Armee, an dem ja kein Zweifel mehr bestand, das Ende der Kultur gekommen sei und zwar nicht nur der deutschen, sondern von Kultur überhaupt, das Ende der Kultur der Menschheit, und dass es sich deshalb nicht mehr zu leben lohne.

Erst als ich wieder zu Hause war und nachdenken konnte, begann mir aufzugehen, was dieser Mensch getan hatte. Nicht nur, dass es eine geradezu ungeheuerliche Arroganz war, den Untergang des Nazi-Reichs, dem Inbegriff von Kulturlosigkeit, mit dem Ende von Kultur überhaupt gleichzusetzen, er hatte auch, und das war schlimmer, seine Frau mit drei Söhnen – Thomas hatte noch zwei Brüder – sitzen lassen, als er sich davonstahl. Wie sie, die keinen Beruf hatte, sich mit drei Kindern durchschlagen sollte, war ihm offenbar gleichgültig, so wie es ihm gleichgültig war, dass seine Söhne und seine Frau mit der Tatsache leben mussten, dass sie ihrem Vater nichts bedeuteten.

Wolken kommen auf. Die Temperatur steigt. Schneefräsen sind unterwegs. In dem fahlen Licht unter der jetzt schon geschlossenen Wolkendecke sieht der Schnee auf einmal anders aus, graustichig, eingesunken. Von Bäumen und Büschen beginnt es zu tropfen. Ein lauer Wind streicht um die Hausecken. Verstohlen beginnt es zu regnen.

Der Gedanke der Vorhölle oder des Fegefeuers geht ja davon aus, dass es vor der völligen Auslöschung noch einen Zwischenhalt gibt. Ich stelle mir ihn vor wie ein Café, doch dämmrig und unterirdisch. Durch Fensterklappen unter der Decke dringt dünn und schon sehr entfernt Straßenlärm herein, das Geräusch anfahrender Autos, Rufe von Kindern, eine Fahrradklingel. Die meisten Tische sind unbesetzt. Die wenigen Gäste schweigen. Sie sind in unterschiedlichen Zuständen der Durchsichtigkeit, je nachdem wie ihrer oben noch gedacht wird. Am anderen Ende des Raums sehe ich Thomas. Ich bin erstaunt. So klein hatte ich ihn nicht in Erinnerung. Von Zeit zu Zeit kommt der Wirt herein, ein junger, schlanker Mann in einer weißen Schürze. Er tritt an einen Tisch, an dem eine kaum noch wahrnehmbare Gestalt sitzt. Er macht eine kleine Verbeugung, die Gestalt steht auf, und er geht mit ihr durch die Schwingtür hinaus. Die Umrisse der Gestalt, die Thomas sein soll, sind noch sehr deutlich und klar. Allerdings, wie gesagt, ist er kleiner geworden.

Nur in Gummistiefeln ist es jetzt möglich, in der grauen, glasigen Schneesülze die notwendigen Besorgungen zu machen. Gespickt mit Eiszapfen rutschen Schneebretter von den Dächern und schlagen wummernd auf den Gehsteigen auf. Schon beginnen die ersten, ihre Autos auszugraben. Oberwasser hat wieder die Stationsvorsteherin der U-Bahn-Haltestelle gegenüber dem Park. Einsteigen bitte, schnarrt sie mit frischem Eisen in der Stimme und bestärkt von diesem Laumann von Wind.

Nachts kann man schon wieder die Lüftungsklappen der Fenster offen lassen. Laue, puffende Windstöße machen sich an den Scheiben zu schaffen. Das zaghafte Tröpfeln verwandelt sich in ein unflätiges Gießen. Am Morgen ein feuchtblauer Himmel. Aus allen Dachrinnen rieselt es. Der Rasen des Parks weist schon wieder große braungraue Flecken auf.

Die Flusspegel steigen. Sandsäcke werden geschwungen, Kellerfenster abgedichtet. Gegen die Schaulustigen ist die Polizei machtlos. Das Wasser steigt ihnen nicht schnell genug. Sie wollen sehen, wie aus Fenstern Matratzen in Boote geworfen, Fernsehapparate herausgereicht, Kinder und alte Leute in Schlauchboote gehoben werde. Sie wollen sehen, wie Wasser gegen Tapeten schwappt und Stühle zu schwimmen beginnen. Dicht gedrängt auf hölzernen Stegen, die eigentlich für die Rettungsmannschaften aufgebaut wurden, möchten sie Leute auf Dachfirsten hocken sehen und um Hilfe schreien hören und sehen, wie sich Hubschrauber herabsenken, womöglich beobachten, wie die ersten Kinderleichen in der braunen Brühe die Straße hinabdümpeln. Über die Uferpromenaden schießen reißend die Wassermassen, meterhoch.

Wenn in der Hausfront gegenüber das letzte Fenster dunkel geworden ist, wenn das Röhren des letzten Nachtbusses verklungen ist, wenn es dann endlich still ist – am besten, wenn es dann wieder schneit.

Grandola

Wenn eine Revolution durch ein Liebeslied ausgelöst wird, das auch noch der staatliche Rundfunksender ausstrahlt (*E depois do adeus*), wenn ein Sprecher des katholischen Senders des Landes (Renascenca) feierlich gegen Gesetze verstößt und den Text eines Liedes, das verboten ist, rezitiert (*Grandola vila morena, terra da fraternidade*) und damit den Aufstand bekräftigt, und es danach mit allen Strophen vortragen lässt, und das auch noch zwei Mal, wenn Passanten daraufhin jubelnd auf die einrollenden Panzer klettern und den aufständischen Truppen Nelken in die Gewehrläufe stecken, wenn damit nach dem griechischen das zweite faschistische Regime im Nachkriegseuropa gestürzt ist (für den Zusammenbruch des letzten, des spanischen, würde in Kürze der Tod sorgen), dann war das für viele in vielen Ländern ein Grund zu jubeln, denn eine sanftere Revolution (ihr Symbol war eine Blume) lässt sich nicht denken, und eine fröhlichere (ihr Erkennungszeichen war ein Lied) und eine unblutigere auch nicht.

Und so verwundert es nicht, dass sich 1974 sogleich ein Strom von Revolutionstouristen nach Lissabon in Bewegung setzte, darunter auch mein Freund Ralf und ich. Ralf hatte in einem Reiseprospekt ein sensationell billiges Angebot für einen dreiwöchigen Urlaub entdeckt, allerdings in Malaga. Meinen Einwand, wir wollten aber doch nach Lissabon, ließ er nicht gelten. Wir würden eben ein Auto mieten und von

Malaga nach Lissabon fahren. Das käme immer noch billiger als Linie zu fliegen. Ralf war Leutnant der Reserve gewesen, und manchmal nahm seine Stimme ein Timbre an, als stünde er vor seiner angetretenen Kompanie. Morgen, Männer. Allerdings hatte er auch den ersten Kinderladen in Hamburg mitbegründet.

Als im Grunde träger Mensch ordne ich mich Führungspersönlichkeiten eigentlich gerne unter, schreckte allerdings doch auf, als ich bemerkte, dass unser Flug nach Malaga nicht von Hamburg, sondern von Frankfurt aus ging, wovon Ralf nichts gesagt hatte. Wir hatten also erst einmal eine sechsstündige Anfahrt zu bewältigen. Und zwar mit meinem Wagen, denn Ralf benutzte schon damals aus ökologischem Prinzip nur das Fahrrad. Nun gut, mein Käfer war eben erst in der Inspektion gewesen, und so hielt ich um fünf Uhr morgens vor seiner Haustür, und da traf mich der nächste Schock. Aus der Tür kam ein Leidensmann hervorgewankt. Hustend fiel er in den Beifahrersitz.

Grippe, röchelte Ralf.

Meinen Vorschlag, die Fahrt abzusagen, wischte er beiseite.

Fahr zu, befahl er.

Ralf war zwar Leutnant der Reserve gewesen, war aber auch Gründer und Inhaber eines Verlags, dessen vorläufig wichtigste Veröffentlichung ein Bändchen mit von ihm selbst verfassten Poemen war, die in haikuartiger Lakonie auf drei, maximal vier Zeilen die Abschaffung der Bundeswehr, den Abzug der Amerikaner aus Vietnam sowie die Senkung der Preise für U-Bahn-Fahrkarten forderten. Das aber wirklich Bemerkenswerte war ihr Einband. Er war aus Blech. Und dieser Einband rechtfertigte schlagartig den Titel der Sammlung, *Kampfreime*. Er stand mit Vorder- und Rückseite etwa drei Zentimeter über den Korpus der übrigens aus Pappe bestehenden Seiten hervor, so dass das Bändchen gut in der Hand lag und bequem als scharfkantige Schlagwaffe (gegen die Bullen natürlich) verwendet werden konnte: Die Forderung »Literatur als Waffe« hatte Ralf wörtlich genommen. Seine Oberhemden nähte er sich übrigens selber.

Er war auf der ganzen Fahrt praktisch nicht ansprechbar, so dass ich ihn auf dem Frankfurter Flughafen beschwor, nachdem ich erneut den Abbruch unseres Unternehmens gefordert hatte, sich beim Flughafenarzt eine Spritze zu holen. Wenigstens das sah er ein, und so wankte er durch die Halle davon, eine überdurchschnittlich große, magere, vornübergebeugte Gestalt.

Im Flugzeug schlief er sofort ein. Er hatte auf Blohm und Voss Schiffbauer gelernt, danach Abendabitur gemacht, studiert und war dann Assistent bei dem Hamburger Ordinarius für neuere deutsche Literatur geworden, eine Zeit, die unter Studenten noch lange als sagenhaft galt, weil nie vorher und nie danach so viele Studentinnen in so kurzer Zeit so hemmungslos und ohne Gegenwehr einem Assistenten zum Opfer fielen wie damals ihm. Noch lange danach entrang sich auch tugendhaftesten Studienrätinnen bei der Nennung seines Namens ein irgendwie erstickt klingender Laut. Er schien aus großen Tiefen zu kommen und mochte fassungslose Bewunderung ausdrücken oder plötzliche Überwältigung. Inzwischen lag er so schief in seinem Sitz, dass er mir praktisch auf der Schulter hing.

Von Zeit zu Zeit schreckte er allerdings auf, um die glorreichen Momente der portugiesischen Nelkenrevolution heraufzubeschwören, die Panzer, die jubelnden Massen, die roten Fahnen. Auch zu Ansätzen einer weltpolitischen tour d'horizon schwang er sich auf, wies auf die zunehmenden Erfolge des Vietcong hin, auf die überwältigende Popularität Allendes in Chile, sank dann aber schlagartig erschöpft in seinen Sitz zurück und schlief wieder ein. Sein Ruf als Schürzenjäger war sagenhaft.

Aus Langeweile griff ich in die Tasche für Zeitschriften, die am Rücksitz des Sessels vor mir angebracht war, und zog eine Werbebroschüre heraus, in der die Boing 737 vorgestellt wurde, in der wir flogen. Ihr war auch eine Karte beigegeben, auf der unsere Flugroute eingezeichnet war, und da traf mich ein weiterer Schock. Ich sah, wie weit Malaga von Lissabon entfernt war. Ich starrte auf Ralfs Gesicht. Was bist du für ein Spinner, dachte ich. In was hast du uns hineingeritten. Wir werden unsere ganze Zeit damit verbringen, uns auf elenden spanischen oder portugiesischen Landstraßen vorwärtszukämpfen. Ein Bundeswehrleutnant, der keine Karte lesen kann, das ist doch eine Schande.

Er hatte seine Lehrzeit auf der Werft in einem Buch beschrieben. Es waren kurze, oft weniger als eine Seite einnehmende Beobachtungen. In der ersten beschreibt er, wie sein Vater in einem erbarmungslosen Initiationsritus mit ihm zu einem Schneider für Berufskleidung ging und ihm Arbeitshosen anmessen ließ. Er wählte selbstverständlich und ohne seinen Sohn zu fragen den gröbsten, weil haltbarsten Stoff, und schließlich steht der schmale Vierzehnjährige in diesem bretthartenn Gewebe wie in einer Rüstung, die ihm so fremd ist wie die Welt aus Stahl und Lärm, in die er kurz darauf gestoßen wird. Doch ist da nichts an Selbstmitleid in diesen wohltuend lakonischen Momentaufnahmen.

Elektroschweißen sieht einfach aus, schreibt er. Elektrode zwischen die Teile, Schirm vor, anticken und ziehen. Es dauert aber zwei bis drei Wochen, bis man es kann. Liegende Kehlnaht, V-Naht, Fallnaht und Steigenaht muss man üben. Später ist es einfacher. Bis zu Gryphiusgedichten war es zu diesem Zeitpunkt allerdings noch weit, aber dieser schüchterne Lehrling machte Beobachtungen, die auf einen außergewöhnlichen Kopf schließen ließen.

Immer wieder drückte ich ihn von meiner Schulter in die Senkrechte, doch immer wieder sank er zurück.

Rost hat viele Farben und Oberflächen, schreibt er. Altes Eisen ist dunkelbraun und genarbt, neues ist hellbraun und glatt, manchmal noch grau und mit Hammerschlagblättern vom Walzwerk. Rostiges Eisen kann sehr schön sein.

Als die Stewardess mit dem Lunch kam, weckte ich ihn. Er konnte kaum die Augen öffnen, und das Essen wies er zurück. Schließlich hatten wir unsere Zeit abgesessen und konnten an die frische Luft. Es war dunkel, als wir vor das Flughafengebäude traten. Ein Bus fuhr uns vor ein Hochhaus. Unser Zimmer lag im sechzehnten Stock.

Ralf schien langsam zu erwachen. Den Faden, den er im Flugzeug fallen lassen musste, nahm er jetzt wieder auf. Der Aufschwung der Gewerkschaftsbewegung im Westen, das erstaunliche Anwachsen der kommunistischen Parteien in Frankreich, in Spanien, in Italien bleibe nicht ohne Wirkung auf das sozialistische Lager. Jetzt, wo immer mehr Druck von ihm genommen werde, könne es sich endlich öffnen, was man ja schon an der Entwicklung in der DDR unter ihrem neuen Generalsekretär Honecker sehen könne. Es musste das Fieber sein, das ihn wie aufgezogen plappern ließ. Jetzt schläfst du erst einmal, sagte ich und drückte ihn aufs Bett. Wie abgeschaltet fiel er zur Seite und zog sich die Decke über den Kopf. Ich aber fuhr zur Bar hinunter auf ein Bier. Eine johlende Horde aus dem Einwohnermeldeamt von Gelsenkirchen umlagerte den Tresen. Mit Mühe eroberte ich eine Flasche Bier und flüchtete wieder hinauf.

Schlaf soll ja das beste Heilmittel gegen Grippe sein, sagte ich mir, als ich schließlich ins Bett sank. Vielleicht hat sich seine Grippe verzogen, und wir wachen am Morgen endlich wieder in der Wirklichkeit auf, tröstete ich mich, denn diese Reise, diese kreischenden Horden an der Theke der Bar, das war nichts weiter als ein wirrer, quälender Traum. Doch als es endlich dämmerte, da zeichnete sich im Fenster langsam eine betongraue Hochhausfassade ab mit trostlosen Reihen von Fenstervierecken wie Bienenwaben. Beklommen stieg ich aus dem Bett. Ich blickte in einen engen Innenhof hinunter, der fast ganz ausgefüllt war von einem kleinen Schwimmbassin. Wie kann jemand nur auf den Gedanken kommen, hier Ferien zu machen und auch noch in dieser Badewanne schwimmen zu wollen.

Wir möchten hier ja auch keine Ferien machen, sagte Ralf. An dem Angebot hat uns doch nur der Flug interessiert, mit dem Zimmer können sie machen, was sie wollen. Und jetzt gehe ich und miete unseren Wagen. Nach einer Stunde fuhr er damit vor. Er hatte natürlich das billigste Auto genommen, das zu haben war. Es war Italiens Rache, die Geißel Europas, das Folterwerkzeug auf vier Rädern, ein Fiat 600. Ich fragte mich, wie klein wir uns zusammenfalten mussten, um in diese Schachtel zu passen. Und Ralfs Grippe hatte sich immer noch nicht gebessert. Die Besorgung dieses Bandscheibenzerstörers hatte ihn die letzte Kraft gekostet. Ergeben setzte ich mich hinters Steuer. Aber nur für die ersten dreihundert Kilometer, sagte ich grimmig.

Es begann ein Martyrium. Wir holperten über Kopfsteinpflaster, hüpften durch Schlaglöcher, standen still und warteten, umwimmelt von Schafen, krochen im Schritttempo hinter qualmspeienden Lastern her, fuhren fast blind in Staubwolken, die die Wagen vor uns hinter sich her zogen, so wie wir eine Staubwolke hinter uns her zogen. Die Temperatur in unserer Pralinenschachtel stieg auf tropische Werte, und Ralf dämmerte willenlos in seinem Sitz vor sich hin. Als wir eine Gleisüberführung passierten, hinter der ein kleiner Landbahnhof sichtbar wurde, erwog ich ernsthaft, auszusteigen, mit dem nächsten Zug nach Hause zu fahren und ihn seinem Schicksal zu überlassen.

Doch wenn ich glaubte, die Qual könne nicht mehr gesteigert werden, so hatte ich mich getäuscht. An einer Grenzstation, die an einem kleinen Fluss lag, jenseits dessen portugiesisches Gebiet begann, hielten wir und reihten uns in die Schlange von Autos ein, die auf die Fähre warteten, die uns über den Fluss setzen würde. Ich stieg aus und streckte mich. Steifbeinig schlenderte ich die Böschung hinab zu der Anlegestelle der Fähre. Als ich zurückging, kam mir Ralf entgegen.

Mein Jackett ist weg und damit auch mein Pass.

Auf meine Hand hatte sich eine große, grünschillernde Fliege gesetzt.

Was ist, sagte Ralf. Sprich doch.

Die Fliege putzte sich. Mit den Hinterbeinen strich sie sich über den Kopf, immer wieder.

Das kriegen wir doch hin, sagte Ralf. Wo eine Zollstation ist, da ist auch ein Konsul. Und der gibt uns eine Bescheinigung, mit der wir über die Grenze kommen.

Doch wo war der Konsul? In diesem Dorf drüben?

Das Dorf schien entvölkert. Vielleicht hatte eine Epidemie seine Einwohner ja hinweggerafft. Es war aber nur Mittag und Zeit für die Siesta. In einem Café bekam Ralf eine Adresse. Wir gerieten in eine enge Gasse, in ein baufälliges Haus, stolperten eine enge hölzerne Treppe hinauf und klopften an eine wackelige Tür. Wir wollten schon gehen, als im Erdgeschoss eine alte Frau erschien. Der Konsul war nicht da. Er war weggefahren. Ins Wochenende gefahren.

Ich weiß jetzt, wo ich die Jacke hängen ließ, sagte Ralf. In dem Café, in dem wir heute Morgen gefrühstückt haben. Das hieß, dass wir nach Sevilla zurück mussten.

Schweigend stiegen wir ins Auto. Jetzt saß Ralf am Steuer. Und jetzt hing ich im Sitz wie vorher er. Ich schloss die Augen, und ich hatte nicht vor, sie so bald wieder zu öffnen. Langsam versank ich in einer grauen und immer dunkler werdenden Benommenheit. Irgendwann fuhr ich hoch. Der Wagen stand. Vor uns Schuppen, verkommene Wohnhäuser, eine Straße, das Industrieviertel von Sevilla. Hier irgendwo muss die Spelunke sein, wo wir übernachtet haben, nachdem wir aus unserem Touristenhochhaus aufgebrochen waren, sagte Ralf, und irgendwo muss hier auch das Café sein, wo wir gefrühstückt haben.

Erkennst du denn irgendetwas wieder?

Ralf schüttelte den Kopf. Also begannen wir, das Viertel abzusuchen. Straße für Straße fuhren wir ab in der Hoffnung, dass sich irgendein Wiedererkennen in unseren Köpfen regen würde. Plötzlich trat Ralf auf die Bremse.

Da vorne das Café, das könnte es sein.

Eine Weile saßen wir nur da und schwiegen.

Dahin gehst du allein, sagte ich schließlich. Ich bleibe hier sitzen. Ich rühre mich nicht vom Fleck, und ich schließe die Augen. Ich will von nichts mehr etwas wissen.

Wenn das Café da vorne das Café war, wo wir am Morgen einen Kaffee getrunken hatten, dann war das Jackett, wenn er es denn dort hatte hängen lassen, mit Sicherheit verschwunden. Eine solche Ansammlung von Bettlern, Betrunkenen und abgerissenen Gestalten hatte ich noch nicht gesehen. Ein Geschrei wie von zur Hölle Fahrenden hatte den Raum erfüllt.

Ein Ruf ließ mich aufblicken. Die Straße herab kam strahlend Ralf. In der einen Hand schwenkte er das Jackett, in der anderen den Pass.

Wunder sind nicht erklärbar, weder dieses noch das andere, dass wir umkehrten und wieder zurückfuhren.

Wir erreichten Faro spät in der Nacht, und auch ein Hotel nahm uns noch auf. Der Morgen war das Paradies. Weiß gedeckte Frühstückstische, Kaffee und Croissants und dann die erste Zigarette. Der Himmel war wolkenlos, aber noch hing Nachtkühle unter den Sonnenschirmen, und da begann Ralf von einer Frau zu erzählen, die er kürzlich kennengelernt hatte. Er hatte schon auf der Fahrt Andeutungen gemacht, geschwärmt von ihr, soweit ihm die Grippe erlaubte zu schwärmen. Jetzt aber schien die Grippe überwunden, und alle Dämme brachen. Es war eine schöne, eine unglaublich schöne Frau, hinreißend und vollkommen unbeschreiblich und so weiter. Ich hörte geduldig zu, bis ich in meinem Sessel hochfuhr. Dieses Wunderweib sollte sich hier befinden. Und da dämmerte mir ein schrecklicher Verdacht. Sag mal, Ralf. Sind wir hier, um diese Margot zu treffen? Bis jetzt hatte ich gedacht, wir wollten nach Lissabon und bei der Revolution dabei sein. Es läuft aber darauf hinaus, dass wir einem Rock hinterherrennen.

Sie ist mit einer Freundin hier, sagte Ralf, und das eine schließt das andere doch nicht aus.

Es wäre nur schön gewesen, wenn du mir das gleich gesagt hättest, sagte ich.

Es war gut, dass er jetzt schwieg. Ich bestellte eine zweite Kanne Kaffee. Okay, sagte ich schließlich, dann wollen wir deine Margot und ihre Freundin jetzt besuchen.

Ralf zündete sich eine neue Zigarette an.

Was ist?

Das Problem ist, dass ich nicht weiß, wo sie ist.

Ralf, du bist mein Freund, aber alles hat seine Grenzen. Du fährst von Hamburg aus nach Portugal einer Frau hinterher und hast nicht ihre Adresse?

Sie wollte mir in dieses Hotel hier eine Postkarte schicken mit ihrer Adresse. Aber es ist keine Post für mich da.

Ralf, es ging um die Revolution, als wir diese Reise planten. Wir wollten dabei sein, wir wollten die Panzer sehen, die Lieder hören.

Ich geh jetzt mal zu einem anderen Hotel, vielleicht hat sie sich geirrt, sagte Ralf.

Und ich sah mir die Stadt Faro an. Du musst dich bemeistern, sagte ich mir. Du musst diesen Zorn ersticken. Wir haben noch zwei Wochen vor uns, und in denen müssen wir miteinander auskommen. Eigentlich ist es doch auch wieder bewundernswert, wenn jemand von einer Frau so entflammt ist, dass er Tausende Kilometer zurücklegt, nur um in ihre Nähe zu kommen. Ich dachte es mit Neid, denn ich wusste, zu solchen Gefühlsstürmen wäre ich nicht fähig.

Die Mittagssonne trieb mich ins Hotel zurück und so auch Ralf.

Nichts, sagte er. Ich war in sechs Hotels.

Weißt du denn, wie sie heißt?

Natürlich.

Und aus welcher Stadt sie kommt?

Bremen.

Und was macht sie beruflich?

Sie ist Referendarin an einem Gymnasium.

Und wie wäre es, wenn du die Bremer Schulbehörde anrufen würdest und dir ihre Adresse und Telefonnummer des Sekretariats des Gymnasiums geben ließest?

Nahezu augenblicklich war Ralf verschwunden. Nach einer halben Stunde war er zurück. Er strahlte. Ich habe jemanden aus ihrer Wohngemeinschaft erreicht, eine Freundin, und die wusste, wo sie ist, und sie wird sie anrufen und ihr sagen, wo sie uns erreichen kann. Für heute Abend lade ich dich zum Essen ein.

Es galt also zu warten. Während Ralf in der Lobby nahe beim Telefon Posten bezog, sah ich mir wieder einmal die

Stadt Faro an, und ich sah sie mir an diesem endlos langen Wochenende so gründlich an, dass ich nicht mehr die geringste Erinnerung an sie habe. Am Montagmittag dann ein Anruf der Dame. Sie hatte sich an der Algarve mit ihrer Freundin einen Bungalow gemietet. Wir brachen sofort auf.

Doch war der Weg zu ihr weiter, als wir eingeschätzt hatten. Wir mussten in einem Hotel an der Straße übernachten, so dass wir erst am späten Vormittag ankamen. Ich blieb im Wagen sitzen, während Ralf auf die Eingangstür zuging.

Ich war längst jenseits von Zorn oder Empörung oder Ärger. Heiterkeit hatte sich in mir ausgebreitet wie Lachgas. Auch blieb ich höflich, als die drei aus der Tür traten und auf mich zukamen. Die Situation drohte ins Lächerliche abzukippen, doch überspielte Margot die drohende Verlegenheit und schlug vor, gleich zum Strand hinunterzugehen und dort in der kleinen Bar den Begrüßungskaffee zu trinken und etwas zu essen. Sie war ziemlich groß und trug ein weites, fußlanges, bunt geblümtes Kleid, das der Wind ihr gegen den Körper presste und unter dem sie schon einen Badeanzug trug, wie sich zeigte, als wir am Strand ankamen. Mit einer ungeduldigen Geste zog sie es sich über den Kopf und stürzte sich mit einem langen Schrei ins Wasser. Das sah aus wie Flucht und war wohl auch eine und eine, die ich verstehen konnte, denn auch ich hätte jetzt nicht an diesem Tisch sitzen wollen. Ich stürzte hinter ihr her.

Die Wasserkühle an meinem seit Tagen überhitzen Körper war herrlich, und mit Schreien peitschte ich ihr Fontänen ins Gesicht. Sie aber wollte mir nichts schuldig bleiben und revanchierte sich, und langsam begannen wir kreischend und lachend und Wasser peitschend einander zu umkreisen. Die honigfarbenen Küstenfelsen, die Bläue des Himmels darüber, das kühle Mysterium des Meeres – die ganze Spannung der letzten Tage löste sich, ich geriet außer mir, und plötzlich tauchte ich. Ich zog mir die Badehose aus. Ich zeigte sie ihr. Man muss ganz nackt sein, schrie ich, wenn man das Wasser wirklich spüren will. Überall spüren will. Erst dann ist man wirklich nackt. Und da tauchte sie. Ich wartete, und tatsächlich, sie durchbrach die Wasseroberfläche, in der einen hoch erhobenen Hand ihren Badeanzug.

Wir schrien. Unsere Gesichter berührten sich fast. Und dann spürte ich ihren Körper an meiner Hand, kühl und glatt. Und dann fühlte ich ihre Hand an meiner Seite. Sie war eine unbekannte Frau für mich, aber das steigerte nur meine Lust, wie es sichtbar auch ihre steigerte, denn dass wir uns fremd waren, war wie das Wasser ein Vorhang, hinter dem das Verbotene wartete. So wollte ich also meinem Freund die Freundin ausspannen? Gerade nicht, denn eben dies, dass wir uns fremd bleiben würden, war die Bedingung dafür, dass wir schrien. Und da zog ich sie an mich, und ich spürte ihren ganzen Körper, stark und muskulös.

Sie löste sich und tauchte, schoss aus dem Wasser heraus und lief den Strand hinauf, jetzt im Badeanzug. Ich beeilte mich, wieder in meine Badehose zurückzufinden und lief ebenfalls den Strand hinauf, doch nicht zu den dreien an dem Tisch unter dem Sonnenschirm aus Rohr. In die Steilwand vor dem Saum aus Sand hatte das Wasser Kavernen ausgewaschen, und in eine von ihnen verkroch ich mich. Das Geräusch der Brandung war plötzlich weggeblendet. Und in dieser schattenkühlen Stille legte sich Müdigkeit wie eine Decke über mich. Ich schlief ein.

Die Sonne war kurz davor, hinter dem Horizont zu verschwinden, als Ralf mich weckte. Er hatte in derselben Straße, in der auch seine Margot mit ihrer Freundin wohnte, einen Bungalow gemietet. Für den Abend war er natürlich mit Margot verabredet, und so besorgte ich mir in dem kleinen Laden am Ende der Straße Brot und ein wenig Käse und mehrere Flaschen Vinho verde. Denn der Abend würde lang werden.

Es war eine Wohltat, endlich wieder allein zu sein. Ich öffnete das Fenster und die erste Flasche. Von fern die Brandung und hoch am Himmel und kugelrund der Mond. Und Ralf schwelgte in den Armen seiner Margot.

Es mochte etwa elf sein, als er plötzlich in der Tür stand.

Ralf, was ist?

Es ist weg.

Was ist weg? Ralf, sag doch etwas. Steh doch nicht so da.

Und dann kam es.

Ich liebe sie nicht mehr.

Ralf, ich hab nicht richtig gehört. Sag das noch mal.

Ich liebe sie nicht mehr.

Jetzt setz dich erst einmal hin und trink etwas. Und dann wiederholst du das.

Meist verliert sich ja das Gefühl für den andern, sagte er. Es versickert. Es verdunstet. Jedenfalls ist es ein lang sich hinziehender Prozess. Aber etwas wie dies hab ich noch nicht erlebt. Plötzlich war sie mir so fremd, als hätte ich sie nie gesehen.

Er goss sich ein zweites Glas ein.

Ich weiß nicht, was ich machen soll.

Hast du es ihr schon gesagt?

Nein.

Ich ging hinaus. Vielleicht renkt sich das bei Tageslicht ja wieder ein, dachte ich. Allerdings mit nicht geringer Verbitterung. Als ich zurückkam, schlief er, und auch die zweite Flasche war leer.

Zum Strand hinunter mochte ich am nächsten Morgen nicht mitgehen. Die Wiederannäherungsmanöver anzusehen, wollte ich mir ersparen. Kurz vor Einbruch der Dämmerung kam Ralf zurück. Doch da stand kein Sieger in der Tür. Aber immerhin war ein gemeinsames Abendessen verabredet.

Es dauerte kurz und war abrupt zu Ende. Wir hatten uns gesetzt, wir hatten die Speisekarte studiert, und wir hatten bestellt. Wir waren also beschäftigt gewesen und brauchten einander nicht anzusehen. Jetzt aber, als der Kellner die Speisekarten eingesammelt hatte und gegangen war, mussten wir uns ins Gesicht sehen, und vor allem, wir mussten sprechen.

Margot sah Ralf an, sie sah mich an, dann wieder Ralf. Niemand sprach. Und da begann ihr Blick starr zu werden, ihre Augen erweiterten sich, irgendetwas schien sie hervortreiben zu wollen. Sie presste die Lippen aufeinander, um es nicht herauszulassen, das Atmen schien ihr schwer zu fallen, ihre Schultern begannen zu zucken, sie schlug die Hand vor den Mund, denn irgendetwas wollte da hervorkommen, sie schien es aber zurückhalten zu können, während ihre Schultern immer schneller zuckten, und da nahm sie die Hand vom Mund, und ein Schrei, ein gellendes Lachen sprang heraus. Sie rang nach Luft, doch als sie wieder einatmen konnte, da ergoss sich ein schreiendes, kreischendes Gelächter über den Tisch. Sie schnappte nach Luft, nur um eine noch grellere Lachsalve loszulassen.

Wir saßen wie gelähmt, und das schien sie erst recht zum Lachen zu reizen. Wie ihr dasitzt, wie ihr guckt, das ist zu komisch, keuchte sie. Wie die Ölgötzen, schrie sie.

Ralf stand auf, legte einen Schein neben sein Weinglas und ging. Ich ging mit. Auf dem Weg zu unserem Bungalow schwiegen wir. Auch als Ralf Decken und Matratze seines Betts auf die Terrasse hinaustrug, hatten wir noch kein Wort gewechselt. Eine letzte Flasche Wein war noch vorhanden. Ich schloss die Tür zur Terrasse.

Als ich erwachte, stand schon sein Koffer fertig gepackt an der Tür. Wir brauchten kein Wort zu wechseln. Er ging hinüber, um sich zu verabschieden, ich winkte den beiden zu, die vor die Tür getreten waren, dann ließ ich mich in den Sitz fallen und startete den Motor. Nach einer Stunde begann Ralf zu sprechen.

Einen Gefühlssturm, wie diese Frau in ihm erregt hatte, habe er noch nie erlebt, auch nicht für möglich gehalten. Er sei wie von Sinnen gewesen, und oft habe er ernstlich daran gedacht, zu einem Arzt zu gehen, ehe er vollends verrückt werde. Dabei habe er Margot kaum gekannt. Es sei aber gewesen, als hätten sie schon Jahre miteinander gelebt, als sei sie seine Frau. Zumindest in einem anderen Leben sei sie das gewesen, das habe er ernstlich geglaubt. Und die Revolution in Portugal habe ihn darin bestärkt, denn in ihr habe er den Beginn einer Zeit gesehen, wo alles zueinander findet, was einmal getrennt wurde.

Aber du bist verheiratet, sagte ich. Du bist der Vater von zwei Söhnen.

Ich hätte alles aufgegeben, sagte er. Ich hätte alles aus meinem Herzen gerissen.

Und warum hast du mich mitgenommen auf deine Tour?

Ich habe mir selbst nicht mehr getraut. Ich war mir unheimlich. Es sollte jemand bei mir sein, der mich schützt, auch vor mir selber.

Das war ja schließlich nicht mehr nötig, sagte ich.

Das war das Unheimlichste von allem, sagte er. Dass da plötzlich nichts mehr war, dass da ein Loch war in mir, ein Nichts sich aufgetan hatte.

Er brach ab. Wir schwiegen, bis wir kurz vor Lissabon waren. Im Hotel ging er sofort zu Bett. Als ich ihn ansprach, drehte er sich zur Wand.

Zwei Tage lang wanderte ich durch Lissabon. Keine Fahnen, keine Panzer, kein Jubel, keine Nelken. Die Steine sprachen nicht.

Was ist das für ein Hunger in seinen Augen, fragte ich mich. Und die Atemlosigkeit, wenn er spricht, die Dringlichkeit. Er lebt völlig ungeschützt.

Komm, sagte ich. Wir fahren nach Hause.

Und so geschah es.

Die Brandmauer

Es war in der Zeit, als die Berliner Mauer fiel, dass wir begannen, mitten durch das Haus hindurch eine Wand aus Backsteinen hochzuziehen, eine Brandmauer, damit, falls in der einen Hälfte Feuer ausbricht, wenigstens die andere verschont bleibt. Von ebener Erde aus hatten wir uns bis unter die Scheunendecke hochgemauert, dann sozusagen durch sie hindurch (sie bestand nur aus massiven Latten, die zu zersägen waren) und dann immer höher in den schwindelhohen Dachfirst hinauf.

Dass diese andere Mauer, die in Berlin, je fallen könnte, hatte niemand, der nur ein wenig politisch denken konnte, geglaubt, hatte es noch nicht einmal ernsthaft gewünscht, denn nur ein Krieg hätte sie beseitigen können, und was Krieg war, wussten seit Hiroshima alle. So hatten die Bilder von den Menschenmassen, die auf der vorher überhaupt nicht oder nur unter Todesgefahr betretbaren Mauer plötzlich tanzten, jubelten, tranken, sangen, etwas von Traumbildern, denn nur in einem wirren Traum wäre man darauf gekommen, dieses Monstrum zu betreten, geschweige denn darauf zu tanzen, die Arme zu schwenken, zu singen oder daran hochzuklettern.

Schnell war zu spüren gewesen, dass etwas anders geworden war. Überall auf den Straßen jetzt diese kleinen hellblauen Autos, primitive Zweitakter, die Trabi genannt wurden, und aus denen heraus die Insassen Vorüberfahrenden zuwinkten, wie auch an Straßenrändern oder Kreuzungen Menschen standen, die zurückwinkten. Eine eigenartige Heiterkeit, ja Aufgekratztheit lag über dem Land. Darunter aber breitete sich wie eine Lache Öl Bänglichkeit aus. Das mühsam zwischen den Blöcken in jahrelangen Verhandlungen ausgeklügelte Machtgleichgewicht war zerstört, und die Sowjetunion hatte es nicht verhindern können. Was würden nun die USA tun?

Bernhard und ich hatten also Gesprächsstoff genug beim Mauern. Damit allein war es allerdings nicht getan, denn natürlich mussten wir parallel zu der langsam wachsenden Mauer ein Gerüst hochziehen, auf dem wir stehen konnten, und je höher es wuchs, desto mühsamer wurde es, Steine und Mörtel und Wasser hinaufzuschleppen. Das Haus war ein niedersächsisches Bauernhaus und wirklich sehr groß. Entsprechend geräumig war der Dachstuhl über dem Heuboden. Er bestand aus schweren, massiven Eichenbalken und war so überdimensioniert, wie man vor etwa dreihundertachtzig Jahren baute, denn so alt war das Haus. Die Brandmauer dagegen war eine einzige Brutalität aus Kalksandstein und zerstörte seine unwiederholbare Eigenart.

Der Fall der Berliner Mauer und damit der Untergang der DDR hatte uns in eine Art Schreckstarre versetzt. Sprachlos saßen wir in dem Gedankensturm, der sich bei der Nachricht erhoben hatte, und plötzlich sagte einer aus unserer kleinen Gruppe, die sich vor einem Jahr gebildet hatte, um die Veränderungen im Osten zu diskutieren, dann fahren wir doch einmal rüber, jetzt geht das ja angeblich. In der DDR war bisher keiner von uns gewesen, allenfalls für ein paar Stunden in Ostberlin, und so wussten wir nicht, wohin wir dort in dem anderen Deutschland fahren sollten, bis einer sagte (wer, war später nicht mehr herauszubekommen), fahren wir doch nach Bad Frankenhausen zu dem berühmten Rundbild von Werner Tübke. Dorthin ist es nicht so weit. Für Hin- und Rückfahrt rechneten wir je einen halben Tag. Das hieß aber, dass wir dort übernachten müssten.

Als ich das Haus vor zwanzig Jahren kaufte, folgte ich einem Traum. Jahrzehntelang war ich zwischen möblierten Zimmern in Häusern an Straßenkreuzungen, in schäbigen Sozialwohnungen in Vorstädten und Wohngemeinschaften in abbruchreifen Häusern hin und her vagabundiert, bis mir dieses Bauernhaus angeboten wurde. Es lag abseits eines Weilers von vielleicht fünfzehn Häusern, und ein alter, mit Katzenköpfen gepflasterter und von Eichenhecken gesäumter Weg führte leicht ansteigend zu ihm hin. Am Anfang des Grundstücks begann eine Mauer aus halbierten Findlingen, die trotz ihrer zyklopischen Ausmaße von den Gletschern der Eiszeit aus Norwegen mitsamt den dazugehörenden Endmoränen hierher gerollt worden waren.

In den Ritzen zwischen den silbergrau bemoosten Blöcken wuchsen kleine blaue Glockenblumen, auch Farne und Gräser, kostbar vereinzelt. Jenseits der Mauer lag eine Wiese, die wohl einmal ein Garten gewesen war, denn in ihrer Mitte stand ein großer, üppiger Lebensbaum oder Thuja, und neben dem Windfang an der Haustür eine alte, große Tanne. Das Haus lag am Ende des Wegs dicht am Wald, niedrig unter dem riesigen, tief herabgezogenen Dach, fast verborgen in dem hohen Junigras. Als ich es sah, tat mein Herz einen Schlag den Hals hinauf. Hier wollte ich bleiben.

Zu jener eigenartig unsicheren Lustigkeit, die das Ende der DDR auslöste, gehörte auch etwas wie Angst. Als öffnete man eine Tür, machte einen Schritt und stehe in einer plötzlich fremd und bedrohlich gewordenen Welt. Noch mehr als uns Westlern muss so den Ostdeutschen zumute gewesen sein. Sie wurden wach und fanden sich in einem fremden Land wieder. Nach etwas mehr als vier Stunden Fahrt hatten wir die kleine Stadt erreicht, hinter der damals die DDR-Grenze lag. Wir blickten auf eine kilometerlange Senke, durch die die Straße schnurgerade auf einen Höhenzug hinführte, und auf eine ebenso lange Autoschlange. Die einen wollten aus der ehemaligen DDR heraus, die andern wollten in sie hinein. Für so viel Verkehr waren aber weder die Straßen noch die Ortsdurchgänge gemacht. Wir standen Stoßstange an Stoßstange. Etwas Ungeheures war im Gange, hatte auch uns erfasst, riss uns mit.

Wir starrten so gierig aus den Fenstern, als wären wir in einem fremden Land. Die riesigen Reklametafeln, auf denen für Bier geworben wurde und die schon an jedem Gasthof am Straßenrand angebracht waren, wirkten wie etwas Vertrautes, ja geradezu Heimeliges. An einigen Häusern war ein kleiner schwarzrotgoldener Wimpel gehisst, was uns wie eine Geste der Unterwerfung vorkam oder, bei Gastwirten wahrscheinlicher, als Zeichen hemmungslosen Opportunismus. Wir schwiegen peinlich berührt. Das war aber eine Reaktion, die selber duckmäuserisch war. Es war wohl auf dem Berliner Alexanderplatz und im Anschluss an eine Kundgebung, die wahrscheinlich von der CDU organisiert worden war, dass Kanzler Helmut Kohl und einige in seiner Begleitung unter den Schirmen, die sie gegen den strömenden Regen aufgespannt hatten, die Nationalhymne anstimmten. Man weiß, wie es klingt, wenn ein paar ältere Männer zusammen ein Lied zu singen versuchen, und wie es sich anhört, wenn sie das unter Schirmen hervor tun und gegen die Zurufe und die Pfiffe der Menge. Man ist versucht, in Gelächter auszubrechen, erst recht, wenn man die Szene auf dem Bildschirm eines Fernsehers verfolgt. Sie ließen sich aber nicht beirren. Sie sangen standfest weiter, wie schrecklich es auch klang. Sie ließen nicht gelten, dass das Hitler-Pack das Andenken an ihr Volk für immer vergiftet haben sollte. Es war mir bis dahin immer schwer gefallen, Helmut Kohl mit Gleichmut zu betrachten. Aber damals auf dem Alexanderplatz hatte er mehr begriffen als ich, und er fürchtete nicht das Gelächter.

An einem Gasthof hielten wir schließlich an, und als wir den Schankraum betraten, war uns schon nach dem ersten Blick klar, dass wir hier Fremde waren. Obwohl keiner von uns in irgendeiner Weise außergewöhnlich gekleidet war, wirkten wir extravagant, aufdringlich und laut. Wir waren sofort erkennbar. Befangen suchten wir einen Tisch in der Ecke.

Es dämmerte bereits, als wir uns wieder in die Autoschlange einfädelten. Kurz danach mussten wir durch Nordhausen. Die Straßen waren menschenleer, aber sie waren auch, und das verblüffte uns, ohne Autos. Straßen ohne Autos, das hatten einige von uns noch nie gesehen, genauso wenig wie Straßen ohne Reklame. Die Straßen, die zudem nur spärlich beleuchtet waren, wirkten unheimlich, wie in frühen Stummfilmen. Hotels gab es nicht in Bad Frankenhausen, eine Touristeninformation auch nicht. Doch schließlich konnte ein Gasthof ausfindig gemacht werden, der Zimmer vermietete.

Der Gasthof oder die Wirtschaft wurde aber nicht Gasthof oder Wirtschaft genannt. Eine Wirtschaft war hier ein Getränkestützpunkt. Der uns den Weg dahin wies und das Wort aussprach, sagte es ohne Ironie. Dort drüben, der Getränkestützpunkt, sagte er. Keiner von uns wagte zu lachen. Auch sprachlich waren wir Fremde. Die beiden Mädchen hinter der Theke des Getränkestützpunkts dirigierten uns erschrocken ins Hinterzimmer.

Beim Bau unserer Brandmauer fanden wir einen Revolver, ein Exemplar der Tageszeitung *Die Welt* mit einem Bericht von der berühmten, von Tumulten begleiteten Bundestagssitzung vom 24. auf den 25. November 1949, in der der Vorsitzende der SPD-Bundestagsfraktion und Vorsitzende der SPD Kurt Schumacher Konrad Adenauer als »Bundeskanzler der Alliierten« beschimpfte, sowie einen mumifizierten Marder. Die nagende Kritik der Mäuse hatte dem Zeitungsblatt übrigens schon stark zugesetzt.

Je höher hinauf Bernhard und ich uns mauerten, desto näher kamen wir den Eichenbalken des Dachstuhls. Von unten schienen sie unerreichbar, jetzt aber waren sie zum Greifen nahe, von jahrhundertealtem Staub und Käuzchenkot bedeckt. Und tief unter uns lag der Grund des Heubodens, den ich unter unglaublichen Mühen mit einem Holzfußboden versehen hatte, denn in meinen nichtsnutzigen Pfeifenträumen hatte ich mich schon das Dach isolieren und den riesigen Raum des Heubodens zu einem Saal ausbauen sehen, dessen wichtigstes Requisit eine hoch unter dem Dach befestigte Schaukel gewesen wäre, auf der ich in riesigen Schwüngen durch den Raum fliegend gesessen hätte, während aus der monumentalen Anlage Bachs Wohltemperiertes Klavier, interpretiert von Glenn Gould, erklungen wäre, draußen der Schneesturm heulte, und es fern im Wald von umstürzenden Baumriesen krachte.

Obwohl niemand außer uns im Hinterzimmer des Frankenhausener Getränkestützpunkts war, fühlten wir uns, als müssten wir zusammenrücken. Die beiden Mädchen, die bedienten, die Haustöchter also, mussten nachdrücklich gerufen werden, um eine Bestellung entgegenzunehmen. Eine Speisekarte gab es nicht. Zu haben waren Bockwurst, Bouletten und Soleier. Und Soave war auch da. Sie sagten das Wort Soave, als hätten sie es noch nicht oft ausgesprochen. Es waren freundliche Mädchen, aber sie hatten erkennbar Angst vor uns, und ich fand auch, dass wir so bestellten, wie ich es von Amerikanern in der Pfalz kannte, als der Dollar noch auf vier Mark achtzig stand und der Halbe fünfzig Pfennig kostete.

Beim Bau unserer Brandmauer war ich sozusagen Bernhards Handlanger. Ein Handlanger hat dem Maurer Steine und Mörtel zu liefern, was heißt, dass er es ist, der die meiste Arbeit zu leisten hat. Ich hatte ein enormes Maß an Energie auf die Renovierung des Hauses verwendet. Die Vormieter hatten es im Zustand völliger Verwahrlosung hinterlassen und obendrein leer mit Ausnahme eines Herds und eines Küchenschranks, der ihnen wohl zu schwer und zu hässlich war, mit Ausnahme auch eines mehr als zwei Meter hohen Kachelofens in der Küche, den sie hätten ausbauen müssen. Er war aber die Seele des Hauses. Er heizte über entsprechende Öffnungen in zwei Zimmer und in den Flur hinein und natürlich und vor allem in die Küche. In der Ofenklappe war ein Glasfenster, und man konnte die Scheite nicht nur prasseln hören, wenn sie brannten, sondern sie dabei auch betrachten, was besonders wohlig war, wenn es draußen fror. Allerdings durfte man tief in der Nacht und wenn man allein war, nicht allzu lange der Vorstellung nachhängen, das Knacken auf der Treppe zum Heuboden hinauf könnte von der wahnsinnigen Förstersfrau verursacht sein, die im Nachthemd herumgeisterte, oder dem Knecht, der sich dort oben erhängt hatte, oder der Magd, die drei Tage lang im Kindbett schrie, ehe sie endlich am Anfang des vierten still wurde. Man musste sich immer wieder sagen, dass das Haus arbeitete und dass das, was unter den Fußbodendielen wütend nagte und hinter der Isolierung hin und her raste, nichts weiter als der Marder war, der hinter den Mäusen her war.

Es hatte seine Zeit gedauert, bis wir in dem Hinterzimmer des Frankenhausener Getränkestützpunkts endlich unsere Plätze an den Tischen gefunden hatten, die wir zusammengeschoben hatten, und wir waren viel zu laut dabei, fand ich. Die Alten, die vorne an der Theke saßen, blickten andauernd zu uns herüber. Endlich kamen die drei bestellten Wernesgrüner, auch diverse Bouletten, Soleier und Bockwürste wurden gebracht, außerdem eine Flasche Soave. Eine einzige Flasche?, schrien wir ungläubig. Die Mädchen beeilten sich, zwei weitere zu bringen. Wir hatten übrigens nicht nach dem Preis gefragt. Ich blickte auf die Männer im Schankraum, und ich dachte, wenn die Mauer und die Grenze den Krieg verhindert haben, dann haben die da vorne den Preis dafür bezahlt.

Natürlich gab es kein anderes Gesprächsthema als die Frage, wie es mit diesem Staat, mit der Sowjetunion und überhaupt dem ganzen sozialistischen Lager so weit hatte kommen können. Die Plätze an der Theke im Schankraum waren inzwischen alle besetzt, und man stand schon in der zweiten Reihe. Vielleicht hatte sich herumgesprochen, was für ein Besuch da angekommen war. Denn sie starrten, als kämen wir von weit her und aus sehr exotischen Gegenden. Das Bizarrste an uns muss wohl gewesen sein, worüber wir uns unterhielten, dass wir noch Gründe für das Verschwinden des Sozialismus suchten, während sie es längst erleichtert begrüßten. Wir mussten ihnen wie Schwachsinnige vorgekommen sein.

Es war schon sehr spät, und eines der Schankmädchen hatte die letzte Flasche Soave gebracht, die sie im Haus hatten, als ich sagte: Es ist doch gar nicht so schwer zu verstehen, warum das nicht gut gehen konnte. Es war der Markt, der fehlte. Ohne den Markt ist es unmöglich, den Preis einer Ware zu ermitteln. Fehlt der Markt, bleibt nur noch das Politbüro, das ihn festsetzt. Das ist dann die Diktatur.

Ein großes Hallo erhob sich. Als es sich gelegt hatte, sagte einer, der für die Propaganda der DKP in Bremen zuständig war, in die Stille hinein: Ich glaube, du willst dich wohl verabschieden.

Das hab ich längst getan, sagte ich.

Sie starrten mich an.

Und wann?

Vor sechs Jahren. Eigentlich aber schon viel früher. Und jetzt muss ich schlafen.

Es war ein kühler, sonniger Tag, als wir uns draußen vor der Gaststätte trafen. Das eigens für das legendäre Rundbild Werner Tübkes errichtete Museum hatte die Form einer riesigen Konservendose und stand auf einem Hügel über der Stadt Frankenhausen. Eine breite Treppe führte hinauf. Sie war völlig überdimensioniert. So viele Besucher, wie sie fassen konnte, gab es gar nicht. Und plötzlich sah ich, wofür sie gebaut war: für die Mitglieder des Politbüros, damit sie medienwirksam über sie zu uns Sterblichen herabschreiten konnten. Oben auf dem angeberisch großzügigen Platz aber schlug meine Empörung um in Wut. Schon in Marmor ausgeführt wie im italienischen Faschismus wäre dieses funktionslose Gestikulieren eine hohle Geste gewesen, veredelt allerdings durch Marmor. Hier aber versuchte sich die Grandeur nicht in Marmor auszudrücken, sondern in kleinlautem Waschbeton.

Zunächst standen wir in einer Schlange. Wo gab es eine Regierung, die einem Maler ein Museum für einziges Bild bauen ließ? Portionsweise wurden wir eingelassen. Man führte uns in einen dunklen Raum. Man ließ uns warten. Plötzlich ging das Licht an. Geblendet blinzelten wir. Eine Sturzflut an Formen, Farben und Figuren ging auf uns nieder. Menschenmassen wogten, auf der Erde lagen Hingestreckte, immer wieder ein aufs Rad Geflochtener, der Vorgang des Aufknüpfens, und Waffen überall. Spieße, Schwerter, Hellebarden und Pferde. Verwirrt drehten wir uns um die eigene Achse, wahrscheinlich mit offenen Mäulern gaffend. Ein Student leierte die Entstehungsgeschichte des Bildes herunter. Es stellte die letzte Schlacht im deutschen Bauernkrieg auf dem nahe gelegenen Schlachtberg dar. Bei Verlusten von nur 19 Mann schlachteten die Söldnerheere der Fürsten 6000 Bauern ab. Danach begann das Augenausstechen, Händeabhacken, Aufknüpfen und Foltern.

Von der Länge der Bildleinwand erfuhren wir und dass sie eigens für diesen Zweck gewebt worden sei, und zwar in einem sowjetischen Betrieb. Und dann ging das Licht an, das Leuchten der Leinwand erlosch, und wir wurden hinauskomplimentiert. Verblüfft standen wir im Sonnenlicht. Eine derartige Entmündigung und Gängelung hätte ich mir nicht vorstellen können. Grimmig kaufte ich einen der opulenten Bildbände zum Werk Tübkes, die in der Eingangshalle auslagen. Dann mache ich mir eben mein eigenes Bild von diesem Maler, sagte ich mir. Bis das Essen kam, das wir in einem abseits gelegenen Restaurant bestellt hatten, betrachtete ich den Umschlag des Bildbandes, den ich gekauft hatte. Heerhaufen, Menschenmassen überall, aber kein einziges Gesicht. Wimmelbilder nannten wir so was.

Auf mein Geständnis spät in der Nacht sprach mich übrigens niemand an. Sie taten, als hätten sie es nicht gehört. Aber ich denke, alle gaben mir wohl insgeheim recht, und alle wussten, dass wir einen unwiederbringlichen Augenblick erlebt hatten, das Ende einer Menschheitshoffnung, das Ende von Hoffnung überhaupt.

Je höher wir unsere Brandmauer bauten, desto zahlreicher wurden die Pausen, die wir machen mussten. Das Kaffeekochen aber war die Sache des Handlangers. Der Gasherd und der schöne, große, runde ausziehbare Tisch waren stehen geblieben, denn sie gehörten zum Inventar, alle andern Zimmer waren bereits leer. Ich hatte meine Haushälfte verkauft, und deshalb bauten wir auch die Brandmauer. Sie war Vorschrift.

Meine Schritte hallten in der leeren Küche. Und da hatte ich einen Einfall, der ganz widersinnig war, denn draußen war es warm und in der Küche ebenfalls: Ich legte Feuer in dem Kachelofen. Er war mehr als zwei Meter hoch und mit braunen, glänzenden Kacheln belegt, ein Trost und Lebensquell an kalten Wintertagen, eine durchdringende Wohltat, wenn man sich mit angezogenen Knien auf die neben ihm stehende Holzkiste setzte und den Rücken an ihm wärmte. Noch einmal wollte ich die Scheite knacken und die Flammen bullern hören und durch das Fenster in der Ofenklappe sehen, wie sie loderten. Im Wohnzimmer nebenan stand noch der Tisch, auch ihn ließen wir zurück. An ihm hatte ich an Sommerabenden bei offenem Fenster oft gesessen, in die Stille der Nacht lauschend, bis es ein kleines Geräusch gab und auf dem weißen Blatt vor mir sich etwas regte, ein Nachtfalter, braun bepelzt und von unfassbarer Anmut und Delikatesse. Fern die Rufe des Käuzchens über dem Wald. Es flog seine abendliche Runde.

Immer noch frage ich mich, was wir in diesem Frankenhausen gesucht hatten. Keiner von uns hatte sich doch für die Arbeiten Tübkes interessiert. Könnten sie nur ein Vorwand gewesen sein, um noch einmal dieses andere Deutschland zu besuchen, bevor es unterging? War die Fahrt vergleichbar einem Gang zu einem Grab, so wie Touristen zum Grab von Karl Marx auf dem Friedhof von Highgate in London pilgern? Waren wir zu dem Bild Tübkes gefahren, weil auch auf ihm eine Hoffnung scheitert? Ich fragte mich, was Tübke sich gedacht hatte, als er ein Rundbild malte, ein Bild, dessen Anfang in sein Ende übergeht als Wiederkehr der immer gleichen Schlächterei, ein Bild, bei dessen Betrachtung man sich um sich selbst drehen muss und das wohl kaum als Sinnbild marxistischer Geschichtsauffassung gelten kann.

Noch einmal ging ich zu dem Windfang, der die vordere Haustür schützte, ein Gehäuse ganz aus Fenstern wie ein Wintergarten. Oft hatte ich dort gesessen und gelesen. Sah ich vom Buch auf, blickte ich auf den Stamm der großen Tanne, die direkt davorstand, auf die braune, rissige Borke, über die Käfer liefen und Ameisen. Zwanzig Jahre war es her, dass ich das Haus gekauft hatte. Ich hatte im Verborgenen leben wollen, jetzt kennt mich keiner mehr, dachte ich.

Schwach draußen das Geräusch eines sich nähernden Autos. Das war Hella, die mich abholen kam. Sie war pünktlich. Um zwölf wollten wir den Schlussstein setzen. Ein wenig saßen wir noch beim Kaffee zusammen. Hella hatte das Abendblatt mitgebracht. Über das ganze obere Drittel der ersten Seite lief ein Foto der Berliner Mauer. Jubelnde Menschen drängten sich darauf dicht an dicht. Und sie wussten alle, dass sie fotografiert würden. Und da kam mir eine Idee. Ich ging auf den Boden hinauf, wo in den Bretterverschlägen, in denen früher die Knechte und Mägde geschlafen hatten, alles abgelagert wurde, was man nicht mehr brauchen konnte. Und ich fand, was ich suchte: Ein Einweckglas, und ich fand sogar noch den Deckel dazu.

Unten faltete ich die erste Seite der Zeitung zusammen und stopfte sie in das Einweckglas. Das mauern wir jetzt als Schlussstein ein, rief ich. Hella überwand sich und stieg mit uns das Gerüst hinauf. Feierlich stellten wir das Glas in die Lücke, die Bernhard unter dem Firstbalken gelassen hatte. In der Tonne war noch ein Rest Mörtel. Den nahm er auf die Kelle und klatschte ihn zielsicher gegen das Glas.

Wieder unten, sahen wir einen Moment lang an der

Brandmauer empor. Sie schien uns jetzt riesig. Wir waren verlegen. Dies war der letzte Augenblick, an dem wir noch zusammen waren.

Ja, das war es dann wohl, sagte ich schließlich und gab Bernhard die Hand. Das hatte ich noch nie getan.

Hella raffte die Decke und das Kissen vom Bett im Schlafzimmer, dann gingen wir zum Auto. Einen Augenblick lang standen wir zusammen. Ich blickte noch einmal zu dem Dach des Hauses hin. Seine roten Ziegel leuchteten. Auf dem Schornstein saß ein Käuzchen. Es wärmte sich an dem Rauch meines Feuers. Dann setzte sich Hella hinters Steuer, ich stieg ein, und wir schlugen die Türen zu. Ich hatte mir vorgenommen, nicht zurückzublicken. Doch aus Versehen streifte mein Blick den Rückspiegel. Schon klein und weit weg stand Bernhard auf dem Weg und winkte uns nach, Bernhard, der Gefährte so vieler Abende, der Geduldige. Und neben ihm Thomas, der schon lange tot war.

Inhalt

Gerd Fuchs bei Nautilus

DIE AUSWANDERER
Roman
Broschiert / 256 Seiten / ISBN 978-3-89401-560-2
»Fuchs erzählt mit großer Tiefenschärfe vom Ende des 19. Jahrhunderts, als die Neue Welt Erlösung von Armut, Demütigung und Verfolgung verhieß. Ein vielschichtiger, spannender Roman über das Abenteuer Auswanderung, über Ängste und Sehnsüchte, psychologisch scharfsinnig und mit genauer geschichtlicher Kenntnis geschrieben.« *Uwe Timm*

ZIKADEN
Sommergeschichten
Gebunden / 96 Seiten / ISBN 978-3-89401-434-6
Wie ein Zauberer aus seinem Hut holt Gerd Fuchs heitere und schöne, auch unheimliche, längst vergessen geglaubte Situationen und Erinnerungen wieder hervor. Geschichten von Reisen in den Süden …

SCHINDERHANNES
Roman
Broschiert / 288 Seiten / ISBN 978-3-89401-422-3
Gerd Fuchs erzählt die Geschichte des legendären Räuberhauptmanns Johannes Bückler, genannt Schinderhannes, um den sich schon zu Lebzeiten ein romantischer Robin-Hood-Mythos rankte. In der Epoche des Umbruchs nach der französischen Revolution stand der Schinderhannes für die Hoffnung auf eine bessere Welt.

STUNDE NULL
Roman
Sonderausgabe der Zeitschrift *Die Aktion*
Broschiert / 288 Seiten / ISBN 978-3-89401-459-9
»*Stunde Null* ist der seltene Fall eines durch und durch humanistischen Buches; nicht weil es an die oder *den* Menschen glaubt, sondern weil es – statt Menschen literarisch zu verklären beziehungsweise zu vernichten – ihren Wünschen, Gedanken und Taten auf den Grund der Herrschaftsverhältnisse geht, deren Ausdruck sie sind.« *Hermann Peter Piwitt*

ECKERMANNS TRAUM
Fünfzehn Szenen aus dem klassischen Weimar
Gebunden / 80 Seiten / ISBN 978-3-89401-483-4
»Gerd Fuchs hat aus den von Eckermann veröffentlichten Gesprächen mit Goethe sein Bild dieser Beziehung freigelegt und in einer kühnen Montage fünfzehn hintergründig-pointierte Szenen entwickelt.«
Detlef Grumbach, Saarländischer Rundfunk

www.edition-nautilus.de